青葱

老马 ◎ 著

陕西新华出版
太白文艺出版社·西安

图书在版编目（CIP）数据

青葱 / 老马著. — 西安：太白文艺出版社，2025.5. — ISBN 978-7-5513-2982-8

Ⅰ．I247.5

中国国家版本馆CIP数据核字第2025S2A389号

青　葱
QINGCONG

作　　者	老马
责任编辑	张　笛　张晨蕾
封面设计	原鹿出版
版式设计	原鹿出版
出版发行	太白文艺出版社
经　　销	新华书店
印　　刷	江西骁翰科技有限公司
开　　本	710mm×1000mm　1/16
字　　数	228千字
印　　张	15
版　　次	2025年5月第1版
印　　次	2025年5月第1次印刷
书　　号	ISBN 978-7-5513-2982-8
定　　价	88.00元

版权所有　翻印必究

如有印装质量问题，可寄出版社印制部调换

联系电话：029-81206800

出版社地址：西安市曲江新区登高路1388号（邮编：710061）

营销中心电话：029-87277748　029-87217872

目 录
CONTENTS

好久不见　　　　　　　　　　1

高冷的新生　　　　　　　　　5

同桌很奇怪　　　　　　　　　9

糟糕！受伤了　　　　　　　　13

物理好难　　　　　　　　　　17

同学嘛，求你了　　　　　　　20

一起过中秋吧！　　　　　　　24

这不是考试，是噩梦　　　　　29

中秋节　　　　　　　　　　　32

换一个地方生活　　　　　　　36

新的邻居　　　　　　　　　　40

秋日遇故人　　　　　　　　　44

认识认识　　　　　　　　　　48

突如其来的停电　　　　　　　53

公平　　　　　　　　　　　　57

生病　　　　　　　　　　　　62

拯救我的朋友　　　　　　　　66

我们的未来　　　　　　　　　70

这个冬天没有那么冷　　　　　74

我好像没有家	79
一起过节	84
生活	88
我们就是你的后盾	93
阻碍	97
命运转折点	100
没办法，谁让我太优秀	105
我们总是向阳而生	109
肠胃炎	114
我很期待我们的未来	118
青葱	121
三个"卷王"	128
去乡下	132
成人礼	136
高考	139
杳无音信	142
同学会	145
我们不是家人吗？	149
接你回家	153
处处是意外	157
能躲过的都不是命运	161
回忆有的时候是伤害	165

梧桐枝丫	169
每一帧记忆都是痛苦	173
迷雾中的线索	175
坚强起来，才能重获新生	179
当年的事情	182
谁也没有告诉	187
有家人了	191
有人跟踪	194
无孔不入	197
新的同事	201
急速前行	205
一切早有缘由	208
坏人终将被绳之以法	211
生活终于要重新开始	215
尊重也要给该给的人	219
叮嘱	224
我们总要回到最开始的地方	227

第一章　好久不见

"照实描述病情即可，不用紧张。"

看着坐在自己对面的医生，郜含笑微微皱眉，带着轻微的质疑。

"不可以换一位女医生，"医生的声音带着冷淡，还有几分玩味，"医生眼中没有性别。"

包里的手机不断振动,郜含笑就知道是有紧急工作,也不想在这里浪费时间,便三言两语地说了下自己的症状。最近一段时间,郜含笑总觉得乳房不是很舒服,担忧自己出现问题，这才抽空来医院看看。

医生开了几张单子，告诉她今天太晚了，让她明天再过来做检查。郜含笑包里的手机还在不断地响。她刚接起电话，那头传过来一道声音："今晚九点，鹤龄酒店，我这边已经安排好了。"

郜含笑不耐烦地应了一声，准备离开诊室，熟悉而陌生的声音从背后传来。

"这么久不见，看来你是真的忘记我这个'老朋友'了。"

"老朋友"这几个字咬得极重。

刚准备走出去的郜含笑僵硬转身，看向摘下口罩的男人。多年不见，他那张脸几乎没有变化，不对，有变化，变得棱角分明了。和少年时相比，他成熟了不少。

郜含笑不知道自己该作何反应，最后只能僵硬地说道："好久……好久不见。"

电话那边的男人怒吼道："郜含笑，你有没有听我说话？"

这怒吼声让陆安阳皱起眉，郜含笑下意识地将电话挂断了。

陆安阳看着郜含笑："你的男朋友似乎没什么耐心啊。"

郜含笑想要解释什么，但又觉得没必要。

此时已经到了下班时间，郜含笑是最后一位病人。看了一眼墙上的挂钟，陆安阳顺手接过郜含笑的包。

"走吧，我送送你。"

郜含笑拒绝不了，只好跟着他离开。

陆安阳领着郜含笑走出医院的大门，夕阳的余晖洒在他们身上，为这重逢的场景增添了几分温暖。他们并肩走在去往停车场的路上，一路无言。空气中弥漫着一种说不出的默契，又有一种说不出的疏离。

正走着，一辆红色保时捷突然停在两人面前，扬起一片灰尘。一个穿着黑西裤、白衬衫的男人从车上下来，怒气冲冲地朝着郜含笑走来。这男人长相算不上精致，却很符合传统审美，浓眉大眼，很是精神，说话也中气十足。

"郜含笑，你可真是长本事了……"

话没说完，一道白色身影挡在郜含笑身前。薛清辞看到陆安阳的眼神，下意识地后退了一步，如果陆安阳的眼神是一把刀，只怕薛清辞现在已经被扎得浑身是洞了。

"对待女士要有礼貌。"

薛清辞咽了咽口水，陆安阳的脸上平静无波，但就是莫名地让人发怵。

"先上车。"郜含笑看向薛清辞。

得到命令，薛清辞迅速回到车上，那速度比下车的时候快百倍。

陆安阳看向郜含笑："眼光下降不少。"随后他还是帮郜含笑拉开车门，将包放在她腿上。

"男人多的是，不行就踹，不差这一个。"

说完他意有所指地看向薛清辞，然后关门离开。

薛清辞一脸震惊地指着自己。

"他在说我吗？说我？我不好的话，我老婆能嫁给我？我家娃都要出生了，他意思是让我老婆随时踹我？"

听到身边的碎碎念，郜含笑不耐烦地从包里拿出一颗糖扔进他嘴里。

"闭嘴,开车。"

一脸委屈的薛清辞心不甘情不愿地开车。薛清辞是郜含笑的助理,还是一个顶级"恋爱脑",在他眼里,天大地大老婆最大。他有时候会很暴躁,但能力却是一顶一的强,郜含笑最不喜欢的应酬,薛清辞处理起来却是得心应手。

一同工作多年,郜含笑见证了薛清辞恋爱、结婚的过程,也将见证他妻子生子。

薛清辞看向郜含笑,忽地想到了什么:"我说那个人怎么那么眼熟,这不是……你工作室桌子上那张合照里的人吗?"

听到薛清辞提起那张合照,郜含笑的思绪瞬间被拉回了学生时代。那张合照,是她和陆安阳唯一的合影,也是她珍藏了多年的记忆。照片中的他们,青涩而纯真,眼中闪烁着对未来的期待和憧憬。

"是啊,就是他。"郜含笑淡淡地回答,目光却不由自主地飘向了远方,仿佛在回忆着什么。

"你们……你们之间到底发生了什么?"薛清辞的好奇心被勾了起来,他忍不住问道。

郜含笑沉默着,没有说话。她看向窗外,思绪回到了那年炎热的夏季。

梧桐街道虽然有树荫遮蔽,但阳光还是能透过缝隙射到地面上,带着几分燥热。

"郜含宇,你骑慢点!"

郜含笑身着一套简约的黑白校服,手中紧握着自行车后座,轻巧地跃上了车。微风轻轻拂过她的短发,那模样显得极为俏皮。梧桐高中女生们的发型总是如一,清一色的学生头,散发出青春的气息。

骑着自行车的郜含宇脸上写满了无奈,问道:"姐……你的自行车又坏了?"郜含笑骑自行车的技术确实不怎么样,而且她的车经常坏,不是这里出问题,就是那里出问题,郜含宇已经习惯了。郜含笑将手中的鸡蛋塞进郜含宇的嘴里:"送去修理了,快点骑,小心老高一会儿堵咱们俩。"

郜含笑口中的老高是他们的年级主任,和这对姐弟有着解不开的缘分。他们上初中的时候，老高就是他们的年级主任。郜含宇和郜含笑这对龙凤胎虽然学习成绩优异，但调皮捣蛋。老高整治了他们整整三年，总算是熬到了他们毕业，把他们给送走了。没想到，他们选择了本校的高中。

这回可好，他们去报名的时候，老高看到他们，顿时感到眼前一黑：自己又和他们姐弟碰上了，升职成为高一年级主任的喜悦顿时消失得无影无踪。

郜含宇骑车的速度很快，郜含笑坐在后面，双手张开，享受着梧桐街道的风吹过手指缝隙的愉悦。新的学期又来了。

第二章　高冷的新生

"又是你们两个，就知道卡着铃声入校，知不知道……"

郜含笑举手："高主任，我们的老师已经进去了。"

高主任深深地吸了一口气，用手指着郜含宇和郜含笑，说道："你们两个……快点进去，下一次如果再这样卡着铃声进来，就直接当作迟到处理，听到了没有？"

郜含笑迅速地拉上郜含宇，一边跑一边大声喊道："知道，绝对没有下次！"

然而，这样的话他们已经说了三年了，但他们每次都是踩着铃声进学校。在初中的时候，他们就已经因为这种行为而出名：不迟到，但也不会提前到校。老师们一提到他们两个，说的永远都是："踩着时间到校的姐弟二人组。"

两个人刚从楼梯走上来，就遇到了从拐角走出来的一个男生，郜含笑直接就撞了上去。

"哟……"郜含笑捂着头，一旁的郜含宇吓得连忙查看。

"没事吧？"

郜含笑揉着脑袋抬头，看向对面的男生。这男生被撞到肩膀，也在皱眉。他的个子约有一米八，看着十分瘦弱，皮肤白得过分，和旁边的墙面都有一拼。只是这脸，很是好看。

"同学，你走路怎么不看人？"郜含宇看着对面的男生，直接质问。

"抱歉。"

清冷的声音响起，没有十几岁少年应该有的朝气，反而带着一种冷漠。对方说完就走，完全没有在意郜含笑接受与否。郜含宇皱着眉要冲上去理论，但是被郜含笑拦住了。

"不是，姐，你拦着我做什么？你看那个人像是道歉的样子吗？"

郜含宇这个人平日里脾气很好，但是一旦碰到和郜含笑有关的事情，就一定要争出个高低。

郜含笑看着弟弟焦急的模样，微微一笑，拍了拍他的肩膀："好了，我这不没事吗？而且那个男生看起来很奇怪，咱们快点回教室才是正事。"她的目光追随着那个男生的背影，心中涌起一股莫名的感觉。那个男生，虽然看起来冷漠，眼神里却藏着一丝不易察觉的脆弱，让人不禁想要探究他的内心世界。

她收回目光，拉着郜含宇继续往教室走去。郜含宇走着走着，突然觉得不对，一抬头，才发现走错了地方。他指着周围的门牌，无奈地说道："姐，我觉得你可以去医院看看，咱们家一个地理老师，一个地质勘探专家，是怎么养出来你这个超级路痴的？"

突然被骂，郜含笑一巴掌抽在郜含宇胳膊上。

"说什么呢？"

这一下子直接让郜含宇觉得胳膊都麻了。他捂着胳膊，指着头上的门牌说："这是二部，咱们在一部，楼对面啊，姐。"

郜含笑瞪大了眼睛，看着头顶的门牌，一时间有些尴尬。她竟然走错了教学楼，还拉着弟弟一起。虽然她是个路痴，但这确实不是她应该犯的错误。她轻咳一声，试图掩饰自己的尴尬，然后拉着郜含宇快速走向正确的教学楼。

路上，郜含笑不由自主地想起了刚才那个冷漠的男生。他的眼神，他的气质，都让她觉得有些不同寻常。她摇了摇头，试图将那个男生甩出脑海，但他的身影却像是刻在了她的脑海中，挥之不去。

到达教室时，班里已经来了不少人。郜含笑和郜含宇找到自己的座位坐下，开始整理课本和文具。

"含笑，听说今天有新生来。"

"谁啊？"

卢迪左右看看，然后趴在郜含笑耳边道："听说是一个很帅很帅的男生，好像还是天才。"

"天才"这个词，郜含笑已经听到麻木了，她和弟弟两个人一个在艺术上被称作天才，一个在体育上被称作天才，但不过是噱头罢了。不管什么天才，都还是要学习的。

"这词都被用滥了，你别被传言迷惑。"

郜含笑不以为意地笑了笑，心中却隐隐有了一丝期待。"天才"这个词语在她心中早已失去了原有的光环，但每次听到这个词，她总会不由自主地想：或许这一次会有所不同。

卢迪似乎被郜含笑的不屑逗笑了，她调皮地眨了眨眼睛："哦，那你等着看吧，我听说连老高都亲自去迎接他了呢。"

老高？郜含笑和郜含宇同时看向卢迪，脸上写满了疑惑。他们从未见过老高对谁如此上心，即便是对他们这对让他头痛了三年的龙凤胎，老高也从未有过这样的举动。

"真的吗？他叫什么名字？"郜含宇好奇地问道。

"不知道，好像姓陆。"卢迪耸了耸肩，表示自己也只是听说的。

就在这时，教室门口传来一阵骚动，所有人的目光都齐刷刷地看向门口。只见老高带着一个身材高挑、面容俊朗的男生走了进来。那个男生眼神深邃而冷漠，仿佛能够看穿人心。郜含笑和郜含宇对视一眼，都看到了彼此眼中的惊讶：这个男生，不就是刚才在楼梯口撞到郜含笑的那个吗？

老高走到讲台上，清了清嗓子："大家安静一下，我来给大家介绍一位新同学。他叫陆安阳，是我们学校新来的转校生。"

此时郜含笑刚好转过头，夏日的阳光透过洁净的窗户打在男生身上。他的面容在光线的照射下显得更加清俊，深邃的双眸仿佛藏着无尽的星辰。他站在讲台上，身上散发出与众不同的气场，带着一丝冷漠，又有着一种难以言喻的吸引力。郜含笑心中一动，不禁多看了几眼。

老高继续介绍："陆安阳同学成绩优异，拿了不少物理学科的奖项。你们一定要好好相处。"

郜含宇忍不住道："是你……你这人没礼貌不说，还跑到班级里找事？"

听到这话，老高不淡定了："你们认识？"

陆安阳摇摇头："不认识，刚才见过，发生了点意外。"

老高点点头："先回座位吧。"

好巧不巧，陆安阳直接坐在了郜含笑旁边的位置上。这事说起来也是意外，刚开学的时候，郜含笑身边是有一个同学的，但是就在前两天，那个同学因为父母工作调动转学了，整个教室也就空出来一个座位。

郜含笑伸出手自我介绍："陆安阳同学，你好，我叫郜含笑。"

但是陆安阳没有任何反应，甚至连抬眼的动作都没有。身边的人对他来说就像是空气。

这让郜含笑有些尴尬，她没想到自己的热情会遭到如此冷漠的回应。但她并没有放弃，她相信每个人都有自己的故事和性格，或许陆安阳只是需要一些时间来适应新的环境。

郜含笑收回手，轻轻一笑，继续整理自己的课本。

第三章　同桌很奇怪

"我回来了。"

"我回来了。"

郜含笑和郜含宇刚一进门就朝着厨房的方向喊道。爸妈从厨房探出头,让两个人收拾收拾,准备吃饭。

餐桌上,妈妈问姐弟俩:"周一有没有遇到什么好玩的事情?"

郜家一直都是这样,父母会询问孩子当天发生的事情。

郜含宇点点头,道:"体育课不错,老师有意让我加入校队。"

轮到郜含笑的时候,她摇了摇头。

"没有什么好玩的事情,不过我有同桌了,总算不是孤家寡人了。不过……这个同桌有点奇怪。"

听到这里,爸爸放下碗筷。

"奇怪,怎么说?"爸爸好奇地问道。郜含笑平时对人和事都很包容,很少会说谁奇怪。

"他……怎么说呢,他真的很冷漠。"郜含笑回想了一下今天的经历,继续道,"从早上我们第一次遇见开始,他几乎就没说过什么话,就连我跟他打招呼,他也只是看了我一眼就继续看书了。我觉得他可能需要时间来适应新的环境,但是……"

"但是什么?"妈妈也好奇地凑了过来。

"但是,他给我的感觉不只是这样。他身上有一种很独特的气质,像是……像是……"郜含笑努力地想要找到一个合适的词来形容,但最终还是摇了摇头,

"我也说不清楚，就是感觉他和其他人不太一样。"

"确实，那个男生有点阴沉沉的。"郜含宇接过话茬。

妈妈看着两个孩子，耐心开导："对于同学，能成为朋友最好，如果不能成为朋友，也尽量和睦相处。你们不能去欺负别人，但是也不可以让别人欺负你们。所以对于这位同学，只要他不影响到你们，就不用太过在意，不可以去欺负他。如果他影响到你们，你们就要及时和家长还有老师说。"

郜妈妈是地理老师，也是班主任，所以说话的时候带着一种教育的味道。

"明白。"

"明白。"

两个声音重叠在一起。

第二天，郜含笑难得早起，她揉了揉惺忪的睡眼，伸了个懒腰，准备迎接新的一天。然而，当走进教室，看到陆安阳已经坐在座位上时，她不禁有些惊讶：这个冷漠的男生竟然来得这么早。

陆安阳正埋头看书，似乎并未注意到郜含笑的到来。郜含笑轻手轻脚地走到自己的座位上，放下书包，然后忍不住偷偷地瞄了陆安阳几眼。他的侧脸在光影下显得格外立体，睫毛长长的，像两把扇子一样。郜含笑心中一动，突然有了一种想要了解他的冲动。

上午的课很快就结束了，午休时间，郜含笑和几个朋友一起去食堂吃饭。她们一边走一边聊天，突然，一个熟悉的身影从她们身边掠过。郜含笑定睛一看，竟然是陆安阳！他拿着一个饭盒，快步向教室走去。郜含笑心中好奇，便和朋友们说了一声，然后用饭盒打了饭，悄悄地跟在了陆安阳身后。

陆安阳走进教室，坐在座位上，打开饭盒开始吃饭。郜含笑站在门口，犹豫了一下，然后鼓起勇气走了进去。

"陆安阳，你怎么就吃这些？给你尝尝这个。"

郜含笑从自己的饭盒里夹出来一块糖醋排骨，放在陆安阳的饭盒里。陆安阳点点头说："多谢。"

他说完便继续低头吃饭，郜含笑见状也不再打扰他，两个人就这样安安静静地吃着饭。没有对话，只是各自做着自己的事情。

"郜含笑，陆安阳，今天轮到你们两个人去器材室放东西。"

体育课刚一下课，体育委员就点到两个人的名字。

郜含笑和陆安阳听到点名，同时抬头看向体育委员，随后默契地点点头，各自收拾起自己要带走的体育器材，准备前往器材室。两人并肩走在走廊上，虽然并未交谈，但两人之间的气氛比之前多了几分和谐。

到了器材室，两人开始整理器材。郜含笑边整理边找话题和陆安阳聊天："陆安阳，你平时喜欢做什么啊？喜欢看书吗？"

陆安阳抬起头，眼中闪过一丝惊讶，似乎没想到郜含笑会主动和他说话。他顿了一下，才缓缓开口："嗯。"

听到陆安阳的回答，郜含笑心中一喜，觉得找到了共同话题："我也喜欢看书！我喜欢看小说，我以前最大的梦想就是成为一个作家……"

郜含笑就这样滔滔不绝地和陆安阳分享着自己的喜好和梦想，陆安阳没有说话。等到郜含笑反应过来的时候，她才发现自己已经说了很久。

"抱歉啊，一直都是我在说。对了，陆安阳，你有没有什么想做的事情？"

收拾东西的声音停下。陆安阳的声音没有变化，只说了简简单单的两个字："没有。"

这两个字如同重锤般击在郜含笑的心上，他平淡的声线，使郜含笑有一种暮气沉沉的感觉。这就不像是一个少年说的话。

陆安阳或许觉得自己说话有些生硬，在离开器材室的时候又说了一句："我没有梦想。"

不知道为什么，郜含笑听出来一种奇怪的绝望。

她愣住了。在她看来，梦想是每个人内心深处的火焰，是驱使人前进的动力。没有梦想，那人生岂不是失去了色彩？

她看着陆安阳渐行渐远的背影，心中涌起一股说不出的感觉。她想要追上去问个究竟，但最终还是止住了脚步。

"老弟，我感觉，陆安阳好像有好多故事。"

坐在郜含宇后座，郜含笑突然说了这样一句话。

"啊？姐，你是不是对这个人过于关注了？今天我还看见你和他一起吃饭。"郜含宇扭头看了姐姐一眼,微微皱起了眉头,"姐,你可千万别有早恋的心思,虽然他长得好看,但是咱们的未来更重要。"

"啪"的一声,与郜含宇的尖叫声一同响起来。

"瞎想什么呢?作为班长,关心同学也是我的职责,收起你那些奇怪的想法。"郜含笑白了弟弟一眼。

"你这力气真的可以扔铅球去了。"郜含宇身后仿佛长了眼睛,连忙又跟了一句:"姐,你可别打了,一会儿青了。"

听到他求饶,郜含笑才放下手。

"你们明天不是有篮球比赛吗?今天不去训练?"

他们已经好几天没一起回家了,因为最近有一个校级比赛,郜含宇每天放学之后都要留下训练两个小时。

"是啊,明天就比赛了,今天得加把劲。"郜含宇挠了挠头,眼中闪烁着期待的光芒,"不过,姐,你要不要过来看我比赛?"

郜含笑微微一笑,点头答应:"当然会去,你的比赛我怎么能错过呢?"

这回答让郜含宇很是满意:"对呗,看你弟弟在场上大杀四方。哈哈哈……"

他笑得太夸张,导致自行车有点不稳,两人差点摔倒。

"郜——含——宇!"

第四章　糟糕！受伤了

"下午有篮球比赛，你去不去？"卢迪凑过来，看着在擦黑板的郜含笑问。

"当然要去，要不然郜含宇那小子会发疯。"

郜含笑笑着回应，她可是太了解自己弟弟那个德行了：她要是不去，他或许表面上会说没事，但背地里一定会把她不去看比赛的事情挂在嘴边好久。

作为独生子女的卢迪很羡慕郜含笑姐弟两人的感情。

"你们感情真好，我要是有个弟弟或妹妹就好了。"

两人聊着天，卢迪突然注意到郜含笑手腕上有一道浅浅的划痕，不由得皱起眉头："哎，含笑，你的手怎么了？"

郜含笑低头一看，才发现手腕处不知何时多出了一道细小的划痕，虽然不深，但周围已经开始微微泛红。她摇了摇头，不甚在意地说："没什么，可能是刚才擦黑板的时候不小心划到的。"

卢迪却显得有些紧张，她拉着郜含笑走到教室后面的洗手池旁，用温水帮她冲洗了伤口，又从口袋里掏出一个创可贴，小心翼翼地贴在伤口上。"你得注意点，这种小伤口虽然看起来没什么，但如果不及时处理，很容易感染的。"卢迪叮嘱道。

"没什么大事情。"郜含笑一副无所谓的样子。

卢迪撇撇嘴："难怪郜含宇会说你应该是妹妹。"

"嗯？为什么这么说？"郜含笑有些不解地看着卢迪，她不明白自己的回答怎么就和"妹妹"这个词联系上了。

卢迪叹了口气，说："你总是这样，什么事情都一副无所谓的样子，好像这个世界上没有什么能让你真正在意。郜含宇虽然平时看起来大大咧咧的，但其实很有担当，他会在意你们生活中的每一个细节，会在意你是否开心、是否受伤。而你呢，虽然表面上看起来很坚强，但其实内心很柔软，需要有人去呵护。"

这话说得让郜含笑抖了抖。

"说得可真是肉麻。快点回座位，一会儿上课了。"

卢迪被郜含笑催促着回到了座位。看着在一旁做题的陆安阳，郜含笑凑过去，看着他道："同桌，今天有篮球比赛，你去不去看？"

垂下的刘海挡住了陆安阳的眼睛。他们已经当了一个月的同桌，郜含笑早就习惯了这个人的态度。但是她就是喜欢和这个人玩，或许是因为陆安阳身上藏着秘密。

"不去，做题。"

郜含笑露出"果然如此"的表情。她早就猜到陆安阳会说不去，所以也没有感到惊讶，只是随后又说了句："你这头发都长了，要是赶上哪天老高他们检查，一定会说你。"

陆安阳停下手中的笔，微微抬头，眼神透过刘海的缝隙，淡淡地看向郜含笑。他的声音依旧平淡如水，没有波澜："没事。"

郜含笑微微一怔，她没想到陆安阳会如此不在意。在她的记忆中，班级里的规矩总是那么严格，尤其是老高，他对仪容仪表的要求更是近乎苛刻。她忍不住又看了看陆安阳那长到几乎遮住眼睛的刘海，心里暗想：这样的发型，老高看到一定会发飙的。

她叹了口气，轻轻拍了拍陆安阳的肩膀："你还是注意点吧，免得被老高抓到，到时候可就惨了。"

陆安阳没有回应，只是继续低头做题，仿佛郜含笑的话并没有引起他的注意。郜含笑见状，也不再多说什么。

时间过得很快，转眼间就到了下午的篮球比赛。看着场上热火朝天的比赛，郜含笑的心情也激动起来。郜含宇在场上表现得异常出色，每一次投篮都引得观众阵阵欢呼。

"加油！郜含宇加油！"

郜含笑和班级里的女生一起呼喊。但是高中部并不都是原来的同学，尤其是这段时间，郜含宇因为训练，很久没有和郜含笑一起上下学，所以除了本班的人，其他人对两个人的关系也不是很清楚。

中间休息的时候，郜含宇直接朝着郜含笑跑过来，伸手接过郜含笑手里的水。

"怎么样？我帅不帅？"

郜含宇长得很像郜爸爸，剑眉星目，唇红齿白，格外阳光帅气。只不过两人从小一起长大，郜含笑都已经看腻了，但还是给面子地夸了一句。

"好看。"

见到亲姐态度敷衍，郜含宇直接扯过郜含笑的衣服擦了一把汗，然后不等郜含笑反应直接跑向队友。

郜含笑气得咬牙："好小子，你等放学。"

周围有几个女生在小声议论，还一直往郜含笑这边偷瞄。卢迪皱眉，扯过郜含笑。

"你小心点。那几个女生我认识，都是国际部那边的，不太好相处。小心她们缠上你。"

这倒是让郜含笑有些疑惑："缠上我？我又不认识她们。"

郜含笑虽然疑惑，但并未将卢迪的话放在心上，她相信自己的直觉，这些女生应该是出于好奇或者是对郜含宇的关注而多看了她几眼。就算她们有什么坏心思，郜含笑也不怕，她相信自己的能力和判断力，也相信自己能够处理好这些复杂的人际关系。

比赛继续进行，郜含宇在场上如鱼得水，他的每一个动作都充满了力量和美感，赢得观众阵阵喝彩。郜含笑瞥到角落里的座位，陆安阳坐在那里。郜含笑朝着他挥挥手，但是陆安阳扭过头，像是没有看见她一样。

"这家伙真是别扭。"

卢迪一直盯着场上，听到郜含笑的话有点疑惑："你说什么？"

郜含笑指指身后的方向。卢迪看到陆安阳，也有点惊讶。

"你同桌居然也来凑热闹，真是稀奇。"

卢迪的话中带着一丝戏谑,她看着陆安阳那孤独的身影,心中不禁有些好奇。这个人平时总是独来独往,似乎不太合群,没想到今天竟然会出现在篮球比赛的现场。

郜含笑微微一笑,她并不觉得陆安阳的出现有什么稀奇的。在她看来,陆安阳虽然表面上看起来冷漠,但内心却是一个热情而敏感的人。他之所以不愿意与人交往,只是因为他害怕被伤害,害怕自己的真实情感被别人看穿。

比赛结束,郜含宇带领队伍取得了胜利。他兴奋地跑到郜含笑面前,一脸得意地说:"怎么样,姐,我没让你失望吧?"

郜含笑笑着点点头,说:"表现不错,晚上回家给你加鸡腿。"

郜含宇哈哈大笑,两人一起走向观众席。然而就在郜含宇走到台阶上的时候,身后忽地飞来了一个篮球,砸到郜含宇的肩膀上,郜含宇没稳住身体,从台阶上摔了下来。

"郜含宇!"

一群人冲过去围住他,好在他没什么大碍,只是扭伤了脚踝。陆安阳不知道从哪里钻了出来,直接将郜含宇背起来,然后看向郜含笑。

"医务室,带路。"

郜含笑一时之间没有反应过来,直到身边人提醒她,她才连忙走在前面。

"那边……"疼得龇牙咧嘴的郜含宇连忙出声,"可别让她指路,她路痴。往那边走。"

郜含宇的话让郜含笑有些想要打人。不过此刻,她只能默默跟在陆安阳身后,看着他背着郜含宇,快速而准确地走向医务室。

医务室里,校医仔细检查了郜含宇的脚踝,确定只是扭伤后,给他敷上了药膏,并嘱咐他这几天要注意休息。

离开医务室后,也到了放学时间。郜含笑扶着郜含宇,有些无奈。

"看来今天我要驮着你回家了。"

此刻的郜含宇一脸苦相:"能打车吗?我这……"

郜含笑挑眉:"现在知道丢人了?那也没有办法,反正咱们两个是姐弟,我照顾一个伤患,不会有人说什么。放心。"

两个人在后面吵吵闹闹,而陆安阳走在前面,按照记忆寻找回教室的路。

第五章　物理好难

"怎么可能，我自个儿难道不能去学校吗？难道一定要这样子吗？"郜含宇坐在自行车的后座上，脸上写满了不甘和委屈。

郜含笑转身，随手将后背上的书包扔给了他。她笑着说："你也不称称你那体重，我每天都要骑车带你。"

郜含宇的脸上露出了绝望的表情。郜含笑的笑话让他觉得无奈，但她轻柔地拍了拍他的脸颊，又让他感到一丝温暖。

"咱爸又带着团队去地质勘探了，咱妈在学校正是忙的时候，你就稍微委屈一下吧。"

郜含宇无奈地叹了口气，他知道姐姐说的是实话，家里确实没有人能接送他上下学。而且他的脚扭伤了，坐姐姐的自行车确实是一个不错的选择，尽管这让他感到有些丢脸。

在去学校的路上，两人说说笑笑，虽然偶尔会有一些小争执，但更多的是彼此之间的关心和照顾。郜含笑时不时地回头看看郜含宇坐得是否舒服，而郜含宇也尽量忍住脚踝的疼痛，不想让姐姐太过担心。

当他们骑到梧桐街道时，郜含笑的体力有些不支。放学还好，因为是下坡路，但现在是上坡路，她的体力根本支撑不住。

"姐，别骑了，我自己慢慢走。"郜含宇看着姐姐额头上的汗珠，心中不忍，便想让她休息。但郜含笑摇了摇头，坚持要继续前行。她知道，自己虽然体力不支，但绝不能让弟弟一个人走去学校。于是，她咬紧牙关，继续用力地蹬着自行车。

就在两人艰难前行的时候，一个身影突然从旁边追了上来。邰含笑转头一看，原来是陆安阳。

"你怎么会在这里？"邰含笑有些惊讶地问道。

陆安阳下车，将自己的自行车给了邰含笑，然后说："我带他。"

坐在后座的邰含宇没有任何反抗的机会，直接就被陆安阳带走了。而后面的邰含笑则一脸震惊，只能骑着车追赶上去。一路上，两人的自行车在朝阳中并排前行。陆安阳的侧脸在金色的光芒中显得格外冷峻，但邰含笑却从中看到了一丝温柔和坚毅。

"啊！我还不如让我姐带我，太丢人了，太丢人了！我的一世英名毁于一旦，全毁了，全毁了。"

被陆安阳载到学校的邰含宇坐在座位上嘟嘟囔囔，像是遇见了什么天大的坏事。

突然，"啪嗒"一声，一个热气腾腾的包子落在邰含宇的面前，打断了他的懊恼。邰含笑走到邰含宇的身边，轻轻地拍了拍他的肩膀。

"不就是被老高嘲笑吗？这有什么大不了的？"邰含笑一边轻描淡写地说着，一边从书包里掏出纸巾，细心地替邰含宇擦去额头的汗水。她的动作轻柔而熟练，仿佛在照顾一个需要呵护的孩子。正在嘟囔的邰含宇被邰含笑的动作吓得后退了一步。

邰含笑的眼神中闪烁着一丝戏谑，她更加温和地笑着。就在邰含宇毛骨悚然的时候，她直接拽住他的耳朵，咬牙切齿地威胁道："再敢出声，我就把你耳朵砍了拌凉菜。"她的语气中透露出一丝玩笑，却又带着不容忽视的严肃。邰含宇被她的气势所震慑，瞬间闭上了嘴巴，不再嘟囔。

邰含宇内心深处的苦涩与无奈，源自那次被陆安阳背着来到学校的经历。老高目睹了这一幕，不禁推了推眼镜，戏谑地说道："呦，邰含宇这是变得娇弱了吗？那也好，这样你就能少给我添麻烦了。前两周，你弄坏了三块玻璃。这次我看你得十天半个月才能恢复吧？"老高的话语中透露出一种幸灾乐祸的情绪，毕竟邰含宇这些年可没少给他带来麻烦。

邰含宇低头看着自己受伤的脚踝，心中不禁暗自叹息。

不过这件事情没有持续多久，因为很快就要到第二个月的月中了，也就是月考时间，大家都忙着复习。毕竟谁也不想高中的第一次考试就被人比下去。

郜含宇虽然脚伤未愈，但他并不甘心在学业上落后。每天，他都会早早起床，利用晨读的时间来复习和预习。尽管有时候疼痛会让他分心，但他总是能迅速调整状态，重新回到书本中。

但是姐弟俩都有点偏科，而且都是物理学得不好。

坐在书房里，姐弟俩对视一眼。

郜含宇问："你会吗？"

郜含笑摇了摇头，无奈地笑了笑。物理，这个让他们头痛不已的科目，似乎总是难以捉摸。但是，她知道自己不能就这样放弃。于是她深吸一口气，决定挑战自己。

她拿起物理课本，开始逐章逐节地复习。而郜含宇也是一样，大有"头悬梁锥刺股"的架势。时钟分针从十二走到三，只听到"嘭"一声，在客厅看电视的妈妈被吓得赶紧推门。

"你们……"

只见姐弟俩额头磕到桌面的姿势一模一样，郜妈妈深吸一口气。

"二位小同志，还有一周月考，勉强是勉强不来的，接受现实吧。"

这话简直就是兴奋剂，姐弟俩一齐抬头，怒目圆睁。

"不可能！"

"不可能！"

郜妈妈叹了一口气，直接出去了。这俩孩子从小就不服输，所以郜家父母从来不强迫二人学习，但他们的物理成绩永远都在七十五分上下，而且两人每次错的题几乎一模一样。

以前甚至还有老师觉得这两个人作弊，结果特意将两个人分开之后，还是一样的结果。他们的物理老师不得不接受现实，这姐弟俩就像是有心灵感应似的，甚至连思维模式都是一样的。

也不是没有请过家教，但是家教对两个人完全不起作用。最后郜家父母只好选择接受现实。就随他们去吧，大家都是当过学生的，有的人就是有一些地方学不明白。

第六章　同学嘛，求你了

"哎，我说，你们两个昨晚是不是去当梁上君子了？瞧瞧这黑眼圈，你们简直就是鬼故事里的角色。"卢迪一脸惊讶地看着郜含笑和郜含宇，调侃中带着几丝疑惑。

郜含笑微微一笑，轻轻推了推身边的郜含宇。郜含宇一脸不情愿地坐直了身体，仿佛有什么难以启齿的秘密。

"恶补。"两人同时说出这个词。无须多言，卢迪便明白他们又在为物理这门课纠结。

"这就是物理的魅力，你们两个就别再挣扎了。反正你们的成绩一直比较稳定，影响也不大。只要其他科目稍微用点心，总成绩就能提上来。"卢迪的话虽然直接，但也说出了郜含笑和郜含宇心中的无奈。

他们两个从初中开始就是同班同学，一起度过了许多难忘的时光。其间，他们尝试过用各种方法提高物理成绩，但始终效果不佳。这都成为他们的心病了。

"对了，郜含笑，我记得你那个同桌是个物理天才吧？你怎么不求他帮你俩辅导一下呢？"卢迪的话像一道曙光，照亮了郜含笑和郜含宇迷茫的心灵。

郜含笑抬起头，眼中闪过一丝希望，但又很快暗淡下来。她苦笑着说："我和他不熟，而且……他看起来并不喜欢多管闲事。"

郜含宇听后也皱起了眉头。他知道姐姐说的是实话。陆安阳虽然和他们同班，但他总是独来独往，仿佛与这个世界格格不入。他从未见过陆安阳主动和谁交流，更别提帮他们解决这种难题了。

然而，月考的脚步日益临近，物理这门课始终是他们心中的痛。郜含笑和郜含宇对视一眼，一瞬间就明白了对方的意思。

在每堂课开始的前五分钟，陆安阳总是准时地坐在自己的位置上，这已经成为他的一种习惯。然而今天他注意到桌子上放了一袋面包和一盒牛奶，这些意外的食物让陆安阳有了片刻的迟疑。他将这些食物收拾起来，正打算扔进垃圾桶。就在这个关键时刻，他的同桌郜含笑迅速地拉住了他的袖子。

"同桌，同桌，这些都是我放的。"郜含笑带着一丝紧张，急切地向陆安阳解释。

陆安阳闻言停下了动作，犹豫了一下，最终还是将食物重新放回了桌子上。

陆安阳的长相非常出众，这使得他经常成为众人关注的焦点。每隔几天，他就会收到一些同学送来的零食或者其他小礼物。然而，对于这些礼物，陆安阳从来没有接受过，他总是将它们扔掉。他不喜欢别人送他东西，尤其是那些带有目的的礼物。

"同桌，求你一件事。"郜含笑小心翼翼地开口，她知道自己的请求可能会让陆安阳感到为难，但她还是决定试一试。

陆安阳微微抬起头，目光中透着一丝疑惑。他很少主动与人交流，更不用说接受别人的请求了。然而，看着郜含笑那满是期待的眼神，他心中竟涌起一股莫名的冲动。

"你说。"他淡淡地开口，声音中不带任何情绪。

郜含笑咬了咬下唇，像是下了很大的决心："我……我和弟弟物理不太好，月考快到了，希望你能帮我们辅导一下。"说完，她紧张地低下了头，生怕看到陆安阳拒绝的眼神。

然而，出乎她的意料，陆安阳并没有立刻拒绝。他沉默了一会儿，似乎在思考什么。最终，他点了点头："可以。"

郜含笑和郜含宇听到这个回答，都惊讶地抬起头。他们没想到陆安阳会答应。郜含笑更是激动得几乎要哭出来，她连忙道谢："谢谢你，同桌！"

郜含笑有些激动地握住陆安阳的手，但是又突然想起来陆安阳有洁癖，她连忙拿出消毒湿巾递给陆安阳。

"您请用。"

陆安阳接过湿巾，淡淡地看了一眼，然后轻轻擦拭了一下刚才被郜含笑握住的手。他的动作虽然简单，但透露出的那种疏离感却让郜含笑心中一紧。她意识到自己可能过于激动了，于是尴尬地笑了笑。

"明天是周六，我们有没有什么地方可以去呢……或许，我们可以去学校附近的咖啡屋坐坐？"她说的咖啡屋位于校园门口，是学生们休闲放松的热门选择，尤其在假期时，总能见到许多学生在此边享用美食边学习。

陆安阳整理好自己的物品后，将目光投向郜含笑："去我家吧，我家里没有其他人。"

郜含笑没有预料到陆安阳会提出这样的邀请，她略显惊讶，稍加思索后便轻轻点头，表示同意。她了解陆安阳并不喜欢拥挤的地方，更不喜欢受到过多的关注，所以去他家进行辅导真的是一个不错的方案。

随着放学铃声的响起，郜含笑架着郜含宇离开教室。郜含宇的身高超过一米八，郜含笑有一米六五，但即便是这样，她还是无法承受弟弟的重量，两人一同摇晃，将要摔倒。就在这关键时刻，一只手及时伸出，拉住了郜含笑，而郜含宇则重重地摔倒在地。

"哎呀，陆安阳，你刚才怎么不顺便拉我一把？我现在疼得厉害。"郜含宇惨叫，郜含笑的手腕被陆安阳紧紧握住。她一脸惊愕，过了一会儿才反应过来，郜含宇还躺在地上。她赶紧去扶起弟弟，陆安阳则递给郜含笑她的书包，然后接过了郜含宇，径直往外走。

陆安阳主动提出要护送二人回家，郜含宇毫不犹豫地接受了，毕竟郜含笑骑自行车的技术确实欠佳，随时都可能出现意外状况。一路上，郜含笑都表现得心不在焉、愁眉苦脸的。他们抵达楼下，便与陆安阳道别了。目送着陆安阳渐行渐远的背影，郜含笑开始仔细打量起郜含宇来。

郜含宇被她这种怪异的眼神盯得浑身不自在，甚至感觉汗毛都竖了起来。他紧张地问："姐，你这是怎么了？有话就直说吧，别这样看着我，我都要害怕了。"

郜含笑深吸一口气，仿佛下定了决心："含宇，你觉得陆安阳这个人怎么样？"

邰含宇愣了一下，显然没料到姐姐会突然问这个问题。他仔细回想了一下陆安阳的行为举止，然后说："他啊，虽然话不多，但人应该还不错吧。你看他，虽然不喜欢和别人接触，但对我们还算是友善的。"

"是吗？"邰含笑微微皱眉，心中却有些不安。她想起了陆安阳那独特的性格，以及他对待自己与邰含宇的特殊态度，总觉得其中有些她没能察觉到的东西。

"姐，你怎么了？怎么突然对陆安阳这么关心？"邰含宇看着姐姐的脸色，有些担心地问。

邰含笑摇了摇头，将心中的疑虑压下去："没什么，就是随便问问。"

第七章　一起过中秋吧！

第二天清晨，温暖的阳光悄无声息地穿过窗帘的细小缝隙，柔和地洒在了郜含笑的床上。她揉了揉惺忪的睡眼，逐渐从沉睡中清醒过来。刚清醒，她的脑海中立刻浮现出了与陆安阳事先约定的辅导时间。

意识到这一点，她立刻变得急切起来。她迅速地从床上坐起，完成了一系列的准备工作之后，走到书架前，仔细地挑选了几本关于物理的参考书，这些书是她今天学习的必备资料。挑完书，她没有耽搁，立刻敲响了郜含宇的房门。

"郜含宇，快起床了，太阳都出来了，你还在睡懒觉，快点起来。"

郜含笑在门外大声喊，试图用声音唤醒睡梦中的弟弟。

在平时的周末，郜含笑和郜含宇会轮流承担做早餐的任务，然而，由于郜含宇最近受伤，这个任务自然就落到了郜含笑的身上。对此，她没有丝毫怨言，反而觉得这是自己应该承担的责任。她唯一希望的就是弟弟能够快点起床，不要错过约定好的时间。

郜含宇的卧室里不断传来细微而密集的声响，那是他被姐姐郜含笑高分贝的呼喊声唤醒的迹象。没过多久，那扇分隔睡眠与苏醒的房门被缓缓打开，郜含宇顶着一头睡得乱七八糟的头发，脸上带着不满的神色，不情愿地踏出了房门。

"姐，你这么早就在喊什么，周末不是应该多休息会儿吗？"郜含宇带着些许抱怨说道。但他的目光很快被姐姐手中的书籍所吸引，他立刻意识到了姐姐的用意。

郜含笑双手叉腰，一巴掌重重地拍在了郜含宇的脑门上。

"你这家伙是不是把今天的事情给忘了，嗯？我们提前约好了要去陆安阳家一起学习物理，现在都已经七点半了，吃完早餐就八点了。去他家至少得花一个小时。你难道好意思让陆安阳等你？"郜含笑责问道。

郜含宇被姐姐的巴掌拍得有些发愣，他摸了摸被拍疼的脑门，露出一副委屈的表情回答道："姐，我真的没忘，只是还想多睡一会儿。我这就收拾，保证不让你失望。"

说完这番话，郜含宇赶忙去洗漱，生怕姐姐又会用什么"激烈"的方式提醒他。

郜含笑看着弟弟手忙脚乱的样子，不禁轻轻地叹了口气。她心里明白，尽管弟弟有时候显得有些懒散，但在关键时刻还是很靠谱的。她转身离开了卫生间，朝着厨房走去，开始准备早餐。

没过多久，厨房里就飘出了早餐的香气，那是郜含笑精心准备的。郜含宇也完成了洗漱，坐在了餐桌前。两人一边享用着美食，一边聊着天，早餐很快就被他们消灭干净。

郜含笑看了看手表，已经八点多了。她迅速地收拾好书本和文具，催促着郜含宇出门。两人骑上车，沿着规划好的路线，朝着陆安阳家赶去。

一路上，微风拂面，阳光洒在身上，让人感觉格外舒服。

姐弟俩的自行车在清晨的街道上穿梭，沿途的风景如诗如画，但他们的心思早已飞到了即将到达的目的地。

"姐，你说陆安阳家怎么住这么远？我看他每天都是骑自行车上下学，按照这个距离，他每天上学就要花至少一个小时，我的天，那他得几点起啊？"

郜含笑眼中闪过一丝复杂的神情："是啊，他住的地方确实有些远。但这也是他选择的生活方式吧，每个人都有自己的坚持。"

一会儿，两人来到了陆安阳所住的别墅区。这是一个相对老旧但环境清幽的地方，周围的树木郁郁葱葱，仿佛与世隔绝一般。姐弟二人瞪大眼睛，他们的确没有见到过这样的环境。

"我的天，他……他家住在这里？那每天陆安阳骑自行车上下学，是在体验生活吗？"郜含宇不由得感叹一句。

两人一番折腾，终于在门卫的指引下来到了陆安阳家门口。邰含笑轻轻敲了敲门，很快，门内传来了陆安阳的声音，声音依旧清冷："来了。"

门被缓缓打开，陆安阳的身影出现在姐弟俩的视线中。他穿着简单的T恤和牛仔裤，脸上表情淡淡的，但比平日里要温和许多。邰含笑和邰含宇进屋，被陆安阳家的布置所吸引。他家的别墅有些年头了，但屋内收拾得井井有条，充满了书香气息。

陆安阳将姐弟俩带进了他的书房，这里摆满了各种各样的书籍和模型，让人眼前一亮。

邰含宇瞪大了眼睛，这里面的很多模型都是他没有见过的。这些东西价格昂贵不说，拼接的难度更是让人崩溃。

陆安阳看出了邰含宇的惊讶，他淡淡地笑了笑，指着其中一架结构复杂的飞机模型说："这是我最近完成的，如果你有兴趣，我可以教你如何制作。"邰含宇被这个提议吸引，他好奇地走近模型，眼中闪烁着对知识的渴望。

陆安阳将二人引到书桌前，开始了今天的物理辅导。他详细地讲解了几个难点，用生动的例子和清晰的逻辑让邰含笑和邰含宇很快掌握了这些复杂的概念。讲完知识点，陆安阳又拿过两个人的书。

"这次考试就在下周三，这几天不够你们复习，我给你们画出考试重点，够你们用，其他漏洞慢慢补。"

陆安阳很少说这样长的一串话。邰含笑和邰含宇对视一眼，心中都充满了感激。他们知道，陆安阳虽然平时话不多，但为他们辅导时尽心尽力，一点也不马虎。他们拿起笔，认真地记录下陆安阳为他们画出的重点，准备在接下来的几天里全力以赴地复习。

陆安阳看着两人认真的样子，脸上露出了一丝微笑。他知道，自己的努力并没有白费。他也知道，这两姐弟虽然性格迥异，但都有着对知识的渴望和对未来的憧憬。他愿意尽己所能，帮助他们实现梦想。

时间在不知不觉中流逝，转眼间已经到了中午。三个人都有点饿。陆安阳看了一眼时间："我给保姆放假了，她今天不回来，我们去外面吃吧。"

邰含笑拿出手机看了一眼地图。

"算了吧，这边太远，出去吃再回来就要好几个小时，不如自己做，我去看看你们家冰箱里有什么，郜含宇过来打下手。"

郜含笑的话音刚落，郜含宇便迫不及待地跟在她的身后，两人一同走向厨房。陆安阳则静静地坐在书房的沙发上，手中翻着一本关于物理学的专业书籍，偶尔抬头望向厨房的方向，眼中闪过一丝不易察觉的光亮。

厨房里，郜含笑一边打开冰箱察看食材，一边与郜含宇讨论着做什么好。郜含宇虽然平时懒散，但在姐姐的指挥下，也能乖巧地帮忙打下手，两人配合得十分默契。

不久，厨房里传来了锅铲碰撞的声音，一股香气随之飘散出来。郜含笑和郜含宇的默契配合使得这顿饭的制作过程变得十分顺利，没过多久，几道色、香、味俱佳的菜肴就被端上了餐桌。

陆安阳从书房中走出来，看到餐桌上的美食，眼中闪过一丝惊讶。他没想到这姐弟俩居然能够做出这么美味的饭菜。他走上前，轻轻地闻了闻，脸上露出了满意的笑容。

三人围坐在餐桌前，开始享用这顿丰盛的午餐。郜含笑随口问道："你父母怎么周末也不在家？"

"他们是医生，常年在国外，我们不住在一起。"

这话里面没有任何情绪，仿佛父母是否在家和他没有任何关系。

"过年会回来待上两天。"

这两天不是虚指，而是切切实实的两天。

郜含笑和郜含宇对陆安阳的家庭情况感到有些意外，但再追问又有些不礼貌，他们就没有过多追问。

午餐过后，陆安阳收拾了碗筷，他们三人又回到了书房。陆安阳继续为姐弟俩进行物理辅导，而郜含笑和郜含宇则全神贯注地聆听，不时地提出自己的疑问。陆安阳耐心地解答，他的话语清晰而富有条理，使得复杂的物理知识变得容易理解。

时间一分一秒过去，等姐弟俩写完一套题的时候，天已经黑了。郜含笑看看时间。

"这么晚了，我们就先回去了。"

"好，我送你们。"陆安阳站起身，将书本整理好放回书架，随后便和郜含笑、郜含宇一同走出了书房。天色已晚，月光洒在别墅的院子里，为这静谧的夜晚增添了几分神秘。

陆安阳送姐弟俩到门口，郜含笑和郜含宇诚恳地表示感谢。郜含宇更是忍不住回头看了一眼这栋充满书香气息的别墅，心中对陆安阳的敬意又多了几分。

"陆安阳，谢谢你今天的辅导和午餐。我们下次见。"郜含笑微笑着说道。

"不客气，下次见。"陆安阳也微笑着回应。

姐弟俩正准备出发时，郜含笑突然问道："下周末是中秋节，你来我家吧，怎么样？"

郜含宇附和："是啊，咱们三个一起过。"

陆安阳因这突如其来的邀请愣了一下，随即微笑着点头："好。"他目送着姐弟俩渐行渐远，心中涌起一股暖意。

第八章　这不是考试，是噩梦

考完试没多久，成绩就出来了。郜含笑得知自己的分数后，径直走到郜含宇的座位前，双手叉腰，摆出一副得意扬扬的架势。郜含宇正埋头于书本中，似乎对即将到来的"风暴"一无所知。

"兄台，你看我的成绩。"郜含笑将成绩单往郜含宇面前一放，脸上写满了骄傲。

郜含宇抬起头，看到姐姐的成绩后，脸上露出了一丝惊讶，但随即装出一副若无其事的样子。

"就比我高了零点五分而已。"

郜含笑一听这话，顿时不依不饶："高零点五分也是比你的分高，愿赌服输，你的零花钱归我了！"

郜含宇忍痛从口袋里掏出钱包，抽出里面的钱递给郜含笑："好吧，你赢了。不过，这次你进步很大，值得庆祝。"

郜含笑接过钱，脸上露出了胜利者的笑容，转身对陆安阳说："陆安阳，我们去吃冰激凌吧！这一次可是多亏了你。"

陆安阳看着郜含笑兴奋的样子，微笑着点了点头："好。"

而郜含宇坐在后面嚷嚷："天塌了，天真的塌了，这哪里是考试？这就是我的地狱。啊！啊！啊！考的什么试啊？"

班级每周调整一次座位，此时的郜含宇坐在走廊的窗边上。

"你这次不是考得挺好吗？"突然有人出声问他。

郜含宇一转头，就看见老高那张脸，吓得他一下子摔倒在地上。

"老高，你怎么出现也不说一声？"

郜含宇尴尬地从地上爬起来，拍了拍身上的灰尘，脸上露出几分无奈。老高总是以出其不意的方式出现在他面前，给他带来或大或小的"惊喜"。

"怎么？我出现还需要提前通知你？再说，我看你刚才好像在很投入地哀号什么考试，考试结果出来了，你考得不好？"老高笑眯眯地看着郜含宇，一副洞悉一切的模样。

郜含宇拿出自己的钱包。

"老高，你看到了什么？"

老高看着郜含宇手中空空如也的钱包，脸上露出了一丝戏谑的笑容："哦？看来是你又输给了你姐姐，钱都被赢走了。不过，输赢乃兵家常事，别这么沮丧。"

郜含宇叹了口气，摇头道："老高，你不知道，这次考试对我来说真的是噩梦。"

他抬头望着窗外的天空，眼中满是无奈与苦涩。老高见状，拍了拍他的肩膀，安慰道："好了，别难过了。你这次虽然没赢，但也进步了很多。而且，你姐姐的成绩也值得庆贺。你们可以一起出去吃顿好的，缓解一下压力。"

郜含宇听后，脸上露出了一丝苦笑："吃顿好的？我现在连饭都吃不起了，哪还有钱去吃什么好的？"

老高哈哈大笑，从口袋里掏出十块钱递给郜含宇："拿去买支冰激凌吧，别总说老高我小气。"

郜含宇接过钱，脸上露出了感激的笑容："谢谢老高，你真是我的救星。"

老高摆摆手，转身离去，留下郜含宇在原地发呆。老高其实最喜欢的就是郜含宇，因为他聪明、开朗、阳光，虽然惹了不少麻烦，但是他们俩相处得就像是朋友一样。

老高走后，郜含宇的心情稍微好了一些。他看了看手中的钞票，心里盘算着要去买点什么。就在这时，郜含笑和陆安阳走进了教室，他们手上拿着冰激凌，一副心情大好的样子。

郜含宇看着他们，心里有些不是滋味。每次在成绩上都被姐姐压一头，这让他既无奈又嫉妒。不过，他也知道姐姐的努力和付出，所以他并没有怨言。

郜含笑看到弟弟在发呆，便走过来拍了拍他的肩膀："怎么了？看你一脸苦瓜样。"

郜含宇笑了笑，摇摇头："没什么，就是觉得自己考得不够好。"

郜含笑一听，立刻安慰道："别灰心，你已经很努力了。再说，这次考试也不是终点，我们还有机会。"

卢迪也走过来，递给郜含宇一支冰激凌："吃吧，别难过了。你其实已经做得很好了。"

郜含宇接过冰激凌，然后又晃晃自己另一只手上的钱。

"老高给的，十块钱。"

这让卢迪都嫉妒了："老高居然都给你零花钱，你给他灌了什么'迷魂汤'？"

郜含宇哈哈一笑："老高对我好，那是因为他喜欢我。不过，这钱我确实会好好用，不会乱花的。"

卢迪闻言，也笑了起来："郜含笑，你看看你给你老弟弄得，十块钱都得计划着花。"

此时，陆安阳静静地站在一旁，他的目光在郜含宇和郜含笑之间流转，心中涌起一股莫名的温暖。他看着他们三人嬉笑打闹，仿佛也被这欢乐的氛围所感染，嘴角不禁微微上扬。

第九章　中秋节

中秋节，是中国传统文化中象征着团圆与和谐的美好日子。然而，对于郜家来说，这个特殊的日子却有些许的不同。因为郜家父母临时有事去了外地，无法与子女团聚。对于郜含笑和郜含宇来说，这样的情况已经成为他们生活的一部分。虽然心中有所缺憾，但他们已经学会了在这样的日子里找到适合自己的庆祝方式。

"爸妈今年中秋不回来，郜含宇，你别总是闷头看书，今天可是中秋节，咱们得好好过。"郜含笑看着弟弟，眼中闪烁着坚定的光芒。郜含宇听到姐姐的话，抬起头，看着姐姐脸上的笑容，心中涌起一股暖意。他知道，尽管父母不在，但姐姐一直在努力让这个家保持着节日的气氛，保持着家的温暖。

郜含宇放下手中的笔，站起身，对姐姐说："好，那我们去买菜吧。"两人一起走出家门，来到了附近的菜市场。郜含笑带着郜含宇在市场中穿梭，挑选着新鲜的食材，为今晚的庆祝活动做着准备。

"你说陆安阳什么时候到？"郜含笑一边挑选食材，一边和郜含宇聊天。

"啊，你没打电话问他吗？"郜含宇疑惑地问。

郜含笑听到弟弟的话，愣了一下，然后笑着说："我还以为你给他打过电话了呢。"

与此同时，在陆安阳的家中，保姆王婶正在询问陆安阳今晚的晚餐计划。王婶从陆安阳十岁那年就开始照顾他了，她见证了陆安阳的成长，对陆安阳有着深厚的感情。

陆安阳听到王婶的话，低下头，沉默了一会儿，然后说："王婶，你回去吧。今晚是中秋节，你应该和家人团聚。有同学邀请我去他们家。"

听到陆安阳的话，王婶的眼中闪过一丝感动。她知道，陆安阳很久没有期待过别人的回应了。陆安阳小时候时常期待父母回家，但后来，父母是否回家已经不再重要。但王婶害怕陆安阳的期待会落空，就像他期待父母回家一样。

"小安，这么晚了，你同学可能忘记了。"王婶轻声说。听到王婶的话，陆安阳翻书的动作停了一下，但很快又恢复了正常。

"不会的，他们不会忘记的。"陆安阳抬起头，眼中闪烁着期待的光芒。

看着陆安阳握紧书的手，王婶欲言又止。就在空气逐渐凝固的时候，电话响起来。

"陆安阳，我是郜含笑，我把地址发到你手机上了。我和含宇在做饭，你快点过来吧。"

陆安阳听到电话那头郜含笑的声音，心中一阵暖意流过。他迅速从书包中拿出手机查看短信，果然有一条来自郜含笑的地址信息。他迅速回了一个"好"，然后站起身，对王婶说："王婶，我去吃饭。"

王婶看着陆安阳眼中的亮光，心中也满是欣慰。她知道，陆安阳虽然平时看起来沉稳内敛，但内心一直渴望着友情和亲情。她微笑着说："那就好，小安，你去吧，好好享受这个中秋节。我也回家了。"

陆安阳点点头，送王婶到了门口。他知道，虽然王婶在他生活中占据了重要的位置，但她终究不是他真正的家人。

夜幕降临，一轮明月高悬于天空，郜家的厨房里灯火通明，郜含笑和郜含宇正忙着准备晚餐。郜含笑手法熟练，切菜、炒菜，一切都有条不紊；而郜含宇则在一旁打下手，洗菜、切肉，两人的合作默契无间。

厨房里传来一阵阵诱人的香味，那是他们精心准备的佳肴散发出的香味。虽然只是一顿简单的家庭聚餐，但他们想将这顿晚餐做得格外丰盛，以弥补父母不在的遗憾。

就在这时，门铃响起，郜含笑放下手中的锅铲，快步走向门口。她打开门，只见陆安阳站在门外，手里提着一个精致的月饼礼盒。

"陆安阳，你来了！"郜含笑热情地迎接。

"嗯，中秋节快乐。"陆安阳微笑着回应，将月饼礼盒递给了郜含笑。

"谢谢，快进来吧。"郜含笑接过礼盒，将陆安阳引进了家门。郜含宇满身都是面粉，从厨房探出头。

"学霸，你来了，快坐，我在揉面，你稍等一下。"

自从月考之后，郜含宇就把陆安阳当作偶像来崇拜。

陆安阳看着郜含宇满身的面粉，忍俊不禁道："好的，你忙。"

给陆安阳倒了一杯水之后，郜含笑觉得让他一个人在客厅也不好，于是问他："我们在包饺子，你要不要一起来？"

陆安阳有些怔愣，自从十岁那年爷爷奶奶相继离世，陆安阳回到那个冰冷的别墅后，他就没有和人包过饺子了，甚至各种节日也很少过。别墅里大多数时候只有他一个人。

他眼中闪过一丝笑意，轻轻点了点头，随后站起身，跟随着郜含笑走进了厨房。郜含宇正在认真地揉面团，郜含笑则在一旁准备馅料。

陆安阳走到郜含宇身边，看着他专注的样子，心中涌起一股莫名的亲切感。他伸出手，轻轻地从郜含宇手中接过面团，开始揉捏起来。他的手法虽然不如郜含宇熟练，但每一个动作都显得那么认真和专注。

郜含笑看到这一幕，心中也感到一阵温暖。她知道，陆安阳虽然平时看起来沉稳内敛，但内心其实非常渴望与人交流和分享。她走到陆安阳身边，开始指导他如何包饺子。三人一边包着饺子，一边聊着天，厨房里充满了欢声笑语。

不一会儿，饺子就包好了。郜含笑将饺子下锅，没多久，香气四溢的饺子就出锅了。

三个人围坐在餐桌旁。

"学霸快点吃。"

郜含宇给陆安阳夹了一堆菜。

陆安阳看着眼前堆满菜肴的碗，有些恍惚，他许久没有感受过这样热闹的场面了。他抬起头，看看郜含宇和郜含笑脸上洋溢的笑容，心中涌起一股暖流。

"好。"

其实陆安阳很不理解中秋为什么要吃饺子，但他还是吃了起来。郜含笑知道他想问什么，于是解释道："我爸是北方人，一般过节都要有饺子，虽然在这边生活了很多年，甚至生活的时间超过我和含宇的年龄，但是我爸还是保持着以前的习惯，我和含宇也跟着养成了这些习惯。"

陆安阳夹起一个饺子，轻轻咬了一口，鲜美的味道立刻在口腔中散开，他忍不住赞叹道："真好吃。"

郜含宇听到陆安阳的夸奖，得意地笑了起来："那是当然，我姐姐包的饺子可是一绝。"

郜含笑也笑了，她看着陆安阳吃得津津有味的样子，心中感到一阵满足。她知道，这个中秋节，陆安阳不再是一个人，他有了他们的陪伴，也体会到了温馨的家庭氛围。

晚餐过后，三人搬了小凳子来到楼下的院子里赏月。郜含笑和郜含宇紧挨着陆安阳坐下。一轮明月高悬于天空，皎洁的月光洒满大地。其实没有什么话可以聊，但是就这样坐着都可以让人很安心。

他们望着那轮明亮的圆月，心中涌起说不出的宁静和满足。郜含笑轻轻地拍了拍陆安阳的肩膀，微笑着说："同桌，看，月亮多好看。"

陆安阳点点头，附和道："好看。"

他说完顿了一下，又看着姐弟二人，很真诚地说道："谢谢。"

这倒是让郜含宇和郜含笑愣住了。还是郜含笑反应迅速："谢什么？咱们是朋友。"

"朋友"这个词对陆安阳来说似乎有些遥远。然而，陆安阳对这个词并没有任何的厌恶感，特别是当这个词从郜含笑的口中理所当然地说出来的时候。

第十章　换一个地方生活

　　他们三个人都有着一些固定的生活习惯，尤其是郜含笑，到了点就会犯困，这会儿已经睡着了。郜含宇下意识地瞥了一眼墙上的时钟。

　　"看来，又到了我姐姐的休眠时间。"他戏谑道。到了晚上十二点，郜含笑就会像机器人一样准时进入睡眠状态。因此，郜含宇经常戏称她为"定时机器人"，仿佛她有着自己的关机时间。这种习惯的养成，其实是因为他们小时候的经历。当年，郜含宇和郜含笑都是早产儿。郜含宇的身体相对强壮一些，但郜含笑的心脏有些问题，后来还做了手术。在十岁之前，她都是被精心呵护的。

　　为了确保郜含笑的健康，家人们规定她每晚十点必须上床睡觉。后来，这个时间被改成了十二点，这是因为郜含笑上了初中，她为了更加努力地学习，从父母那里争取来的。

　　郜含宇叫醒了郜含笑，让她回房睡，然后拉着陆安阳去了自己的房间。

　　"我这张床是双人床，所以学霸和我一起睡吧。"

　　郜含宇蹲在衣柜前面找了件新的睡衣，直接扔给陆安阳。

　　"这是新的睡衣，卫生间有新的洗漱用品，我姐都准备好了，你直接用就行。这么晚了，你也别来回折腾，打电话跟家里报备一下，然后住这里。"

　　说到家里，陆安阳声音平静："不用报备，家里没人。"

　　郜含宇这才想起，那栋偌大的别墅里，只有陆安阳和一个负责做饭、收拾房间的保姆。

　　陆安阳从卫生间出来，穿着郜含宇的睡衣，看起来有些不自在。郜含宇看着他，笑着拍了拍床，示意他上来。陆安阳犹豫了一下，最终还是坐到了床上。两人并排坐着，一时间竟然有些尴尬。

郜含宇清了清嗓子，打破了沉默："学霸，你……你家里还有什么人吗？"

陆安阳沉默了一会儿，才缓缓开口："没，除父母外，无亲人。"

这句话让郜含宇感到有些意外，他没想到陆安阳的家庭成员会如此少。他看了看陆安阳，试图从他那双深邃的眼眸中读出更多的信息，但最终还是失败了。陆安阳总是那么内敛，那么难以捉摸。

郜含宇轻轻叹了口气，换了一个话题："那……那你平时除了学习，还喜欢做什么？"

陆安阳想了想，回答道："我喜欢看书，还有……画画。"

郜含宇有些惊讶："你还会画画？画什么？"

陆安阳微微一笑，眼中闪过一丝温柔："我喜欢画风景，还有……人物。"

郜含宇更好奇了："那你能给我看看你的画吗？"

陆安阳摇了摇头："不行，那些画……都很差劲。"

郜含宇不以为意："差劲怕什么，我又不是专业的评委。再说了，画画这种事情，自己喜欢才是最重要的。"

但是陆安阳也不知道自己究竟喜欢什么，家里人会帮助他完成所有的规划。不过这还是第一次有人要看自己的画。陆安阳最终点了点头。

"好，以后有时间给你看。"

他们两个性格不一样，郜含宇是一个很爱说话的人，所以在陆安阳身边的时候一直是叽叽喳喳、说个不停的状态。

陆安阳迷迷糊糊之间，听到郜含宇问他："你家离学校那么远，你就没打算换个地方住？租我们这个小区的房子怎么说都要比骑一个小时自行车上学要好。"

陆安阳被郜含宇的话惊醒，他抬头望向窗外的月光，那轮明月似乎也在静静地等待着他的回答。他沉思了片刻，然后缓缓开口："没想过。"

当郜含宇问起的时候，陆安阳才想起自己原来是可以换一个地方生活的，但是这件事陆安阳从来没有想过。以前好像王婶问过，但是陆安阳并不在乎上下学的时间,对他来说,每一天都是熬时间而已,所以离学校远近无所谓。

邰含宇打了一个哈欠:"学霸,生活不仅有学习,还有眼前的苟且,你那栋房子太大,没有什么人气,建议你换个小一点、近一点的,对你来说会更好一些。现在还好,要是到了冬天,骑车走那么远的路就太危险了。"

陆安阳从未想过,他之后的生活会因为这个夜晚的谈话而发生很大的变化。他一直以来都习惯了那种规律而单调的生活,从未考虑过改变。然而,邰含宇的话像是一颗种子,悄然在他心底生根发芽。

以前好像没有人问过他是否适合这样的生活,更不会有人想到他这样生活是否会有危险。

陆安阳静静地躺在床上,听着邰含宇均匀的呼吸声,心中涌起一股莫名的感动。他从未想过,自己的生活会被一个看似大大咧咧、实则细心周到的男孩所改变。他回想起邰含宇的话语,那些关于生活的琐碎建议似乎在不经意间触动了他的内心。

邰含宇的话像是一盏灯,照亮了陆安阳内心深处那些被忽视的部分。他开始思考:自己是否真的喜欢现在这种单调而规律的生活,是否真的满足于每天只有学习的生活?他意识到自己从未真正关心过自己的生活环境,从未考虑过自己真正想要的是什么。

陆安阳翻了个身,望向窗外的月光,心中涌起一股前所未有的冲动。他想要改变,想要尝试新的生活方式。他开始想象:如果搬到一个离学校更近的地方,每天可以节省多少时间?如果有了更多的时间,自己可以做些什么?他可以更深入地研究自己喜欢的书籍,可以将更充足的时间投入到画画中,甚至可以尝试一些以前从未尝试过的事情。

陆安阳的心里好像多了一样东西——对生活的渴望。

夜渐渐深了,陆安阳的想法却越来越清晰。他从未如此认真地思考过自己的未来,也从未如此渴望改变现状。他轻轻闭上眼睛,仿佛已经看到了那个全新的自己,正在一个充满无限活力和多种可能性的新环境中生活。

第二天清晨,当第一缕阳光透过窗帘的缝隙洒进房间时,陆安阳已经醒了。他坐起身来用手挡住眼睛,听着窗外树枝上的小鸟在不断地叽叽喳喳。

他感到一种前所未有的轻松和期待。他意识到自己已经不再满足于过去那种单调而乏味的生活了，他想要追求更多的可能性和更丰富的体验。

　　他下床，走到窗前，轻轻拉开窗帘，让阳光洒满整个房间。阳光照在他的脸上，温暖而明亮。

　　郜含宇睁开眼睛："学霸，你这醒得真早。"

　　伸了伸懒腰，看了一眼桌上的闹钟，郜含宇也迅速收拾好自己。

　　"学霸，你不用着急，今天轮到我做早餐了。"

　　陆安阳微微一笑，轻轻地点了点头。他慢条斯理地洗漱完，坐在了客厅的沙发上。

　　"早啊，同桌。"

　　郜含笑也从房间里走出来。

第十一章　新的邻居

"早。"

陆安阳说话十分简洁,郜含笑早就习惯了。三个人吃了早饭,郜含笑说郜妈妈今天要回来,他们得收拾房间。陆安阳一直在手机上不知道写什么东西。

"你们忙,我有事,先走了。"

郜含笑原本想让陆安阳在家里吃完午饭再走,没想到陆安阳突然有事情。

"同桌,你自己小心一点。郜含宇,你送送陆安阳。我收拾屋子。"

郜含宇听到姐姐的吩咐,立刻放下了手中的碗筷,站起身来。他看向陆安阳,眼神中带着一丝询问。陆安阳点点头,表示同意。于是两人一同离开了这个温馨的小家。

走出小区,郜含宇忍不住问陆安阳:"你这是有什么事情?"

其实郜含宇觉得陆安阳走得十分匆忙,于是询问。但是陆安阳并没有回答,郜含宇也不再追问。两个人很快就到了打车的地方。

"学霸,慢走,以后常来玩,反正大部分时间都是我和我姐在家。"

陆安阳点点头,表示记下了郜含宇的话。他站在路边,看着远处的出租车驶来,心中却有些莫名的激动。他不知道自己要去哪里,但他知道自己要去做些什么。

出租车缓缓停下,陆安阳拉开车门,坐进车里。车子缓缓启动,陆安阳靠在车窗上,看着窗外的景色快速倒退。他的心跳开始加速,这是他从未有过的体验。

郜含宇出门没带手机,手机在房间里响个不停。郜含笑看了一眼,随即又放在了桌面上。是一个没有备注的号码，郗含笑也就没有接。

郗含宇回来时，看到桌上的手机还在响，他拿起一看，是一个陌生的号码，连续打了好几次。他皱了皱眉，疑惑地按下了接听键。

"喂，你好，请问找哪位？"郗含宇问道。

"不是，兄弟就出国一年，你就把我忘了？"

听到熟悉的声音，郗含宇睁大眼睛，这个人是跟姐弟俩从小玩到大的朋友。家就在他们对门，那个房子一直没有租出去，也没有卖出去。

"林云霄！你不是在国外上学吗？怎么回来了？回来和我们拼高考吗？"

郗含宇的声音里充满了惊喜和调侃，林云霄是他的老朋友，他们俩从小一起长大，后来林云霄一家搬去了国外，两人便很少有机会见面了。

"哈哈，我哪有那个胆子和你们拼啊？我是去国际部。别提了，我爸妈工作调动，他们要回国待上三年，担心我被那些学生带坏，非要把我带回来。"

林云霄的笑声透过话筒传来，带着一丝无奈和自嘲。郗含宇听后，忍不住笑出声来。林云霄表面上看起来有些叛逆，实际上内心十分善良和正直。

"那你这次回来，打算住哪儿啊？不会还住我家对面吧？那房子空了那么久，这不得重新装修一下吗？"郗含宇好奇地问道。

"对啊，我爸妈说还是老地方好，有邻居照应着，他们也放心。"林云霄回答道。

郗含宇听后心中一动，他想起之前对陆安阳提到的改变生活的建议，或许林云霄的回归能给他带来一些新的启示和机会。于是，他急忙说道："你回来太好了，正好咱们可以聚聚，你可是我们楼里的'新鲜'血液啊！"

林云霄听后，也感到十分高兴，说道："好啊，我也正想跟你们聚聚呢，咱们可是好久没见了。"

两人聊了一会儿，便挂断了电话。郗含宇放下手机："姐，你猜猜是谁回来了！"

听到弟弟兴奋的声音，郗含笑停下手中的活，笑着问："是经常和咱们一起玩的林云霄？"

郗含宇点点头，眼中闪烁着期待的光芒："就是他，他回来了，还住咱们对门呢。想想都觉得开心,咱们楼里又热闹了。"

郜含笑也笑了,她想起了和林云霄一起度过的那些无忧无虑的童年时光,那时的他们一起上学,一起玩耍。

"那个哭包,就出去一年就回来了?"

郜含笑笑着打趣道。小时候郜含宇和林云霄两个人被人欺负的时候都是郜含笑出面,所以小时候郜含笑总觉得他们两个是废物。

"哎呀,姐,你可别这么说,人家现在说不定早就不是当年的那个哭包了。"郜含宇笑着反驳道,心中对林云霄的变化充满期待。

郜含笑笑着摇摇头:"快点过来收拾屋子。"

郜含宇无奈地耸耸肩,虽然有些不情愿,但还是乖乖地走过去帮忙。姐弟俩一边忙碌着,一边聊着林云霄的事情,脸上都洋溢着开心的笑容。朋友回来,两个人都格外惊喜。

几天后的一个晚上,对门的房子突然开始有人不断进出。

"真快啊。这人还没回来就找人收拾房子了。"

郜含宇站在门前,看着对面忙碌的景象,不禁感叹起来。但是没过一会儿,楼上也丁零当啷地响了起来。姐弟俩同时抬头,看着天花板。

"林云霄这家伙还把楼上租了?他要住两套房子?"郜含宇瞪大眼睛。

郜含笑摇摇头。

"你想什么呢?应该是巧合吧。楼上也在搬家。"

郜含宇挠了挠头,觉得自己的猜测确实有些离谱。他开始仔细观察对面的动静。只见林云霄家门口人来人往,不时有搬运工人进出,看上去十分热闹。而楼上那家的动静就小多了,只是偶尔能听到一些搬动家具的声音。

晚餐准备好了,郜含笑把饭菜端上桌,招呼弟弟过来吃饭。两人围坐在餐桌旁,边吃边聊,不时地提到林云霄的回归,心里满是期待和喜悦。

晚餐过后,郜含笑开始收拾碗筷,而郜含宇则坐在沙发上看手机。突然,他的手机响了一下,是一条来自陆安阳的消息:"你们在家吗?我在你家楼上。"

"天哪,姐姐,你看看,今天是什么日子?"

郜含笑正在厨房洗碗,听到弟弟的惊呼,她探出头来,脸上带着一丝疑惑。

郜含宇把手机举到郜含笑面前。当看清手机上的内容时，她也不禁感到有些惊讶。

"陆安阳？他怎么会在咱家楼上？"郜含笑疑惑地问道。

"我也不知道啊，他刚才发消息说他在咱家楼上。"郜含宇耸耸肩，脸上露出不解的表情。

"难道是巧合？他也刚好在这个时候搬家？"郜含笑猜测道。

"可能吧。"郜含宇点点头，但心中觉得有些不太对劲。他知道陆安阳最近几天一直有些神秘，不知道在忙些什么，但他没想到陆安阳会在这个时候出现在他家楼上。

"算了，我们上去看看吧。"郜含笑放下手中的碗筷，擦了擦手，对郜含宇说道。

两人走到门口，换上鞋子，直接朝着楼上走去。

第十二章　秋日遇故人

"姐，快点。"

郜含宇在楼下朝着楼道里喊。陆安阳站在郜含宇身边，手里拿着物理书，他最近要参加一个竞赛。

搬到郜家楼上已经一个多月，陆安阳已经习惯了等着姐弟俩一起上学。

郜含笑拿着书包匆匆忙忙下来，手上没有戴手套。

"姐啊姐，戴手套，这是秋天，不是夏天了。你骑自行车不觉得冻手？"

郜含宇看着姐姐那双冻得微微发红的手，忍不住提醒道。

郜含笑看了一眼弟弟，笑了笑，接过他递过来的手套，一边戴一边说道："知道了，就你细心。走吧，别迟到了。"

三人一同走出楼道，秋日的阳光洒在身上，带来一丝丝暖意。陆安阳骑着车走在最后，默默地看着前面姐弟俩的背影，心中涌起一股高兴的情绪。这段时间以来，他感受到了郜家姐弟的温暖和关心，是他们让他在这个城市里找到了归属感。

来到学校，郜含宇和郜含笑去了教室，而陆安阳则直接去了图书馆。他最近要参加一个全国性的物理竞赛，需要准备的东西很多。虽然有些辛苦，但他觉得这是自己向梦想迈出的一步。

图书馆里，陆安阳坐在窗边，阳光透过窗户洒在他的身上，衬得他全身好似在发光。他全神贯注地看着手中的物理书，时而皱眉思考，时而露出会心的微笑。

看着郜含笑身边空着的位置，卢迪有点震惊。

"我的天，陆安阳多久没有上课了？这一个月，他不是在实验室就是在图书馆。"

卢迪的同桌是一个微胖的男生，叫苏静安。听到卢迪的话，他也跟着点头。

"陆学霸现在早出晚归，不见人影，要不是这书包，我都要以为他已经不在咱们这里上学了。"

郜含笑放下手里的卷子："你们想多了，一个月不上课而已，他都学会了，比完赛之后照样是学霸。我去拿运动会报名表，你们两个人呢，快点去值日，轮到你们了。"郜含笑说话很快，她这两天事情确实不少，尤其是还有一个秋季运动会。

卢迪和苏静安对视一眼，无奈地叹了口气，起身去值日。郜含笑拿着东西去了办公室。今天她要取报名表。

一推开办公室的门，映入眼帘的是一个染着一头火红色头发的男生。

郜含笑微微一愣，随即露出了惊喜的笑容。她快步走上前去，热情地打招呼："呀，林云霄，你回来啦！"

班主任听到郜含笑的话有点惊喜。

"你们认识？"

"是的，老师，他是我和郜含宇的朋友，以前住我家对门。"郜含笑笑着回答，同时向林云霄点了点头。

林云霄也露出了友善的微笑。他站起身，和郜含笑握了握手："好久不见，含笑。我没想到会在这里见到你。"

班主任看着两人熟络的样子，脸上露出了满意的笑容："既然你们认识，那就更好了。云霄，你刚回来，可能还不太熟悉这里的环境，含笑可是咱们班的班长，你可以多向她请教。"

郜含笑点了点头，表示会尽力帮助林云霄。随后，她向班主任说明了来意，取走了秋季运动会的报名表。

离开办公室后，郜含笑忍不住向林云霄询问起他怎么会来她们班。

"你不是应该去学校的国际部吗？"

国际部的学生都是要出国留学的，不参加国内的高考。而高中部的学生是正常参加高考的，所以教学方式不一样。而且林云霄在国外待了一年，要是来高中部，可能受不了这种学习强度。

林云霄微微叹了口气："我原本确实是打算进国际部的，但国际部那边的程序出了点问题，等到下学期才可以正常上课，我只能暂时在高中部待着。"

郜含笑听后，不禁有些担心地皱了皱眉："那你这段时间岂不是要很辛苦？要适应新的环境，还要承受这么大的学习压力。"

林云霄轻轻摇了摇头，脸上露出一丝坚定的笑容："没事的，咱以前也算是个学霸。"

两个人走在走廊上，不时有人看过来。郜含笑这才反应过来，拎起林云霄衣服上的帽子直接扣在了他的脑袋上。

"对了，你明天把头发染黑，这边无论是高中部还是国际部，都不允许染发。"

郜含笑的话让林云霄有些尴尬，他摸了摸头上的帽子，苦笑了一下："好吧，我明天就去染回来。"

两人边说边走，很快就到了教室门口。郜含笑将报名表交给班长助理，让他负责登记。然后她转身对林云霄说："云霄，我带你转转，熟悉一下这里的环境吧。"

林云霄点了点头，跟着郜含笑走进了教室。教室里，同学们都在忙着各自的事情，看到郜含笑带着一个陌生同学进来，都好奇地看了过来。

"这是谁啊？新同学吗？"有同学忍不住问道。

郜含笑笑着介绍道："这是林云霄，刚从国外回来。他暂时会在我们班里学习一段时间。"

郜含宇看到姐姐和林云霄一起走来，脸上露出了惊讶的表情。他赶紧迎了上去，好奇地问："姐，你们这是？"

郜含笑笑着解释了一下，然后催促弟弟快点去准备秋季运动会的报名事宜。林云霄也加入了他们的行列，一起商量着报名的事情。

"诸位同学，现在还有一个男生一千六百米没有人报名。"

郜含笑看着下面的同学，大家都不愿意跑一千六百米，女生的一千二百米都是郜含笑自己顶上去的。

"云霄，要不，你试试？"郜含笑突然转头看向林云霄，眼中闪过一丝期待。她知道林云霄以前在学校时就是运动健将，尤其擅长长跑。

林云霄微微一愣，随即露出了一丝无奈的笑容："含笑，你这就有点欺负人了。我刚回来，还没适应这里的环境呢，就让我跑一千六百米？"

郜含宇忍不住插话道："姐，这行吗？"

郜含笑瞪了弟弟一眼，然后转向林云霄，认真地说："我可是看了你的资料的，在国外这几年，你可是没少练习长跑。"

"嗯，你说得没错。"林云霄无奈地笑了笑。他确实没有放弃过长跑这个爱好，在国外的时间里，他也经常参加各种长跑比赛。他看了看郜含笑期待的眼神，心中一动，点了点头："好吧，我试试看。"

教室里顿时响起了一阵欢呼声，同学们都对林云霄的加入感到兴奋。郜含笑更是高兴得合不拢嘴，她知道林云霄的实力，有他参加，班级在秋季运动会上的成绩肯定会更上一层楼。

"太好了，云霄，你真是我们的福星！"郜含笑高兴地拍了拍林云霄的肩膀，然后转向郜含宇："含宇，快点把报名表呈上来。"

林云霄看着郜含笑："真是熟人坑起来更方便，是不是，笑笑同学？"

郜含笑皮笑肉不笑，按着林云霄的手，签下他的大名，大有一种酷吏强制犯人签字画押的样子。

"还有，林云霄，再喊我'笑笑同学'，我就拧断你的脖子。"

郜含笑的话让林云霄不禁笑出声来，郜含笑那特有的亲切与霸道，让他的心中涌上一股久违的温暖。他轻轻拍了拍郜含笑的头，以示安慰："好吧，我不喊你笑笑同学了，那我喊你什么？"

郜含笑摆摆手："随你便吧，反正别叫我笑笑同学就行。"

这"笑笑同学"是以前数学教材上的人物。小时候，大家都这样喊郜含笑，但是长大了之后，郜含笑就不让别人这样叫了，总觉得有点奇怪。

第十三章　认识认识

"为什么我不能坐你姐旁边？"

林云霄看着已经安排好的座位，有些不解地问郜含宇。他们刚刚报完名，现在正准备回到座位上等待上课。

郜含宇挠了挠头，解释道："我姐有同桌，他是我们班的学霸，叫陆安阳，晚上放学的时候你能见到他。"

"哦，这样啊。"林云霄点了点头，虽然心中对不能和郜含笑姐弟做同桌有些遗憾，但他也明白，班级的座位安排并不是那么随意的。他四下张望，寻找着属于自己的位置。

郜含宇看出了他的心思，拍了拍他的肩膀安慰道："云霄，别担心，虽然你和我们不坐一起，但我们可以多交流嘛。还有，我们班的同学都很友好，你会很快融入进去的。"

林云霄感激地点了点头，暗自下定决心，要尽快适应这个新的环境，融入这个集体。

他找到了自己的座位，那是一个靠窗的位置，能晒到阳光，看着就觉得十分温暖。他放下书包，开始整理自己的桌面。这时，旁边的一个同学主动和他打招呼："你好，我叫张明，以后我们就是同桌了，有什么需要帮忙的，你尽管说。"

林云霄笑着回应道："谢谢，张明。我是林云霄，以后请多多指教。"

两人相视一笑，开始了友好的交流。林云霄发现，这个班级的同学都很热情友好，让他感到十分温暖。他暗自庆幸自己能够来到这个班级，遇到这么多好同学。

林云霄和郜含宇性格很像,在哪里都能吃得开,属于"快乐小狗"的类型。

林云霄适应能力极强,不出半天的时间,就已经和班级里的同学们打成了一片。活泼开朗的性格,加上幽默风趣的谈吐,让他成为班级里的开心果,走到哪里都能带来一片欢声笑语。

午休时间,林云霄和郜含宇一起去了学校的食堂。食堂里人头攒动,各种美食的香气扑鼻而来。两人在一个人少的角落占了个位置,开始挑选自己喜欢的食物。

"云霄,你觉得这里的食物怎么样?"郜含宇一边夹菜一边问道。

林云霄点了点头:"挺不错的,口味丰富,而且价格也很实惠。"

郜含宇笑着拍了拍林云霄的肩膀:"那就好,我还担心你会吃不惯呢。"

两人边吃边聊,话题从学校的食堂聊到了即将到来的秋季运动会。林云霄表示自己虽然很久没参加过正式比赛了,但还是会尽自己最大的努力去准备,争取为班级争光。

郜含宇听后十分感动:"云霄,你真是太好了。有你在,我们班在运动会上的成绩肯定会更好。"

两人聊得正欢,郜含笑突然端着餐盘走了过来。她看到弟弟和林云霄坐在一起吃饭,脸上露出了一个调皮的笑容:"呦,你们两个小家伙,背着我偷偷吃好吃的呢。"

郜含宇和林云霄都笑了起来。三人围坐在一起,边吃边聊,气氛十分融洽,就像是小时候一起上学时的样子。

"那个红头发同学,你站住,你怎么回事……"

老高说话说到一半,见到是林云霄,顿时两眼一黑。

"我真是跟你们三个有缘,两个调皮鬼从初中部直接来到高中部,你还从国外回来了。"

老高的话让林云霄和郜含笑姐弟俩都忍不住笑出声来。林云霄在一旁挠了挠头,有些不好意思。

高主任看着他:"你……明天把你那头红毛染成黑色。"林云霄愣了一下,随即笑了起来，他摸了摸自己的头发，那火红的颜色确实在学校里尤为显眼。他点了点头，回答道："好的，高主任，我明天就去把头发染回来。"

郜含笑调侃道："云霄，你这头发可是你的标志啊，染回黑色可就普通了。"

林云霄耸了耸肩，不以为意："没关系，黑色也挺好看的。"

老高看着林云霄的态度，满意地点了点头，然后转向郜含笑和郜含宇："你们两个也是，别再给我惹事了。特别是含笑，你可是班长，要带好头。"

郜含笑和郜含宇连忙点头答应，表示会遵守纪律，不给班级抹黑。

老高这才放心地离开，而林云霄、郜含笑和郜含宇三人则继续他们的午餐时光。他们聊着学校的趣事，分享着彼此的见闻，气氛十分融洽。

饭后，三人一起回到了教室。林云霄坐在自己的座位上，开始整理课本和笔记。他发现这个班级的学习氛围很好，同学们都很认真，这让他感到很高兴。他决定自己也要好好学习，争取在学业上取得好成绩。

时间过得很快，转眼间就到了下午放学的时间。

今天轮到郜含笑值日，郜含宇肯定是要留下帮忙的，林云霄第一天来，没有什么学习压力，所以就跟着他们俩。

"含笑，给我就行，你去擦黑板。"

林云霄是个闲不住的，从郜含笑手里接过拖布就要开始拖地。没想到他们动作幅度太大了，两个人的脑袋一下就撞到了一起。这时候，陆安阳刚好回来了。

"你们在干什么？"陆安阳见状，忍不住问道。

郜含宇看着两人狼狈的模样，忍不住笑出声来，打趣道："你们两个这是在练习什么新招式吗？怎么还撞到一起去了？"

郜含笑揉了揉额头，踢了他一脚："我们是不小心撞到的。你这话说的像我俩有病一样。"

林云霄也笑了："我闲着没事，就帮忙打扫一下，没想到会和含笑撞到。"

郜含宇走到陆安阳身边解释道："学霸别担心，这个人不是在欺负我姐，是咱们班级新来的同学，也是我们家的邻居，林云霄。"

林云霄和陆安阳对视了一眼。林云霄主动伸出手："你好。我叫林云霄，郜含笑和郜含宇的青梅竹马。"

陆安阳微微一愣，点点头："你好，林云霄。"

这一幕让人有点尴尬，郜含宇连忙解释："我们学霸有洁癖，不喜欢和别人有肢体接触。"

郜含宇的话让气氛稍微缓和了一些，但林云霄还是感觉到了一丝尴尬。他收回手，笑了笑说："没关系，我理解。每个人都有自己的习惯和喜好。"

陆安阳微微颔首，没有多说什么，但他的目光却在林云霄和郜含笑姐弟俩之间来回游移，似乎在思考着什么。

打扫完教室后，四人一同走出学校。夕阳的余晖洒在他们身上，拉长了他们的影子。郜含笑看着身边的林云霄，突然想起了什么，说："云霄，你刚来，可能还不太熟悉学校周围的情况。明天中午，我们带你去逛逛。"

此时郜含宇走在陆安阳身边，饶是迟钝，他也感受到了陆安阳身上透露出来的寒意。

郜含宇转过头去，试图缓解这种微妙的氛围。他笑着拍了拍陆安阳的肩膀："学霸，别担心，云霄和我姐就是长时间没见面，聊得多了点。"

陆安阳只是"嗯"了一声就没再说话了。

见到他这个反应，郜含宇觉得是自己想多了。

然而，就在他们即将分开，各自回家的时候，陆安阳突然停下脚步，转身看向林云霄，声音略显冷淡地说道："林云霄，以后多多指教。"

林云霄微微一愣，随即微笑着回答："不敢当。"

两个人握了握手，但空气中仿佛弥漫着火药味。只是这一幕郜家姐弟是没有看见的，他们俩早就进门了。

"姐，学霸和林云霄之间的氛围有点不对。"

郜含笑疑惑地看向他。

"有吗？"

郜含宇点了点头，脸上带着几分思索的表情："我总觉得他们两个人之间有一种……怎么说呢，就像在竞争什么。"

郜含笑听后，眉头微微一挑，随即笑了起来："你这家伙，想太多了吧。林云霄和陆安阳都是优秀的人，他们之间有点竞争也是正常的，但并不代表他们之间有矛盾。"

郜含宇挠了挠头，有些不确定地说道："可能是我想多了吧。我只是希望他们两个人能够友好相处，不要因为我们而闹出什么矛盾。"

郜含笑笑着拍了拍弟弟的肩膀："放心吧，他们两个都是懂事的人，不会因为一点小事就闹翻的。而且，有你在中间调解，他们之间的关系一定会越来越好的。"

听见这话，郜含宇嘴角有点抽搐。

"姐，我感觉我调节不来……"

第十四章　突如其来的停电

"含宇，你屋子里的灯亮着吗？"

郜含宇正在自己房间的书桌前埋头苦读，突然被郜含笑的声音打断。他抬起头，目光有些疑惑地扫向窗外，夜色已深，但家里的灯光依旧明亮："姐，亮着呢啊，怎么了？"

郜含笑的声音从门外传来，带着一丝急切："那就奇怪了，怎么我房间里的灯突然不亮了？你出来帮我看看。"

郜含宇放下手中的笔，站起身朝门外走去。他走出房间，只见客厅的灯光依旧明亮，郜含笑的房间却是一片漆黑。他走过去，轻轻敲了敲门："姐，你开门，我帮你看看。"

门很快被打开，郜含笑一脸焦急地站在门口："不知道怎么回事，突然就停电了。"

郜含宇这边刚一进郜含笑的房间，客厅的灯也灭了，他们家整个陷入了黑暗中。

郜含宇检查了一下灯泡和开关，但都没有发现问题。他皱了皱眉，转身看向郜含笑："姐，你先去客厅坐着吧，我打电话问问物业，看看是怎么回事。"

郜含笑点了点头，转身离开了房间。郜含宇拿出手机，拨打了物业的电话。电话很快接通，物业的工作人员告诉他，小区的其他住户家都没有停电。

郜含宇挂断电话，心中有些疑惑。他再次检查了房间里的电路和电器，但都没有发现异常。父母都不在家，他们大半夜也不敢找电工师傅。就在这个时候，门被人敲响了。

"谁？"

声音从门外传来："我，林云霄，我们家停电了，你们家停电了吗？我看外面灯还是亮着的。"

郗含笑开门。

"走吧，上楼问问陆安阳，看他家有没有停电。"

郗含笑姐弟的父母在小区业主群里，但是他们不在，只好一起上楼去陆安阳家。陆安阳刚洗完澡，听到敲门声，匆匆忙忙过来开门。

"陆安阳，你家停电了吗？"郗含笑没进门就急切地问道。

陆安阳揉了揉还湿漉漉的头发，看向门口的三人，有些疑惑："没有，我家一切正常。"

郗含宇连忙解释道："我们两家突然停电了，但是小区其他住户家都没有问题，我们想来看看你家有没有停电。"

几个人坐在陆安阳的客厅里。陆安阳的头发还在滴水，郗含笑熟练地去卫生间拿出毛巾递给陆安阳。

"快点擦擦。"

这简直比在自己家里还要熟悉。

陆安阳接过毛巾，眼中闪过一丝不易察觉的暖意。他一边擦拭着头发一边说："你们就先住在我这里，反正明天放假，明天让电工师傅查查。"

陆安阳的话音刚落，林云霄便接口道："这样会不会太麻烦你了？我们其实可以在这里等电工师傅来。"

郗含笑摆了摆手："没事的，陆安阳说得对，反正明天放假，我们在这里做个伴。"

郗含宇也点头表示同意。他心里其实挺感激陆安阳的，毕竟在这种时候，有人愿意伸出援手，确实让人感到温暖。

四个人坐在客厅里，聊起了天。

"同桌，你那个竞赛什么时候开始？这都快放寒假了，怎么还不开始？"

郗含笑突然想到这个问题，好奇地看向陆安阳。

"还有一周。"

陆安阳简洁地回答,他的目光落在手中的书本上,仿佛沉浸在自己的世界里。郘含笑轻轻笑了笑,又对另外两人说:"我同桌这次的竞赛是全国性的,对他有着重要的意义。"

"哇,这么厉害。"郘含宇眼中闪烁着钦佩的光芒,"那你有没有把握拿到好名次?"

陆安阳抬起头,看向郘含宇,他的眼神中闪过一丝不易察觉的自信:"我会尽力的。"

郘含笑一巴掌拍在郘含宇脑袋上。

"这事情都多久了?你还是不清楚。"

揉着被打疼的脑袋,郘含宇一脸无辜:"姐啊,我也在训练好不好?校队那边也不清闲,每年寒暑假都要出去打比赛。"

"好了,好了,知道你辛苦。"郘含笑看着弟弟委屈的样子,不由得笑出声来。随后,她又转向陆安阳:"同桌,你比赛准备得怎么样了?有没有需要帮忙的地方?"

陆安阳摇了摇头,目光坚定:"都准备好了。"

林云霄坐在一旁,插不进去话,他们三个人好像有一种屏蔽别人的力量,林云霄忽然觉得自己对郘含笑居然没有那么熟悉了。这个时候,陆安阳手机响起。他看了一眼,就直接挂断了。

郘含笑皱着眉看着墙上的钟表:"谁这么没有礼貌,这都十一点了,还打电话?"

陆安阳淡淡地笑了笑,没有直接回答郘含笑的问题,而是转移了话题:"不用管,有些人总觉得自己那边是休息时间,别人就和他们一样。"

他的话里带着一种奇怪的讽刺。电话那头的人还没有放弃,就算是被挂断电话,还是不断地打。陆安阳直接将手机关机了。

郘含宇见陆安阳如此果断地关机,不禁感到有些好奇。他看了看郘含笑,却发现她也在用探究的眼神看着陆安阳。林云霄则是觉得有些尴尬,仿佛自己成了这个奇怪场合的局外人。

"陆安阳,那电话是……"郘含笑试探着问道。

陆安阳轻轻叹了口气，似乎并不愿意提及这个话题。但看到三人如此好奇的眼神，他还是开了口："是我爸妈，没必要接，全是废话。"

陆安阳的话让气氛瞬间变得有些沉重。郜含笑和林云霄对视一眼，都看到了彼此眼中的惊讶和不解。郜含宇低着头沉思，似乎也在思考着陆安阳的话。

过了一会儿，郜含笑打破了沉默："这么晚了，咱们赶紧睡觉吧。"

陆安阳家里有三个卧室，郜含笑住一间，郜含宇和陆安阳住一间，林云霄住一间。

夜深人静，郜含笑躺在陌生的床上，头脑却异常清醒。她想起了陆安阳的话，想起了那个深夜打扰他的电话，还有他眼中那一闪而过的无奈和冷漠。她忽然意识到陆安阳虽然平时话不多，但内心却藏着许多不为人知的故事。

她轻轻翻身，望向窗外那漆黑的夜空，心中涌起一股莫名的烦乱。她与陆安阳做了这么久的同桌，确实从来没有听陆安阳说过父母的事情。她感觉陆安阳和他父母之间的矛盾不小。

第二天一早，郜含笑刚走出房门，就看到陆安阳在阳台上打电话，现在才早晨六点。虽然阳台玻璃隔音很好，但是郜含笑还是能隐约听到一些声音。

"你们搞你们的医学，别再来干涉我。"

陆安阳的声音里带着一丝不易察觉的愤怒，他紧握着手机，仿佛想要以此昭示自己的决心。郜含笑站在门边，心中不禁升起一股好奇：她从未见过陆安阳如此激动的样子，这背后究竟隐藏着怎样的故事？

电话那头似乎传来了更多的责骂，陆安阳果断地挂断了电话，深吸了一口气，努力平复自己的情绪。他转过身，正对上郜含笑关切的目光。

"怎么了？"郜含笑轻声问道。她不想过多干涉陆安阳的私事，但看到他如此烦恼，她还是忍不住想要关心他。

陆安阳看着郜含笑，眼中闪过一丝感激。他轻轻摇了摇头："没什么，只是家里的一些事情。"他并不想过多解释，郜含笑却从他的眼神中看见了从未见过的沮丧。

第十五章 公平

郜含笑没有再多问什么，毕竟这是陆安阳的家事。她觉得插手别人的家庭纷争并不是一个明智的选择，于是她选择了沉默，少说少问就是最好的处理方式。

没多久，郜含宇和林云霄都起来了，四个人都穿着舒适的睡衣，坐在餐桌前闲聊着，吃着早餐。这种场景在过去是陆安阳想都不敢想的，因为陆安阳受到的家庭教育非常严格，所以即使在自己家，他也无法完全放松下来。然而这一次，他竟然穿着睡衣坐在餐桌旁吃饭，这对他来说无疑是一次突破。

正在这时，负责做饭的王婶拎着菜走了进来，看到餐桌上的场景，她一时间惊呆了。她惊讶地看着陆安阳，问道："小安，你这里有客人啊？我把菜放下就走，回去收拾房子，你们慢慢吃。"

陆安阳微笑着点点头，在王婶离开之前，他补充道："王婶，那边有小时工，你看着一点就行。以后半个月打扫一回，不用太折腾。"

王婶微微一愣，她早就察觉陆安阳家的气氛有些不同寻常，但作为一个外人，她也不好过问。她放下菜，便匆匆离开了。

王婶明显感觉到，陆安阳越来越不喜欢那个豪华到让人羡慕的家了，甚至可以说，陆安阳恨不得没有那个家。这种情绪让王婶感到有些担忧，但她也明白，这是陆安阳自己的事情。

饭桌上，四个人围坐在一起，气氛有些微妙。郜含笑和林云霄似乎都感受到了陆安阳的情绪，他们默契地没有提起昨晚挂断电话的事情，而是聊起了一些轻松的事情。

"同桌，你比赛后有什么打算吗？"郜含笑笑着问道。她试图用这种方式让陆安阳放松下来。

陆安阳沉吟了一下，抬起头看向郜含笑："我想先休息一下，然后再考虑接下来的事情。"他的语气中带着一丝疲惫，显然最近的事情让他感到压力很大。

郜含笑点了点头，表示理解。她知道，陆安阳最近压力不小，需要时间来调整自己的状态。"那你打算怎么休息呢？有没有什么特别想去的地方？"她继续追问，希望能帮助陆安阳找到一些放松的方式。

陆安阳思考了一会儿，然后摇了摇头："没想过，或许在家睡觉。"他的话语中透露出对家的排斥，以及对自由的向往。

郜含笑没有再追问，她知道陆安阳需要时间来思考，也需要空间来调整。于是，她转头看向了林云霄："云霄，你呢？听说你那边有个音乐比赛，比赛后有什么计划？"她希望能从林云霄那里找到一些轻松的话题，让气氛变得更加轻松。

林云霄微笑着摇了摇头："我没有想那么多，先休息一下吧，剩下的再说。"他的态度显得很随意，也很放松。显然，他对自己的未来并没有太多的规划，更多的是随遇而安。

几个人在饭桌上轻松地聊着，尽量回避那些可能会让陆安阳感到不适的话题。过了一会儿，到了物业上班的时间，几个人联系了物业。电工来得很快，只用了十几分钟，就将电路修好了。

郜含笑和郜含宇回到家，将洗衣机里的衣服拿出来晾上。郜含笑一直心不在焉。

"姐，姐，你这是咋了？"

郜含宇看着郜含笑一副若有所思的样子，忍不住开口问道。他深知姐姐平时看似大大咧咧，实际上心思细腻，而且很容易受到他人情绪的影响。

郜含笑回过神来，轻轻摇了摇头："没事，就是在想陆安阳的事情。"她不想让弟弟担心，所以尽量让自己的语气听起来轻松一些。

郜含宇皱了皱眉，他也能感受到陆安阳最近的状态不太好。他想了想，说道："姐姐，我觉得我们或许可以试着帮帮他。"

郜含笑一愣，随即露出了一个温柔的笑容："我也是这么想的。不过，我们要先了解清楚情况，再决定怎么帮他。"她不想盲目行动，更希望能够在了解清楚情况之后再做出决定。

两人一边晾衣服，一边聊着关于陆安阳的事情。

周末刚刚过去，郜含笑正在办公室里和老师商议班里的作业问题。班主任看着郜含笑嘱咐道："这个事情你得监督一下，课代表想糊弄，你可不能。你是班长，知道吗？对了，你一会儿去实验室把陆安阳叫来。"

郜含笑点头应允，她深知作为班长，自己责任重大，对待学习问题时，她必须做到公平公正，不能有任何偏袒。她整理了一下手中的资料，便往实验室的方向走去。

来到实验室，郜含笑一眼便看到了正在专心做实验的陆安阳。他眉头紧锁，显然正在思考某个难题。郜含笑没有打扰他，而是在一旁静静地等待。

过了一会儿，陆安阳终于解决了问题，刚抬起头，就看到了站在一旁的郜含笑。他微微一笑，放下了手中的实验器材，走到了郜含笑面前。

"怎么了？找我有事？"陆安阳问道，他的声音中带着一丝疑惑。

郜含笑点了点头："班主任让我叫你过去，我也不知道是什么事情。"

陆安阳闻言，似乎是猜到了什么，脸色微微一变。他拍拍郜含笑的肩膀："你先回班里吧。"

他低声说，声音中带着一丝不易察觉的紧张。郜含笑虽然好奇，但也明白这不是她应该过多追问的，于是她点了点头，转身离开。

在回班的路上，郜含笑心中涌动着难以名状的不安，总感觉心里发慌。这个时候，她正好碰见了要去给语文老师送作业本的语文课代表。

"我帮你送到老师办公室。"

语文课代表眼里闪过一丝好奇，但也没有多问，直接将作业本递给了郜含笑。

"那就劳烦班长走一趟了。"

郜含笑接过作业，轻轻地点了点头，向办公室走去。结果刚到门口，她就听到里面传来争吵声。

"凭什么？我已经做了这么久的努力，就因为他们不同意，我就不能参加

-59-

了？我已经报名成功了，名单上也有我的名字。"

这是郜含笑第一次听到陆安阳暴怒，陆安阳向来是情绪稳定的，就算是有人当面挑衅，他都是淡淡的。郜含笑正犹豫要不要进去的时候，陆安阳推门出来，怒气冲冲地离开了。班主任在后面喊道："陆安阳，陆安阳……"

郜含笑将作业放在桌子上："老师，我去看看陆安阳。"

说完，她转身向门外走去。她心中充满了担忧，她不明白陆安阳为什么会如此愤怒，但她知道，作为班长，她不能坐视不理。

走出办公室，郜含笑开始四处寻找陆安阳的身影，终于在操场边的长椅上看到了陆安阳。他把头埋在膝盖里，肩膀微微颤抖。郜含笑心里一紧，可想而知，陆安阳此刻的情绪一定很低落。

她缓缓地走到陆安阳身边坐下，然后伸出手，轻轻地拍了拍他的肩膀。陆安阳抬起头，眼眶微红，看到来人是郜含笑，微微一愣，然后低下头，没有说话。

郜含笑没有追问，她知道陆安阳需要时间来平复情绪。她静静地陪在陆安阳身边，两人坐在长椅上，享受着这短暂的宁静时光。过了一会儿，陆安阳终于开口了："抱歉，我情绪不稳。"

郜含笑听了，心中也感到一阵难过。

"发生了什么？"她轻声问道，试图用她的温柔和理解去安慰他。

陆安阳沉默了片刻，然后缓缓开口："是我最近在准备的那个竞赛，我一直很努力地准备，也成功报名了。但就在刚才，班主任告诉我，综合考虑我的家庭条件和成绩因素，学校不建议我参加。其实是我父母做的，他们不想我接触物理，只想让我学医。"

郜含笑的心猛地一沉，她没想到陆安阳面对的压力竟然如此之大。她知道陆安阳对物理的热爱，也了解他为此付出的努力。她轻轻握住陆安阳的手，试图给他一些力量。

"陆安阳……"

陆安阳的眼睛像是了无生气的深潭。

"就像是以前一样，我没有办法决定自己的命运。"

他的话语中充满了无奈和沮丧，仿佛被巨大的阴影笼罩，无法挣脱。郜含笑的心也跟着沉了下去。她明白陆安阳此刻的感受：那种无力感、那种被束缚的感觉，她曾经也经历过。

她深深地吸了口气，缓缓开口："陆安阳，命运是掌握在自己手里的。你的父母可能有他们的考虑，但你不能因此就放弃自己的梦想。物理是你的爱好，是你的追求，你应该为了它去努力、去争取。"

陆安阳摇摇头。

"绝对的权威面前，一切努力都是笑话。"

陆安阳说完就离开了。

这也是郜含笑第一次见到家长如此打压自己的孩子。为了达到自己的目的，他们要毁了孩子所有的期盼。

第十六章　生病

陆安阳请假回家了。然而,郜含笑内心却有一种难以言喻的不安感。放学后,姐弟二人急忙往家赶,还没走到家,就看到王婶从楼上下来。

"王婶?"郜含笑喊了一声,眼神中充满了疑惑。王婶看到郜含笑和郜含宇,表情显得有些焦急。

"你们是小安的朋友,劝劝他吧,他今天不让我做饭,怕是又和他爸妈吵架了。"王婶的话让郜含笑和郜含宇对视一眼。他们快步走上楼,敲响了陆安阳家的门。

然而,门内一直没有人回应,两人只好先回家。郜含笑和郜含宇做好了饭,恰好林云霄也过来蹭饭。他看到两人一脸凝重,忍不住问道:"怎么了?你们两个今天怎么都这么严肃?"郜含笑叹了口气,将陆安阳的事情简单地告诉了林云霄。林云霄听后眉头紧锁。

"从来没有见过同桌这个样子,一会儿我去给他送饭吧。"郜含笑想了想道,"你们两个在家里待着吧,他现在肯定不喜欢很多人找他。"郜含笑独自端着饭菜,再次来到了陆安阳的家门口,轻轻敲了敲门,心中满是忐忑。她不确定陆安阳此刻的状态怎么样,心中充满了担忧。然而,敲了半天的门始终没有人回应。

"陆安阳,陆安阳,你在家吗?"郜含笑的声音中充满了关切,却没有得到任何回应。

她心中一紧,不由得开始担心起来。于是她找到地毯下面的备用钥匙,颤抖着手打开了门。她小心翼翼地走进屋内,只见客厅一片狼藉,书本、纸张散落一地,显然这里刚刚经历了一场激烈的争吵。她心中更加担忧,不由得加快了脚步。

推开陆安阳房间的门,郜含笑看见陆安阳蜷缩在房间的角落,双眼紧闭,脸色苍白。她轻轻走过去,将手中的饭菜放在床头柜上,然后坐在床边,轻轻拍了拍他的背。

"陆安阳,吃点东西吧。"

没有任何回应,郜含笑这才发现他的身体在不住地颤抖,头上冷汗直冒,怎么叫也没有反应。

郜含笑知道不对劲,赶忙打电话将郜含宇叫上来。

"你自己上来,别让别人知道。"

郜含宇听到电话那头郜含笑的语气严肃而急切,立刻放下了手中的事情,飞奔上楼。他的心中充满了担忧,他不知道陆安阳到底怎么了,但他知道,这次的事情一定很严重。

郜含宇气喘吁吁地赶到陆安阳家门口,他轻轻地敲了敲门,然后推门而入。看到郜含笑焦急地站在床边,而陆安阳蹲在角落,情况不明,他的心中一阵紧缩,他知道他必须马上行动。

"姐,咱们快点把他送医院去。"

郜含笑点点头,她知道,现在最重要的是救陆安阳。郜含宇赶紧将人背起来,郜含笑跟在后面,两人迅速地打了车向医院赶去。

汽车一路飞驰,他们心中充满了对陆安阳的担忧。到达医院后,他们迅速将陆安阳送进急诊室。医生们紧急检查着陆安阳的身体状况,郜含笑和郜含宇则焦急地站在外面,祈祷着陆安阳能够平安无事。

时间仿佛在这一刻停滞了,每一秒都显得如此漫长。陆安阳没有监护人在国内,他们只好将王婶叫过来。

王婶匆匆赶来,脸上满是担忧。她看着郜含笑和郜含宇焦急的面孔,心中也充满了不安。在急诊室外等待的这段时间里,王婶向两人询问了事情的经过。郜含笑简单地将陆安阳的情况告诉了她,王婶听后,脸上露出了难以置信的表情。

"小安他……他怎么会这样?"王婶的声音有些颤抖,她无法想象平日里那个温文尔雅、聪明过人的孩子竟然承受了这么大的心理压力。

郜含笑和郜含宇对视一眼,都看到了彼此眼中的担忧和无奈。他们知道,陆安阳此刻正面临着前所未有的困境,而他的父母是这一切的根源。

就在他们焦急等待的时候,急诊室的门终于打开了。医生走出来,摘下口罩,看着他们三人,先松了一口气。

"病人已经脱离了危险,但是他的身体很虚弱,需要好好休息。"医生的话让三人心中一松,但同时也让他们充满了疑惑。

"医生,他为什么会突然这样?"郜含笑赶忙问道。

医生叹了口气:"从病人的情况来看,他可能是受到了很大的刺激,导致抑郁发作,建议住院观察几天。你们作为他的朋友和家人,应该多关心他的情绪变化,避免类似的事情再次发生。"

郜含笑和郜含宇点点头,心中充满了愧疚和自责。他们没有及时发现陆安阳的异常,也没有给予他足够的关心和支持。

随后,他们将陆安阳安顿在病房里,王婶也留下来照顾他。郜含笑和王婶坐在病房外的椅子上,王婶一直在抹眼泪。她照顾了陆安阳这么多年,怎么会没有感情?

王婶用手帕轻轻擦拭着眼角的泪水,声音带着哽咽,缓缓说道:"他爸妈总是忙于工作,很少关心他的感受,在国外几乎不打电话回来,每次打电话都是训斥,这样好的孩子被他们逼成了这样……"

王婶的话像重锤一样砸在郜含笑的心头,她默默地点头,心中充满了对陆安阳的同情和对他父母的责备。她回想起陆安阳平时总是那么坚强,那么独立,仿佛没有什么能够打倒他,但原来,他的内心也有如此脆弱的一面。

病房里,陆安阳静静地躺在病床上,脸色虽然比刚才好了一些,但仍旧显得苍白。他的眼睛紧闭着,仿佛在逃避这个世界的残酷。郜含笑轻轻叹了口气,她知道自己和郜含宇,甚至王婶,都无法完全理解陆安阳此刻的心情。

这个时候,郜含笑口袋里的手机响起来,出门着急,郜含笑也没有在乎是谁的手机,直接就放进口袋。看见上面没有备注的电话,她下意识地接听,但是还没等她说什么,对面就传来一阵训斥。

"陆安阳,我们在国外辛辛苦苦工作,你就不能体谅体谅我们?一生气就请假回家,谁给你的权利?"

对面训斥的声音越来越大，仿佛要透过话筒，直接冲击病房的每一个角落。郜含笑愣住了。她从未想过，陆安阳的父母会用这样的方式与他沟通，更没想到他们会如此冷漠，甚至不询问儿子的身体状况，就直接开始训斥。

她紧握着手机，听着电话那头的指责声，心中涌起一股强烈的怒火。她想起陆安阳平日的坚强和独立，想起他独自面对困境时的无助和迷茫，再想想此刻他躺在病床上，脸色苍白，心中充满了愤慨。

她深吸了一口气，尽量让自己的声音听起来平静："您好，我是陆安阳的朋友，他生病了，现在身体很虚弱，需要休息。没有事情的话，请您不要打扰他，会刺激到他。"

电话那头沉默了片刻，随后传来了一道略显尴尬的声音："你说什么？你在和我说话吗？"

郜含笑没有理会电话那头的人的困惑，果断地挂断了电话，将手机放回陆安阳的口袋。她站起身，走到病房的窗前，深吸了一口气，试图平复内心的愤怒。她知道，陆安阳需要的不仅是对身体的治疗，更是对心灵的关怀和安慰。

郜含笑回到床边，看着陆安阳那张苍白的脸，皱起眉头。王婶叹了一口气："这天底下怎么会有这样的爸妈？"

很快，王婶的手机响起来，是陆安阳的父亲打来的。

"陆安阳是什么情况？他怎么会交对他妈妈这样没有礼貌的朋友？"

王婶听着电话那头陆安阳父亲的质问，心中不禁涌起一股怒火。她深吸了一口气，尽量让自己的声音听起来平静："陆先生，小安抑郁症发作，需要休息。他刚才的情况很危险,是他的朋友及时发现并送他到医院的。你们要是一直这样，只怕会害了孩子。"

听到儿子生病，对面的人第一时间不是关心，而是训斥："什么抑郁症？一点小事情就要死要活，他真是个不成器的废物。"

第十七章　拯救我的朋友

陆安阳父亲的话犹如一把锐利的刀，狠狠地刺痛了王婶和郜含笑的心。王婶的愤怒如同火山般爆发，她猛地挂断了电话，双手颤抖着，眼中闪烁着泪花。郜含笑则紧咬着下唇，竭力抑制着内心的愤怒和失望，不让泪水涌出眼眶。

病房内一片死寂，只有陆安阳微弱的呼吸声在空气中回荡。郜含笑走到床边，轻轻握住陆安阳的手，那冰冷的感觉让她心头一紧。她抬头看向王婶，两人的眼中都闪烁着坚定的光芒。

"我们不能就这样放弃陆安阳。"郜含笑的声音虽然低沉，但充满了力量。郜含宇也转向王婶："您年纪大了，别再和我们熬夜，我们一会儿跟家里报备一声，然后向学校请个假。您明天来送饭就行。"

王婶点点头，眼中闪烁着泪光，她知道这两个孩子对陆安阳的关心是出自真心。她拍拍郜含笑的手背，轻声说道："好，我明天来送饭。你们也别太担心，小安是个坚强的孩子，他一定能挺过去的。"

郜含笑和郜含宇点点头，心中的担忧虽然未减，但多少轻松了些。他们知道，接下来的路不会好走，但他们愿意为了陆安阳做最大的努力。

考虑到夜深了，姐弟俩第二天一早才拨通了父母的电话。

"妈妈，我们同学病了，目前正在医院接受治疗。由于他的父母无法在身边陪伴，我们决定一起去照顾他。所以，我们希望您能帮我们向学校请假。"

郜妈妈正在前往办公室的路上，听到两个孩子的语气如此严肃，便知道他们没有撒谎。郜妈妈深知两个孩子的性格，他们所保护的人必定是个善良的孩子，这个同学肯定有着难以启齿的困境。

"好吧，你们姐弟俩既然已经决定了，我也就不再多说什么了。如果你们需要经济上的支持，随时告诉我。同时，你们也要注意自己的身体，确保安全。"

邰含笑感受到妈妈的关爱，心中涌起一股暖流。她明白，无论她和弟弟做出什么决定，妈妈都会无条件地支持。她深吸了一口气，尽量让自己的声音听起来轻松："妈妈，我们会的，请您放心，我们会照顾好自己，也会照顾好同学的。"

挂断电话后，邰含笑和邰含宇相视一笑。他们明白，接下来的日子将会充满挑战，但他们已经做好了准备，无论遇到何种困难，他们都会携手并肩，共同克服。

病房里，陆安阳依然在沉睡。邰含笑和邰含宇坐在他的床边，静静地守护着他，他们在心中默默祈祷，希望陆安阳能早日渡过难关，恢复健康。

正想着，林云霄给姐弟俩打来电话。

"你们两个有什么事情瞒着我？怎么都请假了？为什么陆安阳也请假了？到底怎么回事？"

邰含笑看了一眼病床上还没有清醒的陆安阳，然后出了病房。

"没什么事情，陆安阳昨晚上胃病发作，我和含宇把他送来医院，照顾了一夜，我俩也没有什么精神。而且陆安阳的家长没有在国内，所以我们请了几天假照顾他，也耽误不了什么事情，大不了到时候让我同桌给我们补课，反正我们是为了他请假的。"

邰含笑的话虽然轻松，但林云霄还是能从她的语气中听出一丝疲惫和担忧。他深知邰含笑和邰含宇的性格，如果不是非常重要的事情，他们绝不会轻易请假，更不可能以此为借口请假。

林云霄在电话那头沉默了片刻，然后说："我知道了，那我也去看看他吧？"

"云霄，我理解你的关心，但真的不用了。陆安阳现在需要静养，我们也不希望他被太多人打扰。而且，我相信我和含宇能够照顾好他。"邰含笑的声音虽然疲惫，但语气坚定。

邰含笑不仅拒绝了林云霄，甚至没让其他同学来。她想陆安阳肯定不希望别人看见自己现在的样子。

林云霄在电话那头叹了口气，他知道郗含笑的决定总是不容更改的，便不再坚持："好吧，那我就不去了。但如果你们需要任何帮助，记得随时找我。"

挂断电话后，郗含笑回到了病房。陆安阳还在沉睡，但他的脸色似乎比昨天红润了一些。郗含笑坐在床边，轻轻抚摸着陆安阳的头发，心中充满了感慨。这个看似坚强的少年，内心其实充满了脆弱和不安。她希望自己的陪伴和关心，能够给陆安阳带来一丝温暖和安慰。

就在这时，病房的门被轻轻推开，郗含宇提着早餐走了进来。看见郗含笑坐在床边，他微笑着走了过去："姐，我买了点粥和小菜，我们一起吃吧。"

郗含笑点点头，两人便坐在床边开始吃早餐。虽然气氛有些沉重，但郗含宇总是能用他的乐观和幽默，给郗含笑带来一丝轻松和欢笑。他们知道，接下来的日子可能会很艰难，但只要他们相互扶持，就没有什么能够击垮他们。

吃完早餐，郗含笑和郗含宇开始轮流守护着陆安阳。过了一阵，陆安阳终于清醒过来。

他睁开眼睛，看到的是两张熟悉而关切的脸庞。郗含笑和郗含宇坐在床边，眼中满是担忧和期待。陆安阳试图开口说话，但喉咙干涩得发不出声音。他努力咽了口唾沫，才艰难地挤出了两个字："你们……"

郗含笑立刻递过一杯温水，温柔地说："先喝点水，润润嗓子。你已经睡了很久了，现在感觉怎么样？"

陆安阳接过水杯，一小口一小口地喝着，没喝几口就被郗含宇拿走了。

"医生不让你喝太多水。"

郗含宇的话让陆安阳有些无奈，但他还是顺从地点点头。他看着两人关切的眼神，心中涌起一股暖流，身上的疼痛仿佛都在这份温暖中消散了不少。

陆安阳努力挤出一个微笑，声音虽然微弱，却充满了感激："多谢，你们回去吧，我一个人可以。"

郗含笑轻轻摇了摇头，坚决地说："不行，你现在身体这么虚弱，怎么能一个人在医院呢？我们既然决定要照顾你，就一定会坚持到底。"

郗含宇也附和道："对，我们是朋友，你生病了，我们当然要照顾你，而且等你病好了，你要给我们两个人补课。"

陆安阳点点头："好。"

这两天，郜含笑和郜含宇就住在病房里。还好是单人病房，两个人也没有把陆安阳当作病人照顾，而是陪他一起玩游戏，谁也不提竞赛的事情，陆安阳的手机也被郜含笑没收了。

中午，王婶过来送饭。

"哎呀，你们俩真是不容易啊，小安这孩子有你们照顾真是太好了。"王婶看着病床上的陆安阳，眼神里充满了同情和关爱。

陆安阳虽然身体虚弱，但看到王婶和郜含笑姐弟俩如此关心他，心中也感到十分温暖。他努力挤出一个微笑，对王婶说："王婶，谢谢您一直以来的照顾。"

王婶摆摆手，笑着说："谢什么，你们都是好孩子，我只是做了我应该做的。来，这是今天的午饭，你们快趁热吃吧。"

郜含笑接过王婶递过来的饭菜，放在床边的小桌子上。她看着陆安阳，轻声说："陆安阳，你先吃点饭。可惜了你只能喝粥，王婶做的糖醋排骨都归我们两个人了。"

郜含笑虽然笑着开玩笑，但眼底的关切却是实实在在的。她轻轻搅动着碗里的粥，确保它不会太烫，然后才把碗递给陆安阳。郜含宇看得直摇头。

"姐，你什么时候能对我这么好，我就谢天谢地，死而无憾了。"

郜含笑瞪了弟弟一眼，嗔怪道："你少来，平时我对你还不够好吗？现在陆安阳生病了，他更需要我的照顾。"

陆安阳接过碗，轻轻吹了吹粥，然后一小口一小口地喝着。虽然只是简单的白粥，但在这一刻，他却觉得格外香甜。

第十八章　我们的未来

陆安阳静静地凝视着窗外的秋日景色，深秋的气息已经弥漫在空气中，屋外的枫叶在逐渐变红，犹如一幅美丽的画卷。他目不转睛地看着这一幕，心中不禁涌起一股对未来的期待和憧憬。经历了这次考验后，他更加珍惜眼前的每一刻，也更加明白自己想要的是什么。他深知，生命的可贵和美好都在于这些平凡的瞬间。

郜含笑和郜含宇在病房里忙碌着，他们的笑声和关心的话语，不时温暖着陆安阳的心。

"学霸，你明天就可以出院了，正好是周末，不用上学，咱们去山上玩怎么样？这个时候山上的天气最好。"

郜含宇的声音充满了活力和期待。他兴奋地看向陆安阳，期待着他的回应。

陆安阳微微一愣，随即微笑着点了点头："好啊，我也想出去走走，呼吸一下新鲜空气。"他知道，自己需要走出阴霾，重新找回生活的乐趣。

郜含笑看着弟弟和陆安阳的互动，眼中闪过一丝欣慰。这次的经历让陆安阳变得更加坚强和乐观，也让他更加珍惜友情和亲情。她轻轻拍了拍陆安阳的肩膀，鼓励道："放心，我们会一直陪在你身边。咱们永远都是朋友。"

陆安阳心中涌起一股难以言表的感动。他从未想过，自己会有这样两个朋友，在他最黑暗的时刻，给予他如此坚定的支持和陪伴。他们的存在，如同他生命中的一道光，照亮了他前行的道路。

周末的阳光格外明媚，陆安阳在郜含笑和郜含宇的陪伴下，来到了附近的山上。山上空气清新，微风拂过，带来阵阵凉爽。他们沿着山路漫步，欣赏着沿途的风景，不时地停下来拍照留念。陆安阳感到自己仿佛重新找回了生活的乐趣和希望。

在山顶上，他们找了一块平坦的地方坐下，享受着难得的宁静时光。郜含宇拿出自己带来的零食和饮料，与两人分享。他们边吃边聊，谈论着未来的梦想和计划。

郜含宇看着从山路上来秋游的篮球队员，问郜含笑："姐，你看我以后考清北的体育学院怎么样？"

郜含笑微微一笑，宠溺地看着自己的弟弟，说道："当然可以，只要是你喜欢的，我都支持你。但是，你得好好努力，别辜负了自己的天赋。"

郜含宇点了点头，目光坚定地说："我一定会的。那安阳呢？你有什么梦想吗？"

陆安阳抬头望向远方，仿佛看到了自己的未来。他深吸一口气，缓缓说道："我想继续深造，去更广阔的天地里探索知识的海洋。我希望自己能够成为一个对社会有贡献的人。"

郜含笑和郜含宇都露出了赞赏的表情。郜含笑鼓励道："安阳，我相信你一定能够实现梦想。我们三个人都要努力，为了自己的梦想而奋斗。"

三人相视而笑，这一刻，他们之间的友情更加深厚了。秋日午后的阳光让人感到格外温暖。一片片火红的枫叶随风摇曳，仿佛在诉说着秋天的故事。陆安阳静静地望着眼前的美景，心中充满了感激和喜悦。有郜含笑和郜含宇这两个朋友在身边，他不再孤单，也不再迷茫。

他站起身，伸了个懒腰，深深地吸了一口气，仿佛要把这秋日的美好全部吸入肺腑。他转身看向在那边抢夺零食的郜含笑和郜含宇。

"我想，我该去看医生了。"

这个医生指的是心理医生，其实这件事在陆安阳入院的时候，医生就建议过。

姐弟俩听到陆安阳的话，都停下了手中的动作，看向他。郜含笑眼中闪过一丝担忧，但随即她微笑着点了点头，轻声说："同桌，你要是愿意去的话，我们愿意陪着你。"

郜含宇也走过来，拍了拍陆安阳的肩膀，说："学霸，你放心吧，我们会陪你一起去的。不管发生什么，我们都会在你身边。"

陆安阳感激地看着两人："其实你们不用忌讳，我知道自己的身体出了问题，只是以前没有想要治疗的想法……"

陆安阳的话还没说完，郜含笑就轻轻打断了他："同桌，我们相信，你一定能够战胜这一切的。"

第二天，陆安阳在郜含笑和郜含宇的陪伴下，来到了医院的心理咨询室。心理医生是一位和蔼可亲的中年女士，她耐心地听完了陆安阳的叙述，悉心地开导他，疏导他的情绪，还给了他许多建议和鼓励。

陆安阳在咨询室里待了一个下午，出来的时候，他的脸上带着从未有过的轻松和释然。但是接下来每隔一段时间，陆安阳就要过来接受治疗。

很快就到了新的一周。

清晨，陆安阳睁开眼睛，感受到一股前所未有的轻松和活力。他知道，他已经迈出了面对自己内心困扰的第一步，而郜含笑和郜含宇的陪伴和支持，更是让他有了勇往直前的勇气。

陆安阳起床洗漱，换上校服，走出房间。刚到郜家那层，他就看到郜含宇叼着包子准备下楼，郜含笑在锁门。

"早上好。"

"早啊，同桌。"

"早啊，学霸。"

他们三人互相打了招呼，一同踏上通往学校的路。清晨的微风带着一丝凉意，吹散了陆安阳心中的最后一丝阴霾。他深吸了一口气，感觉自己的心情变得前所未有的舒畅。

路上，郜含宇像往常一样，踊跃地分享着周末的趣事，不时逗得郜含笑开怀大笑。就在这个时候，林云霄追了上来。

"你们三个人这段时间跑哪里去了？家里不见人，电话也不接。"

林云霄的话里带着一丝责备，但更多的是关心和好奇。

陆安阳微微一笑，答非所问："我们周末去山上玩了，呼吸了一下新鲜空气，感觉心情好多了。"

林云霄听后，也露出了笑容，说："看来适当放松是很有必要的。对了，我听说你住院了？怎么回事？"

　　郜含宇走过来，搂着林云霄的肩膀。

　　"哪有那么多的事情，哎呀，就是学霸胃不舒服，住了一段时间院，加上因为物理竞赛的事情心情不好，这不就请假了吗？我和我姐正好找了一个借口，不用上学。"

　　林云霄点了点头，理解地拍了拍郜含宇的肩膀，然后转向陆安阳："你身体好了就行。"

　　但是此时的林云霄心里并没有放松下来，因为他察觉到郜含笑和郜含宇有事情瞒着自己，而且这个秘密是自己触碰不到的。明明他们是从小一起长大的，为什么就……

　　"林云霄，你怎么了？感觉你有点闷闷不乐的。"郜含笑细心地察觉到了林云霄的情绪变化，轻声问道。

　　林云霄叹了口气，望着远方，缓缓开口："我只是觉得，最近我们似乎都有各自的事情忙，距离都有些远了。"

　　郜含宇拍了拍林云霄的肩膀，安慰道："哎呀！兄弟，你什么时候这么感性了？这可不像你。我们前段时间确实有事情要忙，以后咱们还是一起吃饭、一起上下学。"

第十九章　这个冬天没有那么冷

邰含笑脸上洋溢着满足的微笑，舒适地躺在柔软的沙发上，感叹着终于迎来了期待已久的假期。她的心情如同窗外的雪花一般轻松愉快。邰含笑的妈妈看到女儿如此放松，不禁轻轻推了推她，用带着一丝玩笑的口吻说道："小祖宗，你可真是会挑时候放松啊，我刚刚辛辛苦苦套好的沙发罩，可别让你这一躺给弄皱了。"

邰含笑听后只是嘻嘻一笑，对妈妈的责备不以为意。她轻巧地坐起身来，拍了拍沙发垫，以此表示自己的歉意。窗外雪花纷纷扬扬地飘落，装点着城市的每一个角落，让整个城市都仿佛沉浸在一个纯净的童话世界中。

邰含笑兴奋地指着窗外，对妈妈说道："妈，你看，下雪了。"她的声音中充满了惊喜和好奇。邰妈妈走过来，站在女儿身旁，也望向窗外，脸上露出了温暖的微笑，轻声回答道："是啊，今年的雪下得真早，看来这个冬天不会那么冷了。"她的目光中充满了对即将来临的冬日的期待和欢喜。

这时，邰含宇手里端着装满水果的盘子，走到了妈妈和姐姐的身边，将果盘轻轻放在桌子上，招呼道："老妈，姐，吃水果。"他的声音温柔而体贴，让人感到一股暖意。

邰含笑拿起一块苹果，轻轻咬下一口，顿时果汁四溢，清甜的口感让她心情愉悦。她转向弟弟，脸上露出调皮的笑容，调侃道："弟弟，假期你打算怎么过？要不要跟姐姐一起去滑雪？"她的声音中充满了对冬季活动的期待和兴奋。

邰含宇放下手中的水果盘，轻轻揉了揉鼻子，装出一副深沉的思考模样，然后故作成熟地回答道："滑雪啊，那可是个技术活，我得好好练练才行。不过，如果姐姐肯教我，那我肯定没问题。"

郜妈妈看着两个孩子嬉笑打闹，心中满是欣慰。她轻轻拍了拍郜含笑的头，说："好了，你们两个别闹了。含笑，你记得提醒安阳，让他也多出来走走，别总是闷在家里。"

郜含笑点点头。从那次医院回来后，陆安阳的心情好了很多，但有时候还是会有些低落。郜含笑正盘算着一会儿去问问陆安阳，就见一旁坐着的郜含宇摇了摇头。

"不行，他出国探亲去了。他爸妈今年没法回来，所以陆安阳只好出国去看他们。"

听到这个消息，郜含笑愣了一下，随后脸上露出了一丝失落。她没想到陆安阳会在这时候出国，虽然她理解他是因为家庭，但心中还是感到有些空落落的。郜含宇似乎也能感受到她的情绪，他轻轻地拍了拍她的肩膀，像是在安慰她。

"姐姐，你别担心，学霸他肯定会回来的。等他回来的时候，我们再一起出去滑雪，到时候我教你滑雪，你教他做饭，怎么样？"郜含宇试图用轻松的话题来转移郜含笑的注意力。

郜含笑微微一笑，看着弟弟调皮的模样，心中的失落感也稍微减轻了一些。她知道，无论陆安阳身在何处，他们的友谊和回忆都不会因此而改变。于是，她点了点头，答应了他的提议。

"好，那就这么说定了。等他回来，我们一起出去玩。"郜含笑说道，脸上重新露出了笑容。

另一边，陆安阳家。

"你就这样丢我们的脸？一个男生，遇见点事情就要死要活的。"

陆父暴怒地推倒了桌面上的书。陆安阳平静地看着他，将地面上的一本书捡起来。

"没记错的话，这本书是爷爷留给你的吧？"

陆安阳的声音不带一丝波澜，他轻轻地将书放回桌上，然后抬起头，直视着陆父愤怒的眼睛。他的眼中并没有畏惧，只有坚定和一丝不易察觉的失望。

"我是去治病，不是去寻死。"陆安阳淡淡地说，他的声音里透着一股不容置疑的冷静。

陆父的怒气似乎被这句话稍稍平息了一些，但他依然皱着眉，语气严厉地说："治病？你知道家里有多少事等着你回来处理吗？你妈妈和我每天忙于工作，家里的事情你总得帮忙分担一些吧？"

陆安阳轻轻叹了口气，他知道父亲的担忧和期望，但他也有自己的坚持和选择。他走到窗前，看着窗外飘落的雪花，缓缓开口："所以你是不是觉得生了一个有心理疾病的儿子让你丢人了？"

陆安阳平静得可怕，一旁的陆母见到他这样说话，连忙阻止。

"陆安阳，你在说什么？你怎么和你爸爸说话的？"

陆母的声音中带着责备，这让陆安阳的眼神更加冰冷。

"你们其实并不是想要我来和你们团聚，你们只是想要发泄，发泄我对你们的反抗，发泄你们所产生的怒气。爷爷说的没有错，你们两个人一个不配为人母，一个不配为人父。对了，你们作为子女也是失败至极的。作为兄弟姐妹，也一样。你们两个人在一起不是没有道理的，能成为夫妻是因为你们骨子里都一样冷血自私。"

陆安阳的话如同一把锐利的剑，直接刺入陆父和陆母的心头。他们的脸色瞬间变得苍白，显然是被陆安阳的话深深刺痛了。他们从未想过，在他们眼中一直乖巧听话的儿子，竟然会表达如此激烈的反抗和指责。

陆父怒不可遏，他猛地站起来，想要给陆安阳一个耳光，但最终还是忍住了。他瞪着陆安阳，声音颤抖地说："你……你怎么能这样说你爸妈？我们辛辛苦苦把你养大，供你读书，你就这样回报我们？"

陆安阳没有退缩，他直视着陆父的眼睛，声音坚定地说："你们养大我，我感激不尽。但你们从未真正关心过我，你们只关心自己的面子和利益。你们从未真正了解过我，也从未试图理解我。你们只知道用你们的方式去要求我，去控制我，却从未想过我是否愿意、是否快乐。"

这话其实说得已经给足了父母面子，他的这对父母，其实也没有养过他。出生之后，陆安阳就一直跟着爷爷奶奶，直到爷爷奶奶去世，才被接回别墅。从那以后，陆安阳就和王姆生活，好像他的生命里，根本就没有父母。

陆父和陆母被陆安阳的话震惊到了。

陆父看着陆安阳："你难道不是用我们的钱生活的吗？"

听到这话，陆安阳冷笑。

"你们已经多少年没有给我钱了？你们自己是不是都忘了？那个房子除了壳子是你们的，所有东西都是我自己置办的，所花费的每一笔钱，都是爷爷奶奶留给我的。"

陆安阳的话像一记重锤，敲打在陆父和陆母的心头。他们面面相觑，一时间竟无言以对。他们从未意识到，自己对这个儿子的生活竟如此漠不关心，甚至他的生活费来源都是他爷爷奶奶留下的基金。

陆父的脸色逐渐变得苍白，他无力地坐回椅子。但是陆母并不认同陆安阳的说法："所以这些就是你丢我们的脸的原因？"

陆安阳突然大笑出声。

"我为什么还要对你们抱有期待？真是可笑，你们得知我生病住院的时候，想到的第一件事情就是我丢人了。"陆安阳的声音渐渐变得冰冷而讽刺，"你们所谓'丢人'，无非是我没有按照你们所期望的方式去生活，没有按照你们设定的轨迹去前进。你们从未真正关心过我内心的想法，只在乎外界的眼光和你们的面子。你们可曾想过，我也是一个人，我也有我的情感，我的痛苦，我的挣扎？"

陆安阳看着父母的眼神里带着冰碴。

"既然你们见到我就烦，那我就回国。还有，希望你们别再插手我的学业问题，爷爷去世前也警告过你们。对了，妈，我的生活费别总是打错，打到你外甥的卡上。"

陆安阳的话如同冰雹般砸在陆父和陆母的心头。他们从未想过，自己的儿子竟然会如此直接地表达对他们的不满和失望。一时间，整个别墅都弥漫着一种难以名状的沉重气氛。

说完这些，陆安阳就拎着行李箱离开了，关门的时候听到二人的争吵。

"许姣，你这些年把给安阳的生活费都给了你外甥？你是不是疯了？要不是我爸妈给他留了基金，是不是这个孩子就饿死在国内了？"

陆安阳的脚步声在走廊上回荡，他并没有回头，也没有停下脚步。那些指责和争吵对他来说早已习以为常。他的心早已在冷漠与失望中变得坚硬如铁。他只知道，他必须离开这个家，离开这对从未真正关心过他的父母。

他的行李并不多，只是一些日常用品和书籍。这些都是他用心挑选的，它们代表了他在这里的一切，也是他能够带走的一切。他并不留恋这个家，只是对这个他曾经视为归宿的地方，还有一丝不舍。

走出别墅，冷风扑面而来，雪花在空中飞舞。陆安阳深吸了一口气，感觉到一种前所未有的自由。他知道自己即将开始新的生活，虽然前路未知，但他已经做好了准备。

他拦下一辆出租车，告诉司机去机场。车开动了，陆安阳靠在车窗上，看着窗外的风景。这座城市，这个家，都将成为他记忆中的一部分。他知道自己不会再回来了，但他也知道自己会记住这里的一切。

在机场，他办理了登机手续，然后坐在候机室里等待。他的心情很平静，没有激动，也没有不舍。这只是他人生中一个小小的转折点，他还有很长的路要走，还有很多事情要去做。

飞机起飞了，陆安阳看着窗外逐渐缩小的城市，心中没有波澜。他的人生将开始新的篇章，他也将开始新的旅程。他相信，只要他坚持自己的信念，勇敢面对未来，他一定能够走出自己的路，找到属于自己的幸福。

第二十章　我好像没有家

两个北半球的国家，现在都是冬天，天上飘着雪花。

陆安阳站在机场的出口，任由雪花落在他的肩上、发梢以及他深邃的眼眸里。他深吸了一口冰冷的空气，心中却有一种说不出的轻松。这里，是他的新起点，也是他逃离过去、追寻自由的地方。

他没有直接回家，而是先在附近找了一家旅馆，暂时安顿下来。房间虽然不大，但足够整洁舒适。他放下行李，坐在床边，看着窗外的雪花，心中涌起一种难以名状的孤独感。

"我好像没有家。"他自言自语道，声音在空旷的房间里回荡。是的，他从未有过一个真正的家，一个充满温暖和爱的地方。他的父母，他的亲戚，都只是他生命中的过客，他们从未真正走进他的内心，也从未真正了解过他。

但是，他并不后悔自己的选择。他知道，只有离开那个让他窒息的家，他才能找到真正的自我。

他站起身，走到窗前，将手伸出窗外，接住了一片雪花，感受着它在手心里慢慢融化。他闭上眼睛，心中充满了对未来的期待和憧憬。

"我要开始新的生活了。"他低沉地吐出这几个字，声音中带着一丝不易察觉的颤抖。转过头，他的目光落在不远处那座熟悉又陌生的别墅上。那里，曾经是他温暖的避风港，是他心灵的寄托，然而现在，却感觉像是隔了一个世纪那么遥远。很长时间，他都没有回来过这里，今天，他终于鼓起勇气，迈出了这一步。

步入别墅，一股清冷的气息扑面而来。

今天是除夕，外面的世界沉浸在节日的喜悦和热闹中。烟花在夜空中绽放，五彩斑斓的光芒照亮了整个夜空，映衬得这座别墅更加孤寂。他站在窗前，望着外面的繁华，心中涌起一股复杂的情感。

就在此时，电话铃声响起。

他拿起手机，屏幕上显示的是一个陌生的号码。他犹豫了一下，还是按下了接听键。

"喂，你好。"陆安阳的声音在空旷的别墅里回荡。

"安阳，是你吗？"电话那头是一个柔和的女声，带着一丝关切和惊喜。

"是我。"他有些意外，但还是平静地回答道。

"我听说了你的事情，你还好吗？"女声继续问道。

"我还好，谢谢关心。"陆安阳尽量让自己的声音听起来正常。

"我知道你现在可能不太想说话，但我还是想告诉你，无论你走到哪里，无论你遇到什么困难，都不要放弃自己。你是一个很有才华的人，你有能力去创造属于自己的生活。"女声鼓励道。

陆安阳沉默了一会儿，然后轻轻地叹了口气。

"谢谢你，你的话我会记住的。"他说道。

"那就好，如果你需要任何帮助，随时都可以联系我。我会尽我所能去帮助你。"女声说道。

"谢谢，我会的。"陆安阳感激地说道。

挂断电话后，他站在窗前，望着外面的夜空。烟花依旧在绽放，但此刻他的心情却与刚才不同。他感到了温暖和力量，仿佛有人在他最脆弱的时候给了他一个拥抱。

他知道，他并不孤单。虽然他没有一个真正意义上的家，但他有那些关心他、支持他的人。他们是他人生中的光，照亮了他前行的路。

打电话的这个人每年都会打电话过来，甚至每年都会说类似的话。陆安阳知道，这是爷爷安排的。爷爷给他留下了很多惊喜。比如每年都会有人从世界各地给他邮寄礼物。陆安阳都不知道爷爷准备了多少。回到卧室里，陆安阳拿起那张和爷爷奶奶的合照。说来可笑，他和父母连一张合照都没有。

他轻轻抚摸着照片中爷爷奶奶慈祥的脸庞，心中涌起一股暖流。虽然他们已经离世多年，但他们的爱和关怀却如同这照片一般，永远地留在了他的身边。

将照片放进包里，陆安阳给曾经的保洁公司发了结束合作的消息，也告诉王婶不用再管这个房子了。随后他离开了这里。

"打车。"

他对着手机说道，随后一辆出租车缓缓停在了他的面前。陆安阳坐进车里，告诉司机他的目的地。

陆安阳回到了郜家楼上的那个房子里。

郜家。

"爸，我跟你讲，咱们家楼上的那个男生，叫陆安阳，他给我和我姐补课，我俩的成绩一飞冲天。但还是撼动不了他第一名的地位。"

郜爸爸看着儿子兴奋的脸庞，心中也满是欣慰。他深知儿子平时调皮捣蛋，对学习并不上心，但这次能取得如此大的进步，确实令人惊喜。他转头看向一旁的女儿，只见她微笑着点头，显然也对陆安阳的辅导表示认可。

郜爸爸拍了拍儿子的肩膀，说："含宇，你要好好感谢陆安阳，没有他的帮助，你们姐弟俩的成绩不可能有这么大的提升。不过，也不能骄傲自满，要继续努力，知道吗？"

郜含宇连连点头，脸上洋溢着开心的笑容。随后郜爸爸想起来什么，对儿女说道："那个孩子不是一个人住吗？你们怎么不叫人家来做客？"

郜爸爸的话让郜含宇和郜含笑都愣住了，郜爸爸也是今天才到家，还不知道陆安阳家的情况。郜含笑无奈地说道："我同桌爸妈都在国外工作，今年过年回不来，他就过去看望父母了。"

郜爸爸听了，点了点头，表示理解。但没能见到帮助自己儿女的人，郜爸爸心里还是觉得有点可惜。吃饭前，郜含宇和郜含笑出门去放鞭炮，刚一推开单元楼的门，就看见陆安阳从出租车上下来。

"陆安阳！"郜含宇兴奋地喊了出来，跑上前去迎接他。郜含笑紧随其后，脸上也带着惊喜的笑容。

陆安阳看着两人，有些意外，但很快也露出了微笑。郜含宇拿着行李箱，好奇地问陆安阳："你怎么在除夕夜回来了？"

陆安阳轻轻笑了笑，回答道："出了一些事。"

郜含笑推了推郜含宇的胳膊，示意他不要再问。不用想都知道，陆安阳一定是和家里闹了矛盾。

她轻轻拍了拍陆安阳的肩膀，说："回来就好，今晚吃团圆饭，你也一起来吧。"陆安阳微微一愣，随即点了点头。

在郜家的团圆饭桌上，陆安阳感受到了久违的家的温暖。郜爸爸热情地为他夹菜，郜妈妈则关心地询问他在国外的生活情况。郜含宇和郜含笑更是围在他身边，不停地分享着学校里的趣事和新鲜事。

整顿饭下来，陆安阳的心情逐渐放松，他感受到了这个家庭的温暖和包容。他意识到，虽然他没有血缘上的亲人在身边，但他并不孤单。在这个世界上，还有很多人愿意关心他、支持他。

饭后，郜含宇和郜含笑又拉着陆安阳重新放了一次鞭炮。在璀璨的烟花下，他们三人欢快地笑着、闹着，仿佛回到了无忧无虑的童年时代。陆安阳看着身边的两人，心中充满了感激和珍惜。

夜色渐深，陆安阳在郜家的客房里安然入睡。他做了一个梦，梦见自己站在一个宽阔的舞台上，下面坐着无数支持他的人。他弹奏着吉他，唱着属于自己的歌，享受着属于自己的光芒。

第二天清晨，陆安阳被一阵香气唤醒。他走出房间，看到郜妈妈正在厨房里忙着准备早餐。他走过去帮忙，两人一边聊天一边做着早餐。早餐过后，郜爸爸提议大家一起去公园散步，享受这难得的假期时光。

在公园里，他们五人漫步在小道上，欣赏着周围的风景。陆安阳看着郜爸爸和郜妈妈相互搀扶、谈笑风生的样子，心中涌起一股莫名的感动。这样简单温馨的家庭环境，对陆安阳来说竟然是奢望。

"我爸妈正月十五就要去外地工作了。学霸，你要不要和我还有我姐一起过元宵节？"

郜含宇的话打破了公园的宁静，陆安阳微微一怔，随后微笑着点头。他知道，这个提议并非出于同情，而是因为郜家对他的真诚接纳和关心。

郜爸爸也说:"你们三个就在家里好好吃饭,好好生活,好好学习。我们走后,家里就剩下你们三个人,别吵架,别打架,少吃零食,多睡觉。"

陆安阳也下意识和郜含笑姐弟一起点头。

第二十一章　一起过节

元宵节当天，郜家张灯结彩，热闹非凡。郜爸爸提前制作了精美的灯笼，挂在家里的每一个角落。这是每年的习惯，因为不能和两个孩子一起过元宵节，郜爸爸会在大年初二开始做灯笼，用这种方式弥补元宵节缺席的遗憾。

还好郜含宇和郜含笑懂事，从小到大都没有抱怨过。

"喂，叔叔阿姨，是我，陆安阳，我在收拾客厅，含笑他们在厨房里做饭。"

陆安阳一边在客厅忙碌着，一边对着手机说着。他已经完全融入了郜家的生活，仿佛自己就是这个家庭的一员。虽然元宵节是团圆的日子，但他的父母远在海外，从未与他共度这个佳节，甚至连一个电话都没有给他打过，好像他们没有生过陆安阳这个人一样。

"那我和你说就行，你们三个人记得别吃太多元宵，这东西不好消化。还有啊，在茶几里面有三个红包，是给你们的，记得放在枕头底下，之前走得急忘记告诉你们了。还有啊，安阳，你胃不好，记得和含宇、含笑说，做饭别放辣椒。这俩孩子就喜欢吃辣。对了，我给你们房间买了张新床，是个上下铺，明天送到，你和含宇收拾一下，住在主卧，书桌我也买了，是个双人的。你以后不用楼上楼下跑，就和他们姐弟俩一起生活就行。"

听着电话那头郜爸爸的详细叮嘱，陆安阳心中涌起一股暖流。他没想到郜爸爸会如此细心地考虑到他的生活细节，甚至为他准备了新的床铺和书桌。这让他更加坚定了要把这个家当作自己家的决心。

挂断电话后，陆安阳继续忙碌着。他打扫了客厅，将郜爸爸制作的灯笼摆好，让整个家充满了节日的气氛。

郜含宇和郜含笑在厨房里忙碌着,准备美味的饭菜,陆安阳也被拉进了厨房。虽然他的厨艺并不精湛,但郜含笑并没有嫌弃,反而鼓励他多尝试。

"同桌,你看你什么都会,做饭也不难,你肯定很快就能学会的。"

郜含笑一边说着,一边把切好的食材递给陆安阳,她的眼神里充满了鼓励和期待。陆安阳接过食材,心中涌起一股从未有过的感动,他深深地看了郜含笑一眼,然后开始笨拙地按照她的指导进行操作。

尽管陆安阳的厨艺并不出色,但他的认真和专注让郜含笑和郜含宇都感到十分欣慰。他们三人一边聊天一边忙碌着,厨房里充满了欢声笑语。

饭后,他们一起收拾了餐桌,然后坐在客厅里看电视、聊天。陆安阳看着姐弟俩对他关怀备至的样子,心中涌起一股莫名的感慨。他从来没有想过,自己会在一个陌生的家庭中感受到如此真挚的关爱和温暖。

夜深了,他们各自回房休息。陆安阳躺在床上,思绪万千。他感激郜家对他的接纳和关心,也感激命运让他遇到了这样一群善良的人。他暗下决心,一定要好好珍惜这份来之不易的温暖,好好做这个家庭的一员。

第二天一早,门铃声就响了起来。

"弟,你去开门,我和安阳做饭呢。"

郜含宇应了一声,放下手中的锅铲,三步并作两步地跑去开门。门一开,只见快递员推着一个大件货物走了进来,是郜爸爸买的那张上下铺的床。郜含宇连忙招呼快递员将床搬进房间,并指挥他们将床放在合适的位置。

郜含笑和陆安阳听到动静探出头来,看见巨大的包裹不禁张大了嘴巴。

"这是啥啊?老爸不会把他们研究所的石头寄回家了吧?"

郜含宇笑着摇摇头,解释道:"这是老爸昨天电话里说的新到的床,我和安阳以后就要变成上下铺的兄弟了,开心不?"

三人围着这个巨大的包裹,相视而笑。尽管对这个突如其来的改变还有些许不适应,但他们心中更多的是对即将到来的新生活的期待和憧憬。

郜含笑放下手中的锅铲,走上前来,轻轻地拍了拍陆安阳的肩膀:"别看了,一块儿收拾吧。"

陆安阳点点头。他知道,这个家已经接纳了他,他也将成为这个家的一分子,与他们共同分享生活的喜怒哀乐。

经过一番忙碌，新的床铺终于安置妥当。陆安阳站在床边，看着这个即将成为他的新居的地方，心中充满了温暖和感激。这个家将是他未来生活的港湾，是他心灵的归宿。

郜含宇累得坐在地上。

"我爸妈也真是，说换床就换床，起码也得给我一点接受的时间啊，累死了。"

郜含笑见状，忍不住笑出声来。她走过去扶起弟弟，又转身对陆安阳说："安阳，你别介意，他就是爱抱怨，其实他心里很高兴和你成为室友。"

陆安阳笑着摇摇头，表示并不介意。他看了看时间，已经接近中午，便提议道："既然床已经安置好了，我们就先吃饭吧。下午我们可以一起出去逛逛，感受一下元宵节的气氛。"

郜含宇一听要出去玩，立刻来了精神，他拍拍手站起来，高兴地说："好主意！我早就想出去看看了，听说今天有灯会，还有舞龙、舞狮表演呢！"

郜含笑微微一笑，轻轻地点了点头，表示自己完全赞同他们的决定。午餐过后，他们休息了一会儿，换上了精心挑选的新衣服，出门了。

一走上街头，三人立刻感受到了浓厚的节日氛围。街道两旁挂满了大红色的灯笼，它们在阳光下闪烁着耀眼的光芒，犹如一颗颗璀璨的明珠。行人脸上都洋溢着幸福的笑容，街道上充满了欢声笑语。

来到灯会现场，只见人头攒动，热闹的气氛令人惊叹。各种各样的灯笼如同繁星点点，照亮了整个会场，让人置身于一个五彩斑斓的世界。

人群中，舞龙舞狮的队伍穿梭不停，他们的动作矫健有力，充满了活力。每一次舞动都引来观众的阵阵喝彩，人们纷纷拿出手机，记录下这精彩的瞬间。这里的气氛热烈，让人感受到了中华传统文化的魅力，也让郜含笑三人深深为之着迷。

"快点过来猜灯谜。"

郜含宇兴奋地挥舞着手中的纸条，脸上洋溢着孩童般的笑容。郜含笑迅速穿过人群，来到了猜灯谜的摊位前。摊位上挂满了五颜六色的纸条，上面写满了各种谜题。郜含宇和郜含笑迅速投入到了猜灯谜的游戏中，而陆安阳则站在一旁，不时地提出自己的想法。

　　随着时间的推移，他们三人陆续猜出了不少灯谜，赢得了一些小奖品。每一次猜中，他们都会兴奋地欢呼，然后相互鼓励，继续挑战下一个谜题。这种互动和合作让他们之间的关系更加亲密，也让他们更加珍惜彼此之间的友谊。

第二十二章　生活

正月十五过了之后，也就到了要开学的时候。

郜妈妈因工作调动，以后要在郜爸爸单位那边的学校教学。听到这个消息，郜含笑很淡定。

"我前几年就说让老妈听从学校的安排调动吧，她非要拖到咱们两个上高中。"

郜含宇倒是有些兴奋："哈哈，那以后还真是咱们三个人过日子了。"

郜含笑轻笑着摇了摇头，看着弟弟那兴奋的模样，心里却是别有一番滋味。她知道，随着年龄的增长，家庭的变动也会越来越多，但无论如何，她都会珍惜和家人在一起的每一刻。

新的一年，郜含笑和郜含宇都步入了新的学习阶段，而陆安阳也在这个家中找到了自己的位置。他们三人一起学习，一起玩耍，一起面对生活的种种挑战。在这个过程中，他们的友谊也越发深厚，三人成为彼此生命中不可或缺的一部分。

梧桐街道的梧桐树从枯枝开始发芽、长叶，一晃就又变得郁郁葱葱，天气也一日比一日热。

在这个季节里，郜家的生活依旧如常，只是多了些许新的元素。陆安阳的加入，不仅让这个家庭多了一份欢声笑语，也有了更多的小惊喜和温暖。每天放学回家，他们三人总会在客厅里围坐一圈，一起讨论一些有趣的话题。这样的时光虽然简单，却充满了幸福和满足。

郜含笑和郜含宇最近在学习上进步了不少，但是陆安阳还是稳稳地碾压两个人。看着餐桌上气鼓鼓的姐弟二人，难得回家的郜爸爸和郜妈妈哈哈大笑起来。

"你们两个非要跟安阳比，又输了吧？"

郜含笑和郜含宇对视一眼，相互翻了一个白眼。而陆安阳笑了笑，仍然低头看他的书。郜含笑拿起面前的一粒瓜子扔在他的书上，陆安阳用手指捡起来然后剥开。

"我可没有耍赖，你们两个说的，让我竭尽全力。"

陆安阳的平静和淡定让郜含笑和郜含宇都感到有些无奈。他们从没有见过这样的人，几乎门门课都是满分，没有偏科。可能这就是天才和普通人之间的区别吧。

"姐，我就跟你说了，别和学神比，我以前以为他是学霸，现在看来可不止。人家考那么多，是因为满分只有那么多。"

郜妈妈给三人一人塞了一个苹果。这三个人有一个相同的小毛病——都不喜欢吃苹果。

陆安阳很给面子地咬了一大口，仿佛在品尝什么美味。郜含笑和郜含宇则苦笑一声，但看着妈妈期待的眼神，他们还是乖乖地吃了起来。

晚饭过后，郜爸爸提议道："明天周末，咱们一起去郊外野餐吧，带上帐篷和烧烤架，享受一下大自然的清新空气。"

郜含笑和郜含宇一听，立刻欢呼起来。他们早就想出去透透气了，这段时间一直忙于学习，几乎没有时间放松。陆安阳也点了点头，表示赞同。

第二天，阳光明媚，微风拂面。他们一家人早早地出发，驱车前往郊外。一路上，他们欣赏着窗外的风景，聊着天，享受着难得的悠闲时光。

到了目的地，他们开始忙碌起来。搭帐篷、摆烧烤架、准备食材……每个人都忙得不亦乐乎。不一会儿，香喷喷的烧烤味就弥漫在空气中，让人垂涎欲滴。

这个时候，一个熟悉的声音响起。

"叔叔，阿姨，你们也在这边野营啊？"

林云霄跑过来，气喘吁吁地看着几个人。新学期转入国际部之后，林云霄就直接住校了。

郜爸爸笑着拍了拍林云霄的肩膀："云霄啊，你也来这边野营？真是巧啊。要不要一起？"

林云霄点了点头，脸上露出了欣喜的笑容："好啊，正好我被朋友放了鸽子！我也带了些食材和工具，我们可以一起分享。"

他们围坐在烧烤架旁，享受着美食和微风。郜含笑几人一边品尝着美味的烧烤，一边聊着天，谈论着学校的趣事。

正聊着，郜含笑凑到林云霄身边。

"你在国际部待得怎么样？"

"还不错，国际部的氛围很不一样，同学们来自世界各地，大家的文化背景都不同，交流起来特别有意思。"林云霄一边翻转着手中的烤串，一边微笑着回答，"当然，也有一些挑战，比如英语沟通方面，我得更加努力才行。"

郜含笑点了点头，表示理解。她看着林云霄那自信而坚定的眼神，心中不禁有些佩服。林云霄一直都是个有追求、有梦想的人，无论在哪里，他都能找到自己的位置，并努力向前。

"含笑，你呢？你和含宇在新的学期里有什么打算吗？"林云霄反过来问郜含笑。

郜含笑想了想，回答道："我们打算继续努力学习，争取在学业上取得更好的成绩。同时，我们也想多参加一些课外活动，丰富自己的阅历和经验。"

林云霄听了，点头赞同："这样很好，全面发展才是最重要的。对了，你们知道吗？最近学校准备组织一次文化交流活动，我觉得你们也可以参加。"

郜含笑和郜含宇对视一眼，都表示很有兴趣。毕竟这是一个展示自己、了解他人的好机会，也是一次难得的学习体验。

夜幕降临，星星点点的灯火在野外闪烁，营造出一种浪漫而宁静的氛围。他们围坐在火堆旁，分享着彼此的故事和梦想，笑声和谈话声此起彼伏，构成了一幅温馨而和谐的画面。

郜含笑坐在草地上看着天空中的星星，陆安阳走过来坐在她旁边。

"在看什么？"陆安阳轻声问道，他的声音在夜晚的微风中显得格外柔和。

郜含笑微微侧过头，眼中闪烁着对星空的向往："我在看星星，它们好像离我们很近，但又那么遥不可及。"

陆安阳微微一笑，也抬头望向星空："星星确实很远，但它们的光芒却能穿越宇宙的黑暗,照进我们的眼里。就像我们的梦想一样,虽然遥远,但只要坚持,就总有一天会实现。"

郜含笑被陆安阳的话深深触动,她轻轻点了点头:"你说的对,只要我们努力,就没有什么是不可能的。"

说到梦想,她突然偏过头看向陆安阳:"这一次的比赛准备得怎么样?"

陆安阳沉稳地回答道:"准备得还算充分,但比赛总是充满未知,所以我会保持平常心。"

郜含笑听后,心中对陆安阳的敬佩又增加了几分。她总是觉得,陆安阳身上有一种与众不同的气质,他那种从容不迫、处变不惊的态度是她和郜含宇都难以企及的。

她轻轻叹了口气,说:"你总是这么淡定,好像什么事都不能让你紧张。"

陆安阳微微一笑,道:"其实我也有紧张的时候,只是习惯了用冷静去面对。因为我知道,紧张并不能解决问题,反而可能让我失去方向。"

陆安阳站起身,正准备进入帐篷,但是又顿住了。

"郜含笑,有的时候,我真想进入你们家的户口簿。"

郜含笑被陆安阳突如其来的话惊得目瞪口呆,她转过头,眼中满是诧异。周围的欢声笑语仿佛在这一刻都静止了,只剩下两人的心跳声在耳边回响。

她看着陆安阳那深邃而坚定的眼神,心中涌起一股莫名的情感。这种情感既不是简单的友情,也不是热烈的爱情,而是一种深深的依赖和信任。

她缓缓开口,声音带着一丝颤抖:"你……你说什么?"

陆安阳转过身,面对着郜含笑,他的眼神温柔而坚定:"我想成为你们家的一员。"

郜含笑的心像被什么东西紧紧揪住了一般,她感到自己的眼眶有些湿润。

"你现在就是,我们是朋友,是家人。"

郜含笑的声音有些哽咽,但她的眼神却充满了坚定和温暖。她知道,无论陆安阳未来会走向何方,他们之间的这份情谊和信任都将永不改变。

林云霄和郜含宇听到两人的对话,不禁看向他们。林云霄想要上前,被郜含宇拦住了。

"云霄,有的时候吧,难得糊涂。"

郜含宇的话语虽轻,但带着不容置疑的认真。林云霄愣在原地,看着火光映照下,郜含笑和陆安阳那两张略显模糊的脸庞,心中涌起一股说不出的滋味。

夜晚的营地静谧而温馨,周围的一切仿佛都在这一刻为这两个年轻人让路。他们之间的对话虽然简短,但每一个字都充满了深深的情感。林云霄知道,自己此刻不能打扰他们,这是一种需要被尊重的独特的情感。

他轻轻叹了口气,转身走回自己的帐篷。郜含宇跟在他身后,拍了拍他的肩膀:"云霄,每个人都有自己的故事和选择,我们只需要尊重就好。"

林云霄点了点头,心中虽然有些失落,但更多的是对陆安阳的祝福。

夜渐渐深了,营地里的灯火逐渐熄灭,只剩下星星点点的火光在黑暗中闪烁。林云霄躺在帐篷里,望着帐篷顶上的小窗,心中思绪万千。他想起了自己和郜家姐弟的友情,想起了陆安阳的坚定和郜含笑的温柔。这一切都像是一场美丽的梦,让他感到既真实又遥远。

第二十三章　我们就是你的后盾

年轻人的血液中似乎总是充满了热情，他们不断追求着，不断努力着。他们追求的究竟是什么？或许，那就是他们的梦想。有人觉得他们任性，有人批评他们不成熟。

成年人常说他们是天真的，指责他们不顾后果。然而，如果他们真的开始对后果斤斤计较，那他们还是原来的那个少年吗？他们那种勇往直前、无所畏惧的精神，不正是每个成年人曾经也有过的青春吗？

"决定好了吗？"

郜爸爸看着面前的报名表，问陆安阳。这是最新的物理竞赛报名表。

陆安阳点了点头，目光坚定："是的，我已经决定了。"

郜爸爸微微一笑，将报名表递给他："那就去吧，孩子。我们就是你的后盾，无论结果如何，都别忘记，你的努力和坚持比任何结果都重要。"

陆安阳抬起眼睛，有点震惊地看向郜爸爸。

"为什么您不说我愚蠢，不说我这种选择是错的？"

郜爸爸微笑着摇了摇头，那眼神中充满了对陆安阳的理解和信任："孩子，每个人的生命轨迹都不同，我不能用自己的经历去衡量你的选择。你有梦想，有热情，有勇气去追求，这本身就是一种宝贵的品质。你选择了这条路，无论未来会遇到多少困难和挑战，我都相信你有能力去面对、去克服。"

"而且，"郜爸爸顿了一顿，继续说道，"我们每个人都有自己的盲点，有时候我们看到的只是冰山一角。你看到的,或许正是我们成年人忽视或遗忘的。所以，我支持你，鼓励你，希望你能在追求梦想的道路上，找到自己的价值和意义。"

陆安阳被郜爸爸的话深深打动，他紧紧握住报名表，眼中闪烁着坚定的光芒："谢谢您，郜叔叔。我不会让您失望的，我会尽我最大的努力，去追求我的梦想。"

郜爸爸微笑着拍了拍陆安阳的肩膀："好孩子，我相信你。去吧，去追寻你的梦想，无论结果如何，你都是我们的骄傲。"

陆安阳站起身，深深地鞠了一躬，然后转身回了自己的帐篷。他的背影显得那么坚定和执着，仿佛已经看到了自己梦想的彼岸。

郜爸爸望着陆安阳的背影，心中充满了欣慰和骄傲。他知道，自己的选择没有错，他相信陆安阳会用自己的努力和坚持，去创造属于他自己的辉煌。

而此刻的郜含笑也正在为陆安阳加油打气。陆安阳的梦想并不只是他一个人的事情，也是她，是他们这群朋友的事情。他们会一直陪伴在陆安阳的身边，为他加油，为他祝福，直到他实现自己的梦想。

夜晚再次降临，星星点点的灯火在野外闪烁，仿佛在为陆安阳的梦想照亮前行的道路。而陆安阳也在这份坚定的信念和温暖的陪伴中，继续向着自己的梦想迈进。

郜妈妈坐在郜爸爸的身边。

"这孩子以前没少受苦，我听含笑说过两句，隐约能猜到一些。那孩子有爸妈和没有爸妈一样。"

郜妈妈的话语中透露出深深的同情和理解，她看着远处陆安阳的背影，心中不禁泛起一丝涟漪。她明白，每个孩子都有自己的故事，而陆安阳的故事里或许隐藏着许多不为人知的艰辛。

郜妈妈轻轻叹息，转而看向郜含笑，眼中满是温柔与鼓励："含笑，你和安阳是好朋友，你要多关心他，多支持他。他选择了自己的道路，虽然这条路可能充满了挑战和困难，但他有你们这些朋友，有我们，相信他一定能够走得更远。"

郜含笑点了点头，眼中闪烁着坚定的光芒："妈妈，您放心，我会的。安阳是我的朋友，他的梦想就是我的梦想。我会一直陪伴在他身边，为他加油打气，直到他实现自己的梦想。"

夜色渐深，郜含笑躺在帐篷里翻来覆去，一直没有睡着。她想起了和陆安阳一起度过的时光，想起了他们一起经历的点点滴滴。那些欢笑、泪水、挫折和成功，都会成为他们心中最珍贵的记忆。

她不由得望着帐篷外那片繁星点点的夜空，心中充满了对未来的期待和对梦想的坚定。她知道，她和陆安阳一样，都有着自己的梦想和追求，而这一切都需要他们付出努力和坚持。

第二天清晨，当第一缕阳光洒向大地时，郜含笑已经起床了。她整理好装备，去了陆安阳的帐篷。陆安阳已经开始做题了，看着帐篷里的书，郜含笑眼睛都觉得疼。

"你……比赛也不差这一天两天的。你出来玩怎么还要带着这些东西？"

郜含笑的语气中透露着些许无奈。陆安阳正全神贯注地翻阅着一本厚厚的物理书，笔尖在纸上飞快地划过，留下一串串复杂的公式和计算。

看着他那认真的模样，郜含笑心中不由得涌起一股暖流。她知道，陆安阳的每一次努力，都是为了那个遥远的梦想，那个他们共同追逐的目标。

"安阳，你知道吗？你的梦想不只是你一个人的事情，也是我们的事情。"郜含笑轻轻握住陆安阳的手，眼神坚定地说，"我们会一直陪在你身边，为你加油打气，为你提供帮助。无论遇到什么困难，我们都要一起面对，一起克服。"

陆安阳看着郜含笑，眼中闪过一丝感动。他点了点头，微笑着说："谢谢你。"

郜含宇掀开帐篷帘子。

"你们还在这里干什么呢？快点出来放风筝。"

郜含宇的呼唤声打破了清晨的宁静，带着一丝调皮和期待。陆安阳放下了手中的书本和笔，和郜含笑相视一笑，一起走出了帐篷。

清晨的阳光洒在草地上，露珠在叶尖上闪烁着晶莹的光芒。郜含宇已经拿出了一只色彩斑斓的风筝，正等着他们。二人走上前去，郜含宇将风筝递给陆安阳，陆安阳接过风筝，轻轻地放飞了它。风筝在天空中摇曳生姿，像一只自由的鸟在空中翱翔。他们三人仰头看着风筝，脸上都露出了开心的笑容。

"安阳，你知道吗？风筝就像我们的梦想，有时候它会飞得很高很远，但只要我们紧紧抓住手中的线，它就不会飞走。"郜含笑望着风筝，轻声说道。

陆安阳点了点头，他明白郜含笑的意思。他紧紧地握住手中的线，心中充满了对梦想的坚定和执着。他知道，只要有朋友的陪伴和支持，他就能够勇往直前，追寻自己的梦想。

他们三人继续在草地上玩耍着，享受着这份难得的轻松和快乐。他们放飞着风筝，追逐着梦想，心中充满了对未来的期待和憧憬。他们知道，只要他们一直努力下去，就一定能够实现自己的梦想，创造属于自己的辉煌。

太阳渐渐升高，草地上的露珠已经消失无踪。他们三人收拾好风筝和装备，准备回到营地。这次出来玩不仅让他们放松了心情，更坚定了他们对梦想的执着追求。

在回去的路上，他们一边走一边聊着天，谈论着对未来的计划和梦想，分享着彼此的心声。只要有朋友的陪伴和支持，他们就能够克服一切困难，实现自己的梦想。

第二十四章　阻碍

"马上就要去比赛了，你一定要加油。比赛期间，你要住在主办方安排的住所，一个人住要照顾好自己，我相信你！"

郜含笑细心地叮嘱着，尽力为陆安阳解决后顾之忧。陆安阳感激不已，只是内心却没有郜含笑想象的那么轻松。

陆安阳明白，比赛的舞台虽然广阔，但竞争也异常激烈。他虽然深知自己的实力，但在这个高手如云的赛场上，他能否脱颖而出还是一个未知数。而且，他更担心的是，这场比赛会给他和郜含笑之间的关系带来影响。

郜含笑似乎看出了陆安阳的担忧，她轻轻拍了拍他的肩膀，微笑着说："安阳，你别担心。无论竞赛结果如何，你都是我最好的朋友。我相信你的实力，也相信你的努力。只要全力以赴，你就一定能够取得好成绩。"

陆安阳看着郜含笑那坚定的眼神，心中不禁涌起一股暖流。他知道，自己并不孤单，有郜含笑这样的朋友在身边，他已经拥有了最强大的支持。他深吸一口气，将心中的担忧压下，微笑着对郜含笑说："谢谢你，含笑。我会尽力的。"

然而，就在他们为即将到来的竞赛做最后的准备的时候，一个意外的消息打破了他们平静的生活。陆安阳突然接到通知，他的参赛资格被取消了。

接到这个通知的时候，郜爸爸也十分震惊。他先打电话给陆安阳。

"安阳，别担心，我帮你解决这边的问题。"

这是陆安阳从小到大第一次被除爷爷奶奶之外的人当作孩子对待。陆安阳握着电话，心中五味杂陈，久违地感到自己在这个世界上并不是孤立无援的。挂断电话后，他坐在床边，目光空洞地望着窗外的蓝天：明天就是竞赛的日子，他原本已经做好了所有的准备，现在该怎么办？

"老邰，这孩子我们都很看好，但是……这孩子的父母……"

电话那头，主办方的声音低沉而无奈。邰爸爸皱起了眉头，心中明白，这次的事情恐怕不是那么容易解决的。他深吸一口气，尽量让自己的声音听起来平静而坚定："我明白你们的意思，他父母那边我来联系。"

邰爸爸挂断电话后，坐在办公室里久久没有动作。他知道，这次的竞赛对陆安阳来说意义非凡，这不仅仅是一个展示才华的机会，更是他向梦想迈进的重要一步。邰爸爸不明白，这对父母为什么把孩子当作仇人一般对待，甚至想要将孩子的梦想扼杀在摇篮之中。

他心中的疑惑和愤怒如同火山般即将爆发，但他知道，此刻他必须冷静下来，为陆安阳找到解决问题的途径。沉思良久后，他先给邰含笑打了一通电话，交代了几句之后，才拨通了陆安阳父亲的电话："陆先生，您好，我姓邰，算是陆安阳的半个监护人。给您打电话是想说说陆安阳参加物理竞赛的事。"

他尽量让自己的语气听起来诚恳而坚定，希望能够打动对方，让他们理解并支持陆安阳的梦想。然而，电话那头的声音却充满了冷漠和不屑，仿佛陆安阳的梦想在他眼中一文不值。

邰爸爸深吸了一口气，他知道这次的谈话不会那么顺利。

"陆先生，我不清楚您的职业，也不清楚您的想法，但是两次扼杀孩子的梦想，身为父亲的您怎么忍心？"

邰爸爸的话虽然柔和，但其中的坚定和力量却不容忽视。电话那头沉默了片刻，随后传来了陆爸爸略显尴尬的声音："邰先生，我知道你对安阳好，但这是我们家的私事，你一个外人……"

邰爸爸不等他说完，便打断道："陆先生，安阳不只是您家的孩子，他也是我家孩子的朋友，是我们共同看着成长起来的。他的梦想，他的努力，我们都看在眼里。我知道你们之间有些误会和矛盾，但请不要因此毁了安阳的未来。"

电话那头再次陷入沉默。邰爸爸知道，他现在需要给对方足够的时间去思考。他挂断了电话，心中渐渐平静下来。这次的谈话虽然未必会取得直接的效果，但至少能让陆爸爸意识到问题的严重性。

与此同时，陆安阳也在房间里焦急地等待着消息。他知道自己这次参赛的机会十分渺茫，但他仍然不愿意放弃。他坐在床边，双手紧握，心中默默祈祷着。

就在这时，陆安阳的手机铃声响起，是郜含笑打来的。

"安阳，你方便出来一下吗？我在你们竞赛场馆的大门外，门卫不让我进去。"陆安阳一愣，挂断电话就冲了出去。郜含笑站在大门外，她手里拿着一份文件，见到陆安阳便激动地说："安阳，好消息，我帮你找到了一个解决办法。"

对于郜含笑的出现，陆安阳吃惊不已："你怎么过来了？"

郜含笑微微一笑，将手中的文件递给陆安阳："我听说你的事情后，就马上赶过来了。"

"这是物理竞赛的官方文件，上面写着'未成年参赛者的监护人不在的，可由临时监护人出具参赛知情同意书'。你现在的临时监护人是王婶，我让王婶帮你写了一份参赛知情同意书。"

陆安阳接过文件，仔细阅读着上面的内容，他的眼中闪烁着激动的光芒。他没想到，在这个关键时刻，郜含笑会如此迅速地找到解决办法，并且亲自赶来为他送上这份希望。他抬头看向郜含笑，心中充满了感激和敬意。

"含笑，谢谢你，真的谢谢你。" 陆安阳的声音有些哽咽，他知道这份帮助对他来说意味着什么。郜含笑微微一笑，摆摆手表示不用谢。

"别谢我，这还是我爸提醒我的。他说这种竞赛一般都会有相关规定，而且会重点参考参赛者本人的意愿，咱们有王婶的同意书，肯定没问题！剩下的就看你的了。陆安阳，我们等你的好消息！"

第二十五章　命运转折点

命运的轨迹有时候确实让人难以捉摸，它充满了神秘与不确定性。在人生的旅途中，我们时常会遇到一些关键的转折点，而这些转折点对于我们来说，其结果究竟是喜是忧，往往并不能够提前预知。

或许在某个瞬间，我们会感到命运正在朝一个更好的方向发展，心中涌起希望的波澜；而在另一些时刻，我们又可能会陷入沉思，担忧即将到来的变化会给我们的生活带来负面影响。这种对未知的迷茫感，让我们在命运面前显得有些无力和被动，但同时也为生活增添了悬念和探险的乐趣。

"不是，姐，我就想要睡觉。"

郜含宇被郜含笑从床上拽起来。

"哦？那你是不打算看省篮球队的训练赛了？老爸怕咱们两个无聊，帮你联系了省篮球队，让你去观摩一下，见识见识什么叫作真正的实力。"

郜含宇一听要去观摩省篮球队的训练赛，困意瞬间消散了大半，他知道这是一个难得的机会。能够观摩省篮球队球员们的训练，对于他来说无疑是一次宝贵的学习机会。于是他揉了揉眼睛，努力打起精神来。

郜含笑见弟弟打起了精神，满意地点了点头。弟弟虽然平时调皮捣蛋，但对于篮球的热爱却是真挚的。她拍了拍弟弟的肩膀，鼓励道："好了，别磨蹭了，赶紧起床洗漱。我们得早点出发，不然错过了可就遗憾了。"

两人迅速收拾好自己，带上必要的物品，便匆匆离开了住处。一路上，郜含宇的心情异常激动。他想象着省篮球队球员们在场上挥洒汗水的情景，心中热血沸腾。他知道，这次的观摩不仅能够让他见识到更高水平的篮球训练，更能够激励他在未来的道路上不断努力,追求更高的目标。

到达省篮球队的训练基地后,两人受到了热情的接待。他们被安排坐在场边,近距离地观看球员们的训练。只见球员们一个个精神饱满,动作敏捷,无论是投篮、传球还是防守,都展现出了极高的技术水平。郜含宇看得目瞪口呆,不时发出惊叹声。

"哇!姐,姐,你看见了吗?刚才那个防守的动作真帅。我的天!简直了。"

郜含笑看着弟弟激动的模样,心中也不禁为他的热情所感染。她微笑着点了点头,道:"看见了,确实很帅。不过,这只是冰山一角,真正的篮球比赛远比这精彩和激烈。"

郜含宇听了姐姐的话,对篮球赛场的向往更强烈了。他下定决心,要更加努力地练习,争取有一天也能像这些省篮球队的球员一样,在场上展现自己的风采。

两人一直观看到训练结束,正准备离开的时候,被一个人叫住了。

"等等,两位。"郜含笑和郜含宇同时转过身,只见一位身材高大、面容严肃的教练正朝他们走来。

郜含宇疑惑地看着这个教练。

"您是……有什么事情吗?"

教练的眼神在两人身上扫过,最终定格在郜含宇身上,他微微点了点头,说道:"小伙子,我是省篮球队的教练,我姓周,我看你对篮球很感兴趣,而且你的身体素质和反应速度都很不错。"

郜含宇被周教练突如其来的夸奖弄得有些不好意思,竟没注意到周教练为什么会知道他的身体素质不错。他挠了挠头,笑道:"谢谢教练夸奖,我确实很喜欢篮球。"

周教练满意地点了点头,继续说道:"我们省篮球队正在选拔一些有潜力的年轻球员,近期会在各个学校举办选拔赛,我觉得你可以来试试。"

郜含宇一听这话,顿时激动得差点跳起来。他连忙点头答应,眼睛里闪烁着期待的光芒。

郜含笑见状,也替弟弟感到高兴。她忙向周教练表示感谢。

从省篮球队的训练基地离开后，郜含宇的心情久久不能平静。他知道，这是一个难得的机会，他必须好好把握。而郜含笑也在心中默默为弟弟加油打气，她相信弟弟一定能够在篮球的道路上走得更远。

郜含宇不知道的是，上个学期他们校队篮球比赛的时候，周教练便坐在观赛席上，他一眼就看中了打篮球的郜含宇。但是当时听说这个孩子文化课成绩格外出众，周教练便放弃了让他参加选拔赛的想法，没有想到这一次还会碰到。

郜含宇回到家后，整晚都难以入眠。他的脑海中不断回放着在省篮球队训练基地的所见所闻以及教练的邀请。他清楚，这是一个改变自己命运的契机，也是他追逐篮球梦想的新起点。

第二天一大早，郜含宇就找到了姐姐郜含笑。

"姐，你说，我要是真的去参加选拔赛，爸妈会不会生气？"

郜含笑吃着早餐，摇摇头。

"朋友，爸妈要是生气的话，就不会让你从小就练篮球了，做你喜欢的事情呗。人生是旷野，不是轨道。怎么的？还能因为你选择走体育路线，爸妈就把你赶出家？咱爸妈什么时候这么迂腐？"

郜含宇被姐姐的这番话深深打动，他明白，姐姐一直是他最坚实的后盾。他深吸了一口气，心中的担忧和犹豫逐渐消散。

"谢谢姐。"

但看着郜含宇这高兴的样子，郜含笑还是给他泼了冷水。

"别忘了，参加选拔的人很多很多。"

"我知道，姐。"郜含宇的眼神更加坚定了，"可我想试试，就算最后选不上，至少我努力过，也不会后悔。"

郜含笑满意地点点头，她深知弟弟的性格，一旦决定的事，就会全力以赴。她放下手中的筷子，认真地看向郜含宇："好，既然你决定了，那就去做吧。不过，你要记住，无论结果如何，都要保持一颗平常心，篮球只是生活的一部分，不要因为一次选拔就否定自己。"

郜含宇用力地点点头，他知道姐姐的话是有道理的。篮球是他的梦想，但生活中还有许多其他的精彩等待他去发现。他站起身，走到窗前，望着外面明媚的阳光——今天是个好天气。

"这孩子怎么还不出来?"

郜妈妈站在赛场外面,焦急万分。陆安阳的物理竞赛今天就要结束了,这次竞赛很特殊,都是现场打分。郜含笑和郜含宇这几天都不敢给陆安阳打电话,生怕打扰到他比赛。

郜爸爸拍拍郜妈妈的肩膀。

"别担心。"

就在这时,一道熟悉的身影从竞赛场馆的大门中走出,正是陆安阳。他身穿一件白色运动服,头发略显凌乱,但眼中闪烁着兴奋的光芒。郜含笑和郜含宇见状,立刻跑了过去。

"安阳,你终于出来了!竞赛结果怎么样?"郜含宇迫不及待地问道。

陆安阳微笑着点了点头,道:"应该还不错。"

郜含笑和郜含宇闻言,都松了一口气,脸上露出了开心的笑容。郜妈妈更是激动地握住陆安阳的手,连声道:"别管成绩怎么样,走,先去吃饭。这两天在里面是不是都饿坏了?走,阿姨领你去吃东西。"

陆安阳笑着道:"阿姨,您太客气了。其实竞赛期间,主办方提供的餐饮还挺好的,都是为了保证参赛选手的状态。不过我们还得等一会儿才能走,最终获奖名单还没公布呢!"

郜含笑拍了拍陆安阳的肩膀,鼓励道:"安阳,我相信你一定取得了不错的成绩。不过,无论结果如何,你都是我们心中的冠军。"

陆安阳被郜含笑的话所触动,他微微一笑,说道:"含笑,谢谢你。这次竞赛我确实收获了很多,不仅锻炼了自己的能力,还结识了一些志同道合的朋友。至于成绩,我会坦然接受的。"

获奖名单没过多久就公布了,陆安阳的名字赫然位列一等奖。郜含笑和郜含宇见状,都高兴地欢呼起来。

陆安阳看着自己取得的成绩,满意地笑了。

晚上,郜家为陆安阳举行了一场小型的庆祝宴。宴会上,陆安阳与大家分享了这次竞赛的点滴经历和心得感受。郜含笑和郜含宇也听得津津有味，他们为陆安阳的成绩感到骄傲和自豪。

庆祝宴结束后，郜含笑把陆安阳叫到一旁，认真地对他说："安阳，你的成绩我们都看到了，真的很为你高兴。物理竞赛得了一等奖，后面会有更多的人注意到你，而且……而且你以后再也不会因为你父母的一句话，就不能参加比赛了。"

陆安阳听完郜含笑的话，眼中闪过一丝感慨。他深深地吸了口气，然后缓缓呼出，仿佛要将内心的喜悦与感慨一并释放出来。他转过身，面对着郜含笑，郑重其事地说道："含笑，谢谢你一直以来的支持和鼓励，没有你，我不会有今天的成绩。"

郜含笑微笑着摇摇头，说："安阳，是你自己努力的结果。我只是在旁边为你加油打气而已。而且，我相信，你的物理之路一定会越走越宽，越走越远。"

陆安阳点点头，眼神坚定。此时的他和几个月前的他已经判若两人。

第二十六章　没办法，谁让我太优秀

"姐，你别紧张，不就是一个选拔赛吗？"

郜含宇说着。他的左右分别站着郜含笑和陆安阳。

郜含笑转过头，看向郜含宇，发出一声冷笑。

"是你自己在抖，不是我，好不好？放心吧，你的成绩始终都是你的退路，选不上，你以后就继续学习，没多大的事情。"

另一边的陆安阳点头赞同。

郜含宇挠了挠头。他确实有些紧张，但也在努力调整呼吸，让自己冷静下来。他知道姐姐和陆安阳都是为了鼓励他，让他放松心态。

这场选拔赛的场地就设在他们学校，现场人山人海，郜含宇站在人群中，感觉自己的心跳声格外清晰。他闭上眼睛，深呼吸了几次，然后缓缓睁开眼睛，眼中闪现出坚定的光芒。

比赛开始了，郜含宇迅速进入状态。他运球、过人、投篮，每一个动作都流畅自如，仿佛与篮球融为一体。他的出色表现得到了现场观众的阵阵喝彩，也赢得了评委们的一致好评。

随着比赛的进行，郜含宇的状态越来越好。他在场上犹如一位指挥官，带领着队伍不断前进。最终，在激烈的角逐中，郜含宇凭借出色的表现成功入选省篮球队。

得知自己入选的消息后，郜含宇激动得热泪盈眶。他紧紧抱住姐姐和陆安阳，感激地说："谢谢你们一直以来的支持和鼓励，没有你们，我不可能有今天的成绩。"

郜含笑和陆安阳也为郜含宇的成功感到高兴。

"恭喜你,不过……你可能要离开家了。"陆安阳拍了拍郜含宇的肩膀,语气中充满了鼓励和不舍,"但这是你人生中的一个重要机会,我相信你一定能够把握住。"

郜含笑也微笑着说:"是啊,含宇,你要去更大的舞台展示你的才华了。我们会一直支持你的,无论你走到哪里,家永远是你最坚强的后盾。"

郜含宇点点头,他知道,这是他人生中一个重要的转折点,他将离开熟悉的环境,去迎接新的挑战和机遇。但他也相信,有姐姐和陆安阳的支持,他一定能够走得更远。

就在这个时候,周教练走了过来。

"不用离开家,我们和你们学校达成了联合培养协议。你们这边的设施更好一些,所以训练还是在你们学校新建的篮球场里进行。"

周教练的话让在场的所有人都感到意外,但同时也为他们未来的训练环境感到高兴。新建的篮球场不仅设施齐全,而且环境优越,对于郜含宇这样的年轻球员来说,无疑是一件好事。

陆安阳率先反应过来,他感激地说:"周教练,真是太感谢您了。这样的安排对含宇来说太重要了,他一定能够在这里得到更好的训练和发展。"

郜含笑也附和道:"是啊,周教练,您的决定真的太好了。我们一定会全力支持含宇的训练,让他在篮球道路上走得更远。"

郜含宇此时已经激动得说不出话来,他紧紧抱住周教练,眼中闪烁着泪光。他知道,这不仅仅是一场选拔赛的胜利,更是他篮球生涯的一个重要节点。

周教练微笑着拍了拍郜含宇的肩膀,鼓励道:"含宇,你的天赋和努力我都看在眼里。我相信,只要你保持这样的状态,未来的篮球界一定会有你的一席之地。好好训练,不要辜负大家的期望。"

郜含宇用力地点了点头,他知道自己肩负着大家的期望。他暗暗发誓,一定要用自己的汗水和努力,为篮球事业贡献自己的力量。

几个人回到教室,卢迪走过来。

"成绩怎么样?"

卢迪的问题让郜含宇的脸上露出了得意的笑容，他自信地回答道："我入选了省篮球队！"

卢迪听到这个消息，眼睛瞪得大大的，显然对这个结果感到惊讶和兴奋。她拍了拍郜含宇的肩膀，由衷地恭喜道："恭喜你啊，含宇！这真是太棒了！我就知道你一定能行的。"

郜含笑在一旁微笑着，对卢迪说："是啊，卢迪，含宇一直都很努力。这次入选省队，对他来说是一个重要的里程碑。"

班级里充满了贺喜的声音，或许是太过高兴，声音没有控制住。高主任敲了敲门。

"干什么呢？不好好上课，吵什么？"

高主任的话让教室里瞬间安静下来，同学们纷纷回到自己的座位上，不敢再出声。但他们的脸上都洋溢着为郜含宇感到高兴的笑容，这笑容让整个教室都充满了温暖和喜悦。

卢迪看了看高主任，然后小声地对郜含宇说："高主任来了，你先别激动了，等下课再庆祝吧。"

郜含宇点了点头，虽然内心激动不已，但他也明白现在是上课时间，不能影响其他同学。他深吸了一口气，平复了一下心情，然后坐回自己的位置，开始专心听课。

高主任站在讲台上，扫视了一圈，看到同学们都已经安静下来，便没有再说什么。他拿起书，开始讲解今天的课程内容。

下课后，同学们纷纷围到郜含宇的座位旁，向他表示祝贺。郜含宇也很高兴，他感激地看着每一位同学，心里充满了幸福。他知道，没有大家的支持和鼓励，他不可能取得今天的成绩。

陆安阳和郜含笑也走过来，他们看着郜含宇，脸上都露出了欣慰的笑容。陆安阳拍了拍郜含宇的肩膀，鼓励道："含宇，你真的很棒！这是你努力的结果，也是你未来的新起点。我相信你一定能够在更大的舞台上展现自己的才华。"

郜含笑微笑着说："是啊，含宇，你一直以来都很努力。入选省队后，你一定要继续努力，不辜负大家的期望。"

郜含宇点了点头，眼中闪烁着坚定的光芒。

一些平日里和郜含宇玩得好的同学也都前来祝贺。

"没想到啊，你小子突然之间给我们这么大的一个惊喜，震惊到我们了。"

"哈哈，其实我也没想到会这么顺利。"郜含宇笑着回应，嘴上十分谦虚，"其实，这一切都离不开大家的帮助和支持，没有你们，我可能早就放弃了。"

看了眼被同学围绕的郜含宇，郜含笑走出教室，趴在走廊的围栏上。

"看什么呢？"

她一转头，居然是陆安阳。

"同桌，你这走路都不带声音的吗？吓死我了。"

郜含笑被陆安阳的突然出现吓了一跳，随即又露出了笑容。她指着远方，说："看那片云，多像一只飞翔的凤凰。每次看到这样的云，我都会觉得特别有希望，好像有什么好事即将发生。"

陆安阳顺着郜含笑手指的方向望去，那片云确实像极了一只展翅欲飞的凤凰，他笑着说："是啊，这云确实很美。不过，我觉得现在就有好事发生啊，你看，含宇不是入选省篮球队了吗？这就是最大的好事啊。"

郜含笑点了点头，心中也为弟弟感到骄傲："没错，含宇一直都很努力，他能有今天的成绩，都是他自己努力的结果。不过，我也相信，他的未来一定会更加辉煌。"

陆安阳也点头表示赞同，他突然想起了什么："对了，含宇入选省篮球队后，要花很多时间在训练上，他的学习怎么办？"

郜含笑微笑着说："这个你不用担心，他会安排好的。毕竟，篮球训练和学习并不冲突，只要合理安排时间，两者可以兼顾。而且，我相信含宇一定能够做到。"

陆安阳听后也笑了起来，他感叹道："是啊，含宇一直都是个有规划的人。有他在，我们班上的篮球队一定会越来越强大。"

两人站在走廊上，望着远方那片像凤凰一样的云，心中都充满了对未来的期待和憧憬。他们知道，只要足够努力，就一定能够实现自己的梦想。

第二十七章　我们总是向阳而生

"哎呀,不得了,时间已经不早了,快要迟到了。"郜含笑焦急地拍打着房门,大声地喊道,"郜含宇,陆安阳,你们两个快起来。"但是房间里并没有传来任何回应。郜含笑不禁感到有些无奈,她深深地吸了一口气,拧了一下门把手。

"我进来了。"郜含笑一边说一边推开了房门,只见房间里床上的两个人睡得正香,对周围的一切毫无察觉。

郜含笑看着两人熟睡的模样,心中不禁涌起一股暖意。她轻轻走到床边,摇了摇陆安阳的肩膀,轻声说道:"安阳,快醒醒,我们要迟到了。"

陆安阳迷迷糊糊地睁开眼睛,看到是郜含笑,他揉了揉眼睛,试图驱散睡意。"哦,是含笑啊,几点了?"他声音中带着一丝沙哑。

郜含笑拿起闹钟放在他面前。

"兄台,已经七点二十一了,快点起来。我去买早餐,你负责把郜含宇叫起来。"

不知不觉,三个人住在一起已经一年半了。现在三个人都已经到了高三了。生活节奏很快。陆安阳也渐渐习惯了这里的生活,已经把郜家当作自己的家了。

郜含笑迅速整理好自己的书包,然后匆匆离开家去买早餐。她心里清楚,高三的每一天都至关重要,他们可不能迟到。

当郜含笑拎着热气腾腾的早餐回来时,陆安阳已经把郜含宇叫醒了。郜含宇一脸迷茫地看着郜含笑,仿佛还没完全从梦中清醒过来。他揉了揉眼睛,接过郜含笑递过来的早餐,开始慢慢地吃。

陆安阳看着他的模样,不禁笑了起来。他拍了拍郜含宇的肩膀,说道:"含宇,你可是省篮球队的队员，怎么能这么懒散呢？快点吃完，我们要去上学了。"

郜含宇被陆安阳叫醒，立刻加快了吃早餐的速度。三人迅速整理好东西，然后一起走出门，往学校的方向走去。

清晨的阳光透过树梢，洒在三个意气风发的少年身上，为他们披上了一层金色的光芒。郜含宇、郜含笑和陆安阳三人并肩而行，每一步都显得坚定而有力。他们的脸上都洋溢着对未来的憧憬和期待，仿佛已经看到了自己的梦想实现的画面。

路上，他们不时地交流着彼此的学习计划，郜含宇也分享了自己训练的点点滴滴，他的话语中充满了对篮球的热爱和对未来的信心。郜含笑则关心着弟弟的学业，她提醒郜含宇不要因为训练而忽略了学习，毕竟高考对他们来说同样重要。陆安阳则像个大哥哥一样，时而给出建议，时而鼓励他坚持下去。

来到学校，他们迅速投入到紧张的学习中。郜含宇虽然加入了省篮球队，但他并没有放松对学业的要求，想要成为更好的自己，就要有更高的学历。这个时候的孩子都是这样想的。

"啊！这该死的物理！"

郜含宇看着手中的物理试卷，眉头紧锁，脸上写满了无奈。他抬头苦着脸看向郜含笑和陆安阳。

郜含笑看着郜含宇，轻声说："含宇，你是不是在篮球训练上投入了太多的时间，导致学习跟不上了？"

郜含宇苦笑了一下，说："有一点，省篮球队的训练真的很严格，每天都很累，回来还要写作业，有时候真的觉得力不从心。"

郜含笑叹了口气，她知道弟弟的辛苦，但是她也知道，他们三个人都不能放弃。于是，她提议："我们可以制订一个学习计划，把每天的学习任务安排好，这样就不会太乱了。"

陆安阳表示赞同，他补充道："我们还可以互相监督，看看谁没有完成任务，这样可以互相督促。"

郜含宇也点了点头，他知道这是目前最好的办法了。

"真烦。"郜含笑将手上的卷子盖在脸上，一副生无可恋的样子。一旁的陆安阳将打好的热水放在她的手边。

"含笑，别太逼自己了，我们一步一步来，总会找到解决办法的。"陆安阳的声音里充满了安慰和鼓励。

郜含笑抬起头，看着陆安阳苦笑。

"你还是人不？你这脑子是超级计算机不成？又是竞赛，又是学习，我都没看见你落下什么。参加了一个竞赛，成绩怎么也不下滑啊？"

郜含笑的话里虽然带着些许的抱怨，但更多的却是对陆安阳的敬佩和羡慕。陆安阳听后笑了笑，安慰道："每个人都有自己的长处和短处，我只是在学习上稍微强一些而已。"

郜含宇也在一旁附和道："姐，你居然敢和陆安阳比，真是疯了！他那个脑子就不是人脑，得亏他体育没有强到变态的地步，要不然，他就是个机器人了。"

郜含笑被弟弟的话逗乐了，她轻轻拍了拍郜含宇的头，笑骂道："你小子，就知道捧他的场。"然后她转向陆安阳，认真地说："安阳，你真的太厉害了，我真的很佩服你。但是，你也别太累了，要注意身体。"

陆安阳点点头，表示明白。他知道郜含笑和郜含宇都是真心关心他的，所以他心里也感到十分温暖。他笑着说："放心吧，我会注意的。我们三个人一起努力，一起进步，争取都能考上心仪的大学。"

刚开始大家都没有想到这三个人是住在一起的。直到高二的时候开家长会，郜妈妈一个人作为他们三个人的家长出席了家长会。班主任都震惊了。

"郜妈妈，你这是……怎么还给陆安阳开家长会？"

班主任的话中带着一丝不解和惊讶，显然没想到这个温文尔雅、成绩优异的孩子会与郜家的孩子们有如此深的联系。

郜妈妈微笑着解释："哦，是这样的，安阳这孩子从高一开始就住在我们家，和含笑、含宇一起上学。他的父母工作忙，没时间照顾他，所以就把他托付给我们了。"

这话不假，虽然对方很不情愿，可谁让陆安阳就是不愿住在那个别墅呢？天高皇帝远，陆家父母反正不在这边，也管不到他。

"原来如此，安阳这孩子可真是幸运，遇到了你们这么好的家庭。"班主任感叹道。

家长会结束后，郜妈妈看着手上的奖状。

"我们家三个孩子真棒，都这么优秀。"

郜妈妈的声音里充满了自豪和骄傲。郜含宇、郜含笑和陆安阳三人站在一旁，看着郜妈妈手中的奖状，也相视一笑。他们知道，这些成绩的背后有家人无尽的支持和关爱，也有他们自己不懈的努力和坚持。

郜妈妈有事先走了，三人并没有立即回家，而是决定在学校附近的一家小餐馆吃顿饭，庆祝一下。餐馆的装潢虽然简单，但饭菜十分美味。三人围坐在一张桌子旁，边吃边聊，气氛十分融洽。

郜含宇首先开口："今天真是个好日子，我们都在家长会上得到了表扬。我觉得我们应该继续努力，保持这样的状态，争取在高考中取得更好的成绩。"

郜含笑点了点头，表示赞同："是啊，我们不能因为一时的成绩就沾沾自喜，要时刻保持清醒的头脑，继续努力。而且，我们还要互相帮助，共同进步。"

陆安阳也补充道："没错，我们是一个团队，要一起努力，一起进步。我相信，只要我们齐心协力，一定能够取得更好的成绩。"

三人相视而笑，眼中都充满了对未来的期待和信心。他们知道，前方的路还很长，但只要他们坚定信念，勇往直前，就一定能够实现自己的梦想。

吃完饭，三人一起回到了家中。郜妈妈为他们准备了水果和零食，还特意为他们泡了一壶热茶。三人围坐在客厅的沙发上，享受着难得的悠闲时光。

陆安阳看着窗外西下的夕阳，突然想起了什么，对郜含宇和郜含笑说："要不要一起去打篮球？我知道有个新建的篮球场，设施很好。"

郜含宇和郜含笑一听，都表示十分感兴趣。于是三人换好衣服，拿着篮球，一起向新建的篮球场走去。

三个人打得还挺激烈，但是郜含笑和陆安阳毕竟是业余的，不如郜含宇表现得游刃有余。中场休息时，陆安阳看向郜含笑突然问道："要是我……学习没有那么优秀，阿姨会不会就没有那么喜欢我？"

陆安阳的话让郜含笑愣了一下，她没想到他会突然问出这样的问题。她放下手中的篮球，走到陆安阳身边，轻轻拍了拍他的肩膀，微笑着说："安阳，你怎么会这么想呢？我们喜欢你，是因为你是你，不是因为你的成绩。你的善良、聪明、努力，都是我们喜欢你的原因。"

郜含宇也在一旁附和道："是啊，安阳哥，你要是变成学习不好的人，那我估计你就不是安阳哥了。"他的话虽然有些调皮，但充满了真诚。

陆安阳听后，心中涌起一股暖流。他知道，郜家的人是真的关心他、接纳他。他感激地看着他们，然后笑了笑，说："我知道了，谢谢你们。我会继续努力的，不仅在学习上，在其他方面也是。"

三人再次回到篮球场，开始了新一轮的比赛。虽然陆安阳和郜含笑在篮球技术上还有所欠缺，但他们并没有因此而气馁，反而更加投入地享受着篮球带来的快乐。他们在球场上奔跑、跳跃，仿佛忘记了所有的烦恼和压力，只剩下欢笑和汗水。

时间在不知不觉中流逝，当夜幕降临，三人也筋疲力尽。他们坐在场边的长椅上，喘着粗气，脸上却挂着满足和幸福的笑容。这一天结束了，但他们的友情和梦想却永远不会结束。

回家的路上，郜含笑突然说她想成为一名优秀的摄影师，这倒是将陆安阳震惊到了。

"摄影师？"

就连郜含宇也十分惊讶。

"姐，我怎么都没有听你说过？"

郜含笑看着弟弟和陆安阳惊讶的表情，笑着解释道："我一直对摄影很感兴趣，每次看到那些美丽的风景和瞬间被定格在照片里，我就觉得特别幸福。我想要用我的镜头去捕捉那些美好的瞬间，让更多的人感受到这个世界的美丽。"

陆安阳听后，对郜含笑充满了敬佩和赞赏。他说："含笑，你的梦想真的很美好。我相信，只要你坚持努力，就一定能够成为一名优秀的摄影师。"

郜含宇也点了点头，说："姐，我支持你。我也会努力实现我的梦想，我们要一起努力，一起进步。"

三人相视而笑，梧桐街道的月光洒在少年人的身上，好似一幅画。

第二十八章　肠胃炎

今年的秋老虎实在是令人畏惧，气温之高让人感到窒息。郜含笑坐在教室的窗边，整个身心都被热浪所包围，阳光透过窗户玻璃，洒在她的书桌上，那一堆堆的试卷和笔记仿佛也感受到了炎热的气息，变得有些泛黄。郜含笑微微眯起眼睛，凝视着窗外那片湛蓝的天空，内心却不由自主地涌起了一股烦躁的情绪。她实在是不喜欢这样的天气，那种闷热的感觉让人透不过气来，再加上今天的课堂也格外枯燥无味，让人昏昏欲睡。

陆安阳坐在她的旁边，细心地注意到了她的表情，他轻轻地笑了笑，温柔地问道："含笑，你怎么了？看起来似乎有些不太开心。"郜含笑无奈地叹了口气，转过头看着他，抱怨道："我真的非常讨厌在这种天气里上课，这种闷热的感觉让人根本无法集中精神去听老师在讲什么。"

陆安阳在听完郜含笑的话语之后，忍不住笑了起来，他安慰道："原来你是因为这个啊。虽然上课有时候确实会有些枯燥乏味，但是这也是我们获取知识和提升自己的必要途径啊。再说了，你不是一直都有一个梦想吗？你想要成为一名优秀的摄影师，那也需要不断学习和积累知识啊。"

郜含笑微微一愣，然后点了点头，说："你说得对，我确实需要努力学习。不过，我还是希望能够在课堂上找到一些乐趣，让自己更加享受学习的过程。"

陆安阳想了想，说："或许我们可以试着在课堂上寻找一些有趣的元素，比如老师讲的某个知识点，或者同学们之间的讨论。只要我们用心去发现，就一定能找到学习的乐趣。"郜含笑听后，眼中闪过一丝光芒，她感激地看着陆安阳，说："同桌，你知不知道现在有个词，就是形容你的？"

"哦？什么词？"陆安阳好奇地挑眉问道。

郜含笑笑了笑，道："'人机'，你跟我聊天，像是有模板一样。"

陆安阳被郜含笑的话逗笑了，他摇了摇头，无奈地说："我可没有什么模板，我只是在试图给你一些建议和鼓励而已。再说了，如果我真有模板，那我也是为了让你更开心地学习啊。"

郜含笑忍不住笑出声来，她轻轻拍了拍陆安阳的肩膀，说："好啦，好啦，我知道你是好意。不过，我还是希望我们能够一起找到学习的乐趣，让这个过程变得更加有趣和有意义。"

两人正说着，脸上突然被贴上了一个冰凉的东西。

原来是郜含宇一手拿着一包冰袋贴在了他们脸上，他笑着说："姐，安阳哥，我给你们带了冰袋，降降温。"

郜含笑接过冰袋，贴在脸上，顿时感觉一阵清凉。她看着郜含宇，心中涌起一股暖意。这个调皮的弟弟，总是能在关键时刻给予她温暖和关怀。她微笑着对郜含宇说："谢谢你，弟弟。"

郜含宇嘿嘿一笑，坐在他们旁边，看着两人。他知道姐姐和安阳哥一直都很努力，他也希望自己能够为他们分担一些。他想了想，说："姐，安阳哥，你们两个够努力了，这大热天的，走个神没什么。我感觉这两日热得老师讲课都讲不下去了。"

郜含宇的话音刚落，教室里就传来了一阵轻轻的哄笑声，显然其他同学也都感受到了这闷热的天气所带来的不适。陆安阳看着郜含宇，心中不禁有些感动，这个少年，向来懂得关心和体谅他。

天气太热，郜含笑没忍住就多吃了两根冰棍。等到晚上放学的时候，陆安阳和郜含宇在停车棚那里等着郜含笑。

"我姐不就是找本书吗？怎么还不回来？"

郜含宇焦急地看着手表，眉头紧锁。他们三人平日里总是形影不离，这次郜含笑突然独自回教室，确实让他们有些担心。

不一会儿，只见郜含笑捂着肚子，脸色苍白地出现在他们面前。陆安阳和郜含宇立刻迎了上去，陆安阳关切地问："你怎么了？是不是哪里不舒服？"

郜含笑痛苦地点点头，声音微弱地说："可能是吃了太多冰棍，现在肚子好痛。"

郜含宇听后，懊悔地说："早知道我就不让你吃了。"

陆安阳立刻说："现在说这些也没用，我们先送她去医院吧。"

三人急忙打车前往医院，一路上，郜含笑痛得几乎说不出话来。到了医院，医生经过检查，发现是急性肠胃炎。

"阿姨，我是安阳。含笑生病了，你们别着急，我们就是想让你们帮忙请一下明天的假，我和含宇在这边照顾就行，没有大事情。她在打点滴，已经睡着了。"

陆安阳拨通了郜妈妈的电话，将情况简单地告知了对方。电话那头，郜妈妈焦急地询问了几句，得知女儿并无大碍后，才稍微放心了些。她再三叮嘱陆安阳和郜含宇好好照顾郜含笑，得到二人的保证后，才挂断了电话。

郜含笑躺在病床上，面色苍白，但睡得很安稳。陆安阳和郜含宇坐在床边看着她，心中都充满了担忧。他们知道，这次的事情虽然是个意外，但也提醒了他们，一定要注意身体。

夜色渐深，医院里的灯光显得有些昏暗。陆安阳看着窗外的月色，心中不禁思绪万千。他想起了自己和郜含笑、郜含宇共同度过的时光，那些欢笑、泪水、努力和坚持，都成为他们宝贵的记忆。他深深地明白，只有珍惜彼此，共同努力，才能让自己和身边的人更加幸福。

这晚，陆安阳做了一个梦，他梦到他所经历的一切都是一场美梦，现实中没有郜含笑，没有郜含宇，也没有郜家父母。

陆安阳猛地睁开眼睛，发现自己正躺在床上，四周一片寂静，窗外的月光透过窗帘洒在地面上。他揉了揉眼睛，试图让自己清醒过来，但心中的失落感却越来越强烈。

他想起梦里的一切，那种真实的感觉仿佛还在眼前。幸好那只是一场梦。

他想起郜含笑那灿烂的笑容，想起郜含宇那调皮的模样，还有郜家父母的关怀和温暖。他感到一阵莫名的孤独和寂寞，仿佛自己失去了什么重要的东西。

他抬起头，这才看见郜含笑的点滴已经没了，连忙按铃。

护士很快赶来，熟练地更换了点滴瓶，并轻声安慰着陆安阳："别担心，她很快就会好的。"陆安阳点了点头，但他的眼神中仍然充满了担忧。

他回想起梦中的场景，心中不禁泛起一丝涟漪。虽然那只是一个梦，但那种真实的感觉让他难以释怀。他开始思考，自己应该更加珍惜现实生活中的每一个人和每一份情感。

另一边的郜含宇也醒了过来。

"安阳哥，我照顾我姐吧，你先睡觉。"

郜含宇揉了揉眼睛，脸上带着些许疲惫。他知道姐姐现在需要照顾，而安阳哥也需要休息。这个平时看起来大大咧咧的少年，在关键时刻总是能够挺身而出，承担起责任。

陆安阳拍了拍郜含宇的肩膀说："行了，你明早还要训练，我已经请假了，我来照顾她吧，而且文化课我自己就能补回来。"

郜含宇听后，心中虽然有些过意不去，但他也明白安阳哥说的是实话。他看了看躺在病床上的姐姐，又看了看安阳哥坚定的眼神，终于点了点头。

夜深人静，陆安阳的思绪渐渐飘远。他想象着未来的日子，想象着自己和郜含笑、郜含宇一起努力、一起奋斗的场景。他相信，只要他们团结一心，共同努力，就一定能够创造出更加美好的未来。

第二十九章　我很期待我们的未来

在我们所生活的这个浩瀚无垠的宇宙中，时间的河流永不停歇，未来的画卷缓缓展开，却没有任何人能够预先准确地知晓其具体的模样。这是一种无法改变的客观现实。无论是普通人还是智者，都无法洞察未来的神秘面纱背后究竟隐藏着什么样的景象。

然而,生活也因这样的不可预知而充满了无限的可能性,令人感到奇妙无比。那些内心充满希望、对未来抱有美好憧憬的人，总是怀揣着梦想，乐此不疲地期待着未来的到来。对他们而言，未来不仅仅是一个未知数，更是一个充满希望和奇迹的宝箱，等待着他们去探索和开启。

以前的陆安阳从不会想象未来，但是现在他有点期待。

清晨的阳光轻柔地透过窗户洒落进来，照亮了整个病房。这个病房里的装饰和物品大多呈现出纯洁的白色，从墙壁到天花板，从床单到枕头，无一不是这样。只是这样的环境对于郜含笑来说却有些不大舒适。她对这种清一色的白有些许不适应，甚至可以说是有些许抵触的。

"咱们什么时候可以回家？"

郜含笑看着站在一旁的陆安阳。

陆安阳走到床边，轻轻握住她的手，温柔地说："医生说了，你的病情已经稳定下来了，再观察两天，我们就可以回家了。"他的声音里充满了安抚，让郜含笑心中的不安稍微平复了一些。

郜含笑点了点头，虽然她仍然对医院的环境感到不适，但想到很快就能回家了，她的心情不由得轻松起来。她转头看向窗外，阳光正好，一切都显得那么美好。

就在这时，郜含宇推门而入，他手中拿着一个精美的盒子，脸上是兴奋的笑容。他快步走到床边，将盒子递到郜含笑的手中："姐，这是我给你准备的礼物，你看看喜不喜欢。"

郜含笑打开盒子，里面是一条精致的小手链，手链上镶嵌着几颗闪闪发光的宝石，看起来非常漂亮。她看着手链，眼中闪过一丝惊喜和感动，她知道，这是弟弟对她的关心和爱护。陆安阳看着这一幕，心中也不由得感到温暖。

接下来的两天，陆安阳和郜含宇一直陪伴在郜含笑的身边，就像是当年郜含宇和郜含笑陪着陆安阳住在医院一样。

"姐，这个你不能吃。"夺过郜含笑手里的辣条，郜含宇一边吃一边说道。

郜含笑看着弟弟贪吃的模样，忍不住笑出声来。她轻轻拍了拍郜含宇的头，笑着说："你不让我吃就算了，你自己吃什么？"

陆安阳见状，也忍不住笑出声来。他看着这对活宝姐弟，心中充满了温暖。这种家庭氛围让他感到无比安心和舒适。

终于，出院的日子到了。陆安阳和郜含宇一起帮郜含笑收拾好行李，准备离开医院。他们走出病房，阳光洒在身上，温暖而明亮。三人深深地吸了一口气，仿佛要将这美好的气息全都吸入肺中。

"终于可以回家了，太棒了！"

郜含笑脸上洋溢着久违的喜悦，她环顾四周，仿佛要把这个曾经让她感到压抑的地方从记忆中彻底抹去。

三人并肩走出医院的大门，外面的世界仿佛因为他们的归来而变得更加生机勃勃。街道两旁的树木郁郁葱葱，鸟儿在枝头欢快地歌唱，仿佛在为他们送行。微风拂过，带来一丝丝清凉，也带走了所有的阴霾。

接下来的日子里，他们开始逐渐适应新的生活节奏。郜含笑的身体也在一天天地恢复，她开始能够像以前一样和弟弟、陆安阳一起上学、一起玩耍了。虽然过去的日子留下了许多痛苦的记忆，但他们都选择了坚强地面对未来。

上学路上，陆安阳载着郜含笑。郜含笑一只手扶着陆安阳的腰，另一只手试图打郜含宇。

"郜含宇！你再惹我试一试，看我不打死你。"

郜含宇灵活地躲过郜含笑的攻击，脸上带着顽皮的笑意。他一边骑一边回头挑衅道："你追不到我！等你恢复了，我们再好好较量！"

陆安阳见状，笑着摇了摇头，有些无奈。他停下自行车，对郜含宇道："让你姐打两下，要不然一会儿我们两个人都要摔了。"

陆安阳的话让郜含宇瞬间收敛了顽皮，他停下车，转过头去，带着几分委屈地看向郜含笑，仿佛在等待着她的"宽恕"。郜含笑见状，也不禁笑了起来，然后拍了郜含宇的脑袋两下。

"安阳，走，咱们两个肯定比郜含宇先到学校。冲啊！"

郜含笑刚说完，陆安阳飞快地向前骑去。郜含宇见状，急忙追赶上去，嘴里还嚷嚷着："你们等等我，别丢下我！"

三人一路欢声笑语，仿佛把所有的烦恼都抛在了脑后。他们穿过熟悉的街道，路过那个曾经一起玩耍的公园，经过那间他们常常光顾的小吃店。

郜含笑坐在自行车后座上，感受着微风拂过脸颊，心中充满了对未来的憧憬和期待。

陆安阳骑着自行车，稳稳地前行着。他的心里只有身后那两张充满欢笑的脸庞。他知道，他们是他此生最珍贵的宝藏，是他愿意用一切去守护的人。

郜含宇追赶着他们，不时发出欢快的笑声。他的身影在阳光下跳跃，充满了活力和希望。他的每一个动作、每一个表情都深深地印在陆安阳和郜含笑的心里，成为他们心中最美好的记忆。

第三十章　青葱

尽管我们身边的大多数青少年都是心怀善意的，但是总有一些人内心充满了恶意。我们不能因为害怕就选择逃避，只有勇敢地面对困难，才能够真正地保护自己。

陆安阳载着郜含笑被高主任拦下。

"不是说了吗？骑自行车不能带人。"

郜含笑笑嘻嘻地走下来，摸摸鼻子。

"老高，我这不是前两天生病了吗？骑不动自行车。"

郜含笑的话让高主任无奈地叹了口气，他瞥了一眼站在一旁一副事不关己模样的郜含宇，又看向陆安阳，严肃地说道："安阳，你可得给同学们做个好榜样，下次别让我再看到这样的情况了。"

陆安阳点头应承，心里却暗自思忖：一个是我的好友，一个是我的妹妹，我哪能不管他们？他抬起头，看到郜含笑正偷偷朝自己做鬼脸，忍不住微微一笑。

郜含宇见状，连忙凑过来，插科打诨道："老高，你看我姐都生病了，你就别怪安阳哥了。下次我们一定注意。"

高主任看着这三个孩子，心中也是一阵感慨。他知道这些孩子都很懂事，也很善良，只是偶尔会犯些小错。他摇摇头，挥了挥手，示意他们可以走了。

三人如释重负，相视一笑。他们三个人的事情，老师们都知道。陆安阳住在郜家，而且三个人的成绩都名列前茅，甚至很多老师都以为他们是同母异父的兄弟姐妹。

高主任的提醒并没有破坏陆安阳、郜含笑和郜含宇之间的深厚友情。他们三人依然形影不离,无论在学习还是生活中都相互支持,成为班级里一道亮丽的风景线。

然而,这种亲密的关系却引来了一些同学的猜测和议论。有人开始散布谣言,说陆安阳和郜含笑之间关系不一般,甚至有人猜测他们早恋。这些谣言很快在学校里传开,但是陆安阳、郜含笑和郜含宇三个人都只专注于学习,所以没有听到这些传闻。而且班里的同学也不相信那种事情,所以没有人当回事。

林云霄难得遇见了郜含笑。他用戏谑的口吻说道:"含笑同学啊,你还真是心静如水。外界的风言风语已经如洪水猛兽般袭来,你竟然还能坐得住。"郜含笑听后,有些许惊讶。她的内心都被如何和弟弟、陆安阳共同努力、打造一个光明未来的想法所占据。林云霄的话让她有些困惑,她不解地询问:"风言风语?什么风言风语?"

林云霄轻轻地叹了口气,回答道:"有人在学校贴吧上匿名发帖,说你和陆安阳……你们的关系有些不正常。"郜含笑闻言,脸色立刻阴沉下来。她气得握紧了拳头,声音颤抖着说道:"这些人真是吃饱了撑的!我们之间的感情,岂是那些谣言能够轻易污蔑的?"

林云霄看着郜含笑激动的情绪,心中也有些不忍。他轻声安慰道:"我知道你们三个都是清清白白的,但是流言蜚语的力量不容小觑,这些谣言对你们的名声终究会有一些影响。"

郜含笑深深地吸了一口气,尽量让自己平静下来。她目光坚定地盯着林云霄,语气坚决地说道:"非常感谢你把这件事情告诉我。但是,我不会因为这些毫无根据的谣言就改变自己。我相信,那些真正了解我们的人,自然明白事情的真相。"

林云霄微微地点了点头,他对郜含笑这种坚韧不拔、不屈不挠的性格深感欣赏。他进一步补充道:"我也相信你们。但是,这个世界上总有那么一些人,他们喜欢无中生有,制造事端。你们以后还是得多加小心,尽量不要给人留下误解的机会。"

郜含笑感激地看了林云霄一眼,她心里很清楚,这些谣言虽然让人感到不快,但也是一个考验他们友情的机会。她坚信，只要他们三个人团结一心，就没有什么能够打败他们。

那天放学后，郜含笑把这件事告诉了陆安阳和郜含宇。郜含宇听后，情绪非常激动，差点冲出去找人算账。

"我倒是要看看，谁敢造谣我姐和我哥。让我找到了，我非打死他不可。"

郜含笑赶紧拉住了冲动的弟弟："含宇，别冲动。他们只是无聊，才会说出这样的话。我们没有必要为了这些无中生有的事情去争执。"

陆安阳也点头表示赞同："含笑说得对。我们没有必要去在意那些谣言，只要我们自己心里清楚，就足够了。而且，我相信我们的友情和亲情是不会被这些闲言碎语所影响的。"

郜含宇虽然心里还有些气愤，但看到姐姐和安阳哥都这么淡定，也就渐渐冷静了下来。他明白自己需要成熟一点，不能总是冲动行事。

陆安阳看着郜含宇，说道："现在你冲出去，反而会越描越黑，到时候连老师都不相信我们，那就麻烦了。我们先翻翻发帖人之前发过的帖子吧，看能不能找出他是谁。"

陆安阳的话让郜含宇冷静下来，他点了点头，表示同意。郜含笑也轻轻拍了拍弟弟的肩膀，给予他安慰。

晚上，三人齐心协力，翻遍了发帖人之前发过的帖子，寻找蛛丝马迹。经过一番查找，终于成功找到了背后的始作俑者——一个崇拜陆安阳的学妹，叫孙晗。

"有意思。"

说这话的时候，郜含笑眼睛微眯。坐在一旁的郜含宇咽了咽口水，他太了解自己姐姐这个表情是什么意思了。

"姐，你冷静一点。"

郜含宇的提醒让郜含笑微微一怔，她深吸一口气，将心中的怒火压了下去。她明白，冲动是解决不了问题的，反而可能会让事情变得更加复杂。

"放心，我不会冲动的。"郜含笑看着弟弟，眼中闪过一丝坚定，"但是，我们也不能就这样放任谣言继续传播。我们需要用合适的方式，让大家都知道事情的真相。"

陆安阳也点了点头，他赞同郜含笑的想法。郜含笑站起来。

"她不仅散布关于我和陆安阳之间关系的虚假信息，还污蔑我有霸凌行为，真是让人大开眼界。"郜含笑手中紧握着那些打印出来的确凿证据，脸上露出了一抹坚定的神色。这一次，她不能再保持沉默了。尽管她平日里性格温和，但对于那些毫无根据地散布谣言，伤害她及她朋友的人，她绝不会心慈手软。

在高三紧张的自习课上，郜含笑带着郜含宇和陆安阳一同来到了高二的教学楼。

"就是这里吧？高二十四班。"郜含笑站在教室门口，她深吸了一口气，随后坚定地推开了教室的门。顿时，班级里响起了一阵窃窃私语，但郜含笑并没有将这些议论声放在心上，她的目光穿过人群，锁定了一个坐在角落里的女生，她就是造谣者孙晗。

高二十四班的老师虽然认识他们三个，但是自习课被打断，也让他感到十分不悦。

"你们三个人干什么？不敲门就进来吗？"

老师的话还没说完，郜含笑就走到讲台前，深深地向他鞠了一躬，诚恳地说道："老师，非常抱歉打扰了您的课堂。但今天，我们是为了澄清一些谣言而来的，这些谣言涉及我和我的朋友，对我们造成了很大的困扰，希望能得到您的理解和支持。"

这位老师听了郜含笑的话，脸上露出了疑惑的表情。他看了看下面的学生，尤其是坐在角落里的孙晗。

"怎么回事？"

负责看自习的这位赵老师正好是高二十四班的班主任，为人正直，他的学生可以学习不好，但绝不能人品不好。

郜含笑抬头看着赵老师，眼中闪烁着坚定的光芒："老师，我和与我关系非常好的陆安阳同学被一位名叫孙晗的同学无端造谣，说我们有不正当关系，还说我霸凌同学。这些谣言已经严重影响了我们的名誉，也影响了我们之间的友谊。我希望老师能给我一个机会，让我澄清这些谣言。"

赵老师听了郜含笑的话，脸色变得严肃起来。他看了看孙晗，又看了看班级里的其他学生，然后点了点头："好，我给你这个机会，说清楚怎么回事。"

郜含笑看着教室里的学生："就在几天前，有人在学校贴吧上匿名发表了一些关于我和陆安阳之间关系的帖子，说得有鼻子有眼，好像是亲眼所见一样，想必大家都听说了吧？"

郜含笑的话音刚落，教室里立刻响起了一阵窃窃私语，不少学生开始交头接耳，讨论起这个话题。孙晗坐在角落里，脸色苍白，她没想到郜含笑会如此直接地提及此事，更没想到郜含笑会直接找到她的教室来澄清谣言。

郜含笑继续道："我知道，每个人都有言论自由，但是言论自由不等于可以随意造谣中伤他人。我和陆安阳是多年的好友，我们之间的关系纯粹而真挚。我们从来没有做过任何见不得人的事情，更没有所谓'不正当关系'和'霸凌'的行为。"

说到这里，郜含笑停顿了一下，让陆安阳和郜含宇将他们准备的材料发下去。

"这里是我和陆安阳关系的解释，以及高三老师们的证明信。对了，还有证明那位造谣者身份的证据。孙晗，别玩手机了，就算是你要删号，也来不及了。"

郜含笑的话如同一块巨石投入湖中，激起层层涟漪。教室内的气氛瞬间变得紧张起来，每个学生都瞪大了眼睛，好奇地看着手中的证据。孙晗的脸色更是难看至极，她没想到自己的所作所为会这么快就被揭穿，更没想到郜含笑会如此坚决地站出来澄清谣言。

赵老师看着手中的材料，眉头紧锁。他抬头看向孙晗，严厉地问道："孙晗，你怎么解释？"

孙晗脸色苍白，支支吾吾地说不出话来。她知道自己已经无处可逃，只能承认自己的错误。但是，她又不甘心就这样被揭穿，于是她抬起头，试图为自己辩解："我……我只是崇拜陆安阳，看到他和郜含笑走得那么近，我心里不舒服，所以才会……"

郜含笑冷笑一声，打断了她的话："崇拜一个人没有错，但是用造谣中伤的方式来表达你的崇拜，那就大错特错了。你不仅伤害了我和陆安阳，还伤害了我们之间的友谊。你以为你这样做就能得到陆安阳的关注吗？我告诉你，你错了！真正的崇拜，是尊重，是理解，是支持，而不是嫉妒、造谣和诋毁！"

孙晗被郜含笑的话镇住了，她没想到郜含笑会说出这样的话来。她看着郜含笑坚定的眼神，心中不由得产生了一丝敬意。她知道，自己真的错了，错得离谱。

赵老师看着孙晗，严肃地说道："孙晗，你作为一个高中生，应该明白什么是对、什么是错。你的行为已经严重违反了校规校纪，我会按照学校的校规校纪对这件事进行处理。同时，我也希望你能从这件事中吸取教训，学会尊重他人，学会用正确的方式表达自己的情感。"

孙晗点了点头，表示接受老师的处罚。她已经无话可说了，只能默默承受着这一切。

郜含笑看着孙晗，眼中闪过一丝复杂的神色。

"孙晗，这件事情我会告诉教导处以及我的班主任。怎么处理就看老师们了。"

随后郜含笑看向赵老师："抱歉，赵老师，这件事情我本不想闹大，但是事关我们的声誉，我不得不出面澄清。"

赵老师点头表示理解："维护自己的声誉和友谊是每个人的权利。我会和教导处以及你的班主任沟通，确保这件事得到妥善处理。"

接着，赵老师看向班级里的其他学生，严肃地说："同学们，我希望大家能从这件事中吸取教训。网络世界虽然自由，但并不意味着我们可以随意造谣中伤他人。尊重他人，就是尊重自己。我希望大家都能明白这个道理。"

班级里一片寂静，每个学生都低下了头，仿佛在反思自己的行为。郜含笑深深地吸了一口气，感觉胸口的沉闷似乎轻了些许。

问题基本解决了，郜含笑三人离开了高二十四班的教室。在走廊上，他们遇到了前来寻找他们的班主任。

班主任看着三人，眼中满是欣慰："含笑，你们做得很好。剩下的事情交给老师吧。"

郜含笑笑了笑，感激地看着班主任："谢谢老师。"

三人告别了班主任，继续往教室走去。郜含笑的心情随着这件事的解决而逐渐放松。虽然闹得有些不愉快，但她至少成功地为自己和朋友正了名，也给了造谣者一个深刻的教训。

郜含宇看着姐姐，眼中满是敬佩："姐姐，你真勇敢！"

郜含笑摸了摸弟弟的头，微笑着说："勇敢不是天生的，但是当我们遇到不公平的事情时，我们不能选择逃避，要勇敢地站出来维护自己的权益。只有这样，我们才能成为真正的人。"

陆安阳也赞同地点了点头："含笑，你说得对。今天的事情让我看到了你的坚韧和勇气，我真的很佩服你。"

三人走出教学楼，迎面吹来一阵冷风，但他们都没有感到寒冷，反而觉得心中充满了温暖和力量。他们知道，无论未来会遇到什么困难，只要他们团结一心，就没有什么是克服不了的。

第三十一章 三个"卷王"

如果班级中只有个别学生勤奋学习、积极向上，你可能会觉得这没什么，毕竟每个学生的学习态度和进度都有所不同。然而，当这种勤奋学习的学生数量增加到十几个甚至更多时，情况就完全不同了。整个班级会突然进入一种紧张而激烈的学习氛围中，仿佛每个人都背负着沉重的压力。这种现象有时甚至会让人感到恐惧。

高三第一学期的期中考试结束后，其他老师纷纷聚集在邰含笑班主任的周围，对着他们班的成绩单惊叹。

"你们班……这是怎么做到的？"其中一个老师问道，眼神中透露出赞叹和困惑。

"这都什么成绩？"另一个老师忍不住插话，他的声音中带着不可思议。

"一个比一个厉害。"第三个老师笑着说，显然是被他们班学生的成绩所震惊。

随后，有一个老师半开玩笑地提出了一个建议："要不然你把那三个人分我一个，调动一下我们班级的学习氛围？"

邰含笑的班主任笑了笑，摇了摇头："这些孩子都有自己的目标和动力，不是随便就能分开的。而且，他们之所以如此努力，不仅仅是因为他们自身的勤奋，更是因为他们之间的良性竞争和互相鼓励。"

"那他们不累吗？"一个老师好奇地问。

"累，当然累。"班主任回答道，"但是，他们知道只有付出足够的努力，才能实现自己的梦想。所以，他们愿意为了这个目标去努力，去奋斗。"

"真是让人佩服。"一位老师感叹道,"现在的孩子,能有这样的毅力和决心,真是难得。"

"是啊。"班主任也感慨道,"看着他们这么努力,我作为老师,也感到非常骄傲和欣慰。我相信,他们一定能够在未来的道路上走得更远,走得更好。"

其他老师也纷纷点头,表示赞同。

郜含笑、郜含宇和陆安阳三人的经历告诉整个年级,甚至是整个学校,他们不仅仅是个体,更是一个团结的集体。他们的成功并非偶然,而是源于他们对梦想的共同追求,以及相互之间的鼓励和支持。

随着时间的推移,这种积极的学习氛围逐渐在整个班级中扩散开来。越来越多的学生开始加入他们的行列,共同为了梦想而努力。他们一起讨论问题,一起分享学习心得,一起为了那个遥远的目标而奋斗。

这种团结的力量是如此强大,它让每个人都感到自己并不孤单。在这个大家庭中,每个人都可以找到自己的位置,每个人都可以为集体做出贡献。这种归属感让每个人都更加珍惜这个集体,更加愿意为它付出。

然而,这种团结并非没有挑战。随着学习难度的逐渐加大,每个人都面临着巨大的压力。但是,他们并没有选择退缩,而是选择了共同面对。他们一起制订学习计划,一起调整学习方法,一起为了那个共同的目标而努力。

在这个过程中,他们逐渐明白了团结的真正含义。它不仅仅是一种表面的和谐,更是一种内心的共鸣。当每个人都为了同一个目标而努力时,那种力量是无比强大的。它可以战胜一切困难,实现一切梦想。

别的班需要班主任去看着学习,但是郜含笑他们班,班主任下课都不敢进教室,生怕打扰他们学习。

"不是,这个不是这么算的。你这个方法有问题。就算是答案对了,过程呢?"

听到有人争吵,班主任立即快步离开班级,一边走一边碎碎念。

"这帮孩子学'疯'了。"

郜含笑、郜含宇和陆安阳三人的勤奋与坚持,像一盏明灯,照亮了整个班级的学习之路。他们的努力,不仅为自己赢得了荣誉,更为班级赢得了尊重。随着时间的推移,他们班的名字在校园里越来越响亮,成为同学们学习的榜样。

然而，他们并没有因此而骄傲自满，反而更加努力地学习。他们知道，真正的成功并非一时的荣耀，而是持之以恒的努力。因此，他们始终保持着对知识的渴望和对梦想的追求。

因为班级成绩过于突出，其他班的学生每次下课都会在门口看他们是怎么学习的。

"同学，你挡路了。"

说完之后，一个男生拉着一个女生的胳膊，行色匆匆。

"咱们去找老师看看这个题目的答案，我肯定是对的。"

别的班级的学生看得嘴角都有点抽搐，觉得这个班的学生绝对没有早恋的架势。谁家早恋是这样的，恨不得为了题目打起来。

别的老师问他们班的班主任："你这学生是怎么教的？没有上课交头接耳、传纸条的吗？"

班主任叹了一口气："有。上课传的纸条上都是题目思路。我都不想在班级里待着了，我感觉我在耽误他们。我扫个地他们都嫌我慢。现在在非必要情况下，老师课间不会去班级里。我们得等着人家来'召见'。"

在这样一个特殊而充满朝气的班级里，学生们似乎已经打破了传统的学习模式，他们将每一个学习环节都当作对自己未来的投资，每一道题目都像是通往梦想的阶梯。而这种高度的自我驱动和专注力，也让他们班级内部形成了一种独特的默契和信任。

有一天，班级的角落里突然响起了一阵掌声，原来是一位同学在数学竞赛中取得了优异的成绩。这一成就不仅为他个人带来了荣誉，更为整个班级注入了新的活力。大家纷纷围上去，向他表示祝贺，同时也从他身上汲取着前行的力量。

然而，成功并不是一蹴而就的。在这个班级里，每个学生都明白，只有经过不懈的努力和坚持，才能取得真正的成就。因此，他们不仅在课堂上认真学习，还在课外时间自发组织学习小组，共同探讨问题，分享学习心得。

这天，郜含笑终于写完题目，打算出去走走。班主任见到在楼道散步的她一脸震惊。

"你是不是生病了？"

"没有，老师，我只是写完了一道难题，想出来透透气。"郜含笑微笑着回答。

"写完一道题就要出来透透气？"班主任不解地问道。但班主任随即理解了郜含笑的意思，这个学生似乎总是能在紧张的学习中找到平衡，让自己保持最佳的状态。

"是的，老师。我觉得学习就像是一场马拉松，需要持久力和耐力。但是，如果我们一直紧绷着神经，反而会降低效率。所以，我每完成一个小目标，就会给自己一点时间放松，这样既能保证学习效率，又能让自己保持良好的心态。"

这个时候，陆安阳也出来了。班主任看见他，更加惊讶了。

"你们这么放松，其他同学紧张个什么劲？感觉你们的状态不是处在高三上学期，而是下学期的冲刺阶段。"

班主任的话让郜含笑和陆安阳相视一笑。他们明白班主任的担忧是出于对大家的关心，但他们的学习方法也是出于对自己的了解。

陆安阳走上前来，微笑着对班主任说："前段时间期中考试之前，我们三个准备出去玩，需要在那周把计划的题写完，可能是看我们三个那么拼命，大家也跟着着急起来。不过好在期中考试成绩不错。"

第三十二章　去乡下

"今年过年，咱们去乡下好不好？"郜妈妈问道。

郜含笑抬起头。

"可是老房子不是已经拆了吗？咱们住哪里？"

郜爷爷和郜奶奶在姐弟俩小时候就去世了，自那以后，乡下的房子就一直没有人居住，时间长了就有点危险，最后郜爸爸找人给拆了，那里就剩下一块地皮。

"哦，我们这次不去那里。"郜妈妈解释道，"我联系了老家附近的一家农舍，农舍老板答应让咱们住几天，我们可以去那里过年，体验一下田园生活。"

"田园生活？"郜含笑有些好奇。她从未真正体验过乡下的生活，只知道那里空气清新，环境宁静。

"对，我们可以去暖棚里采摘新鲜的蔬菜、放羊，还可以学习如何做饭——用柴火烧的那种。"郜妈妈描绘着未来的画面，仿佛已经看到了大家围坐在火炉旁，充满欢声笑语地享用亲手做的美食的场面。

"听起来不错。"郜含笑点点头，她心中对这次旅行充满了期待。虽然她知道乡下的生活可能会有些辛苦，但那种与大自然亲近、与亲人团聚的温馨感觉，是她一直渴望的。

马上放寒假了，郜妈妈希望三个孩子可以在假期放松一点。平时这三个人实在是过于努力，让郜妈妈十分心疼。

寒假伊始，邰家一行人便踏上了前往乡村的旅程。随着车子缓缓驶入乡间小路，一片宁静祥和的景象映入眼帘。远处群山环绕，云雾缭绕，空气中弥漫着泥土的芬芳和自然的清新，让人心旷神怡。

邰含笑、邰含宇和陆安阳三人一下车，便被这美景深深吸引。他们迫不及待地奔向田间地头，感受着乡村的气息。在暖棚里，他们亲手采摘了新鲜的蔬菜，那种收获的喜悦和成就感让他们忘记了平日的疲惫。

在乡下的日子里，他们不仅体验了乡村生活的乐趣，还学习了如何做饭。用柴火烧的饭菜，虽然制作过程有些烦琐，但味道格外香甜。每当夜幕降临，一家人便围坐在火炉旁，享受着美食和亲人的陪伴，那种温馨和幸福的感觉让他们久久难忘。

此外，乡下的生活也让他们学会了珍惜和感恩。他们看到了农民们的辛勤付出和不易，更加珍惜现在的幸福生活。同时，他们也感受到了大自然的神奇和美丽，对生命和自然有了更深刻的理解和感悟。

寒假即将结束，邰家一行带着满满的收获和回忆离开了乡下。这次旅行不仅让他们放松了身心，还让他们学会了更多的人生道理。他们知道，无论将来走到哪里，这段乡下的日子都将成为他们心中最珍贵的记忆。

寒假结束，几人带着乡村的欢声笑语回到了熟悉的城市。邰含笑、邰含宇和陆安阳都变得更加成熟和稳重，仿佛身心都受到了乡村宁静的洗礼。

回到学校，他们并没有立刻投身紧张的学习，而是选择将乡村的经历分享给班级里的同学们。邰含笑站在讲台上，用生动的语言描绘着乡村的美景和他们的生活。她讲述了采摘蔬菜的喜悦、漫步田间的悠闲，以及围坐在火炉旁享用美食的温馨。她的话语中充满了对乡村的热爱和对大自然的敬畏，让听众仿佛也置身于那片宁静的乡村之中。

同学们听得津津有味，不时发出赞叹声和笑声。他们被邰含笑的讲述深深吸引，仿佛自己也亲身经历了那段美好的时光。

分享完寒假见闻，邰含笑、邰含宇和陆安阳带着收获和成长，迎接新的挑战。他们知道，学习是一条漫长而艰辛的道路，但只要坚持不懈、勇往直前，就一定能够取得优异的成绩。

在新的学期里,他们不仅在课堂上认真学习,还积极参加各种课外活动。比如加入了学校的科技社团,与同学们一起探讨科技知识;他们还参加了学校的志愿者服务队,为社区的老人和孩子们提供帮助和服务。这些活动不仅让他们拓展了视野,丰富了经历,还让他们学会了团队合作和奉献。

在学习的道路上,他们相互鼓励、相互支持。他们知道,只有团结一心、共同努力,才能够取得更好的成绩。他们相信,在未来的日子里,他们一定能够携手前行,共同创造更加美好的未来。

新学期的一个亮点无疑是即将到来的科技竞赛。郜含笑、郜含宇和陆安阳所在的科技社团决定组队参赛,他们希望通过这次竞赛来检验自己的学习成果,并争取为学校赢得荣誉。

三人开始紧锣密鼓地准备起来。他们利用课余时间在图书馆查阅资料,在实验室里反复做实验。他们的目标是开发一个能够解决实际问题的创新科技产品。经过多次讨论和尝试,他们最终确定了项目方向——开发一款智能垃圾分类系统。

这个项目旨在通过让机器学习技术自动识别并为不同种类的垃圾分类。它不仅可以提高垃圾分类的效率和准确性,还可以减少人力成本和环境污染。全组成员分工合作,郜含笑负责算法设计和编程,郜含宇负责硬件搭建和测试,陆安阳则负责数据收集和分析。

在准备过程中,他们遇到了很多困难和挑战。但他们从未放弃,而是相互鼓励,相互支持。他们利用课余时间请教老师,与同学交流讨论,不断完善和优化项目方案。经过数月的努力,他们终于完成了智能垃圾分类系统的开发。

竞赛当天,他们带着自己的作品走上了赛场。面对来自各个学校的强手,他们毫不畏惧,沉着应对。他们详细地介绍了项目的背景、目标、实现过程以及创新点,并系统地展示了实际运行效果。评委们对他们的项目给予了高度评价,最终他们成功获得了科技竞赛的一等奖。

这次竞赛不仅让他们收获了荣誉和成就感,更重要的是让他们学会了如何面对挑战、如何协调团队、如何不断创新。他们知道,在未来的学习和生活中,这些经历将成为他们宝贵的财富。

这次竞赛获得的集体金奖,让郜含宇被清北大学提前录取。

"哇！！"

郜含笑看着郜含宇的录取通知书,简直比自己被录取了还要开心。好事成双,不久之后陆安阳和郜含笑也成功保送清北大学。对于普通家庭来说,这简直就像是做梦一样。

但陆安阳和郜含笑还需要完成剩下的学业,郜含宇也要在学校里参加省篮球队的训练,因此三人还是正常上学。

"你们两个还学呢？"卢迪顶着巨大的黑眼圈看向两个人。

"是啊,学习是我们现在的主要任务。"郜含笑微笑着回应,手中的笔依旧在纸上飞快地舞动。陆安阳则在一旁认真地翻阅着资料,不时地做着笔记。

卢迪无奈地摇摇头,这两个人的毅力与决心是无人能及的。她想起自己这段时间的懒散,心中不禁有些惭愧。看了看手中的游戏机,又看了看认真学习的郜含笑和陆安阳,她终于下定决心,放下游戏机,拿起了书本。

时间在不知不觉中流逝。

第三十三章 成人礼

高三毕业之前，学校都会为学生们准备一场成人礼。

这个特殊的日子，标志着他们即将告别青涩的少年时代，步入成熟稳重的成年阶段。对于郜含笑、郜含宇和陆安阳来说，这个成人礼更是意义非凡，因为他们即将迎来人生的新篇章。

成人礼当天，整个学校都沉浸在欢乐和温馨的氛围中。学生们穿着整齐的礼服，脸上洋溢着青春的笑容。郜含笑、郜含宇和陆安阳作为被保送到清北大学的优秀学生，更是成为众人瞩目的焦点。他们在台上发表了感人的演讲，分享了自己的成长经历和心路历程，鼓励大家要珍惜现在，勇于追求自己的梦想。

成人礼的高潮部分是家长们为学生们戴上象征成年的戒指。当郜爸爸和郜妈妈亲手为三人戴上戒指时，他们三个的眼中都闪烁着泪光。这一刻，他们深深地感受到了家人的爱和期望，也更加坚定了前行的决心。

成人礼结束后，郜含笑、郜含宇和陆安阳与同学们一起参加了庆祝活动。他们唱歌、跳舞、玩游戏，享受着这难得的欢乐时光。

郜含笑看着手上的荧光棒，有些恍惚。

"姐，怎么了？愣什么神呢？"

郜含宇见她出神，轻轻拍了拍她的肩膀，把她从回忆中拉回现实。郜含笑回过神来，微笑着摇了摇头："没什么，只是突然想到我们以前的日子，觉得时间过得真快。"

陆安阳也凑了过来，感慨道："是啊，转眼间我们都已经成年了，要开始新的生活了。"

郜含宇道："说起这个，安阳哥，咱们要不然到那边一起租一个房子算了，咱们三个人还住在一起，我实在是不习惯和你们分开。"

郜含宇的话让陆安阳和郜含笑都陷入了沉思。他们三人在高中三年里，一起经历了风风雨雨，一起笑过、哭过、奋斗过，一想到上了大学就有可能被分到不同的宿舍，他们心中难免有些不舍。

陆安阳拍了拍郜含宇的肩膀，笑道："你的想法倒是不错。不过，大学毕竟是一个新的起点，我们也要学会独立和成长。虽然不一定能住在一起，但我们的心还是紧紧相连的。"

郜含笑也点头附和："是啊，我们虽然不住在一起，但我们毕竟在一个学校，可以天天见面，分享彼此的生活和学习。而且，大学是一个充满机遇和挑战的地方，我们要努力适应新的环境，迎接新的挑战。"

郜含宇听了他们的话，虽然心中还是有些不舍，但也明白他们说的是对的。他点了点头说："我明白了，哥，姐。我会努力适应新环境的。"

庆祝活动结束了，郜含笑、郜含宇和陆安阳一起走在回家的路上，心中充满了对未来的期待和憧憬。他们知道，未来的路还很长，但他们相信，只要他们携手前行，共同努力，就一定能够创造出更加美好的未来。

回到家，郜妈妈拉着三人又是一顿夸："哎哟，看看咱们家三个学霸，多优秀。"

郜妈妈笑着，眼神中满是骄傲和欣慰。她一边帮孩子们整理着衣物，一边说道："你们三个都长大了，妈妈真为你们感到高兴。但是，无论你们走到哪里，都要记得家的方向，记得父母会一直在背后默默支持你们。"

郜爸爸则在一旁点头附和："没错，你们现在即将开始新的生活，面对新的挑战，但是不要忘了，你们永远是爸爸妈妈的骄傲。"

陆安阳感激地看着两位长辈，他深知自己能够取得今天的成绩，离不开郜家人的支持和鼓励。他郑重地说："叔叔阿姨，谢谢你们。"

郜妈妈摸了摸他的脑袋。

"虽然你不是我的孩子，但是你和我有缘分，我总觉得咱们两个人就该是母子。"

郜爸爸也笑了，他拍了拍陆安阳的肩膀，像是给他传递了一种无言的力量："安阳啊，我们就像一家人一样，以后不管遇到什么困难，都别忘了回来找我们。"

三人心中都充满了感激，他们知道，这份温暖和支持是他们前行路上最坚实的后盾。

为了庆祝孩子们即将开始的新生活，郜妈妈准备了一桌丰盛的晚餐。餐桌上，郜爸爸举起了酒杯，感慨道："孩子们，今天是个值得纪念的日子，你们即将开始新的旅程。爸爸希望你们能够保持初心，勇往直前，无论未来遇到什么困难，都不要放弃自己的梦想。"

三人举起了手中的饮料，与郜爸爸碰杯，他们的眼神中充满了坚定和自信。

晚餐过后，三人回到了自己的房间，准备睡觉。明天又是新的一天。

夜深了，星星在夜空中闪烁，仿佛在默默守护着每一个即将踏上新征程的少年。郜含笑躺在床上，思绪万千。她回想起今天成人礼上的点点滴滴，心中充满了感慨。她意识到，自己不再是那个无忧无虑的少年了，她要开始承担起更多的责任和义务。她轻轻抚摸着那枚象征成年的戒指，心中充满了对未来的期待和憧憬。

陆安阳将五个人的合照装进相框，放在桌子上。

"安阳哥，你应该弄个大的，然后挂在墙上。"

郜含宇一边刷牙一边说道。

"你这个品位不行，还是放在桌子上更好看。"

陆安阳笑着回应。他轻轻抚摸着照片上每个人的脸庞，心中涌起一股暖流。这张照片上是他们五个人，他们是一家人。

第三十四章　高考

时间匆匆而过，很快就到了高考的日子。

老师一边送他们上车一边叮嘱："记得看好自己的身份证、准考证。不要乱吃东西，免得坏肚子。"

老师的话语中充满了关切，目光里是对学生们的深切期望。郜含笑、郜含宇和陆安阳上车坐好，他们的眼神中既有紧张，也有期待，这是他们人生中的一次重要考试，也是他们向未来迈进的重要一步。

车子缓缓启动，驶向考场。车窗外，郜爸爸和郜妈妈并没有来送考。三个已经保送的孩子，还送什么考？而且按规定，他们三个不需要参加高考，只是想来体验一下。

考试的时间过得很快，三人一切顺利。考完之后，郜含宇还要去省外参加一场重要的比赛，时间在一周后。郜含笑气得直接扯住他的耳朵。

"我和安阳为了等你一起去旅行，都等到高考结束了，结果你还不能走。郜含宇，你看我不打死你。"

郜含宇被姐姐的"突然袭击"弄得哭笑不得，连忙求饶道："姐，姐，我错了，我错了还不行吗？这比赛我也不能不去啊，毕竟这对我来说也是个重要的机会。再说了，你们不也能趁机预习预习，为未来的大学生活做好准备吗？"

郜含笑虽然气恼，但也明白弟弟的话有道理，她松开手，瞪了郜含宇一眼，说："好了，不跟你计较了。你比完赛，可得好好补偿我们，不然的话，我可饶不了你。"

陆安阳在一旁看着两人打闹，不由得笑出声来。他走上前，拍了拍两人的肩膀，说："好了，好了，都是一家人，别这么计较。含宇，你比赛的时候，我们一定会为你加油的。含笑，你也别太为难他了，他也有他的难处。"

三人又聊了一会儿，然后各自回房休息。郜含宇躺在床上，心中充满了对比赛的期待和紧张。他知道，这场比赛对他来说意义非凡，他必须全力以赴，不能有任何失误。

而郜含笑和陆安阳则开始规划他们即将到来的旅行，他们打算利用这段时间好好放松一下。未来的路还很长，但他们相信，只要他们携手前行，共同努力，就一定能够创造出更加美好的未来。

时间一天天过去，郜含宇的比赛日期终于快要到了。郜家一家人本打算一起陪他去外省参加比赛，但是陆安阳这边出了点意外。看着手机上许久没有出现的电话号码，陆安阳不情不愿地按下了接听键。

"怎么了？"

对面的人自称是医院的医生，说陆安阳的父母在国外出了车祸，让陆安阳快点过去。

"路上小心，有什么解决不了的问题，给我们打电话，咱们是一家人，在国外照顾好自己。"

郜妈妈送陆安阳的时候，不停地嘱咐。

陆安阳紧握着手机，心中五味杂陈。父母的意外让他措手不及，但他必须坚强，为了父母，也为了自己。他点了点头，向郜妈妈保证道："阿姨，您放心，我会照顾好自己的。您和叔叔也要保重身体。"

郜妈妈眼含泪光，她紧紧抱住陆安阳，仿佛要将他所有的担忧和不安都带走。郜爸爸也在一旁默默地站着，给予陆安阳无声的鼓励和支持。

郜含笑和郜含宇也来为陆安阳送行。他们知道，此时的陆安阳最需要的就是他们的支持和鼓励。他们紧紧握住陆安阳的手，为他加油打气。

"安阳，我们相信你一定能够处理好这一切。"郜含笑坚定地说道。

郜含宇也点了点头，他拍了拍陆安阳的肩膀，说："安阳哥，你放心去吧，我们会一直在这里等你回来的。你回来之后，我们还要一起去旅行呢。"

陆安阳感激地看着两人，幸好，他并不孤单，他有着这样关心和支持他的家人和朋友。他心中充满了感激和温暖，暗暗决定要早点回来，因为他还有太多的事情要做，有太多的人要守护。

飞机起飞了，陆安阳的心也随之飞向了远方。他将面临一场前所未有的挑战。但他也相信，只要勇往直前，就没有什么能够阻挡他前进的步伐。

送别了陆安阳，邰含宇也准备出发去外地比赛了。这是他上大学前的最后一场比赛，他的家人陪着他一同前往。

看着窗外渐渐远去的家乡，邰含宇心中既有不舍，也有期待。他深知这场比赛对他的重要性，这不仅关乎他个人的荣誉，更代表着家乡和学校的荣誉。他默默在心里给自己加油鼓劲，提醒自己一定要全力以赴，发挥出最好的水平。

经过几个小时的飞行，飞机终于降落在目的地。邰含宇走出机场，感受着这座城市的繁华和喧嚣。他深吸一口气，提醒自己要保持冷静和专注，不要被外界干扰。

比赛当天，邰含宇早早地来到了赛场。他穿着整齐的队服，脸上挂着一抹自信的笑容。这场比赛将是他人生中的一次重要考验，他必须全力以赴，不能有任何失误。

好在他没有让大家失望，凭借着出色的技术和稳定的发挥，他带领球队一路过关斩将，最终成功获得了比赛的冠军。当站在领奖台上，听到观众的欢呼和掌声时，他感到无比自豪和满足。他知道，这一切都离不开自己的努力和坚持，也离不开朋友和家人的支持和鼓励。

比赛结束后，邰含宇第一时间和看台上的邰含笑拥抱。他们还给陆安阳打了电话，想问那边情况怎么样，但陆安阳的手机一直处于关机状态。

邰爸爸皱眉："这孩子是不是忙得都没有时间给手机充电？"

他们上一次通话还是在陆安阳下飞机的时候，他打来电话报平安。

"或许是吧，安阳现在一定有很多事情要处理，我们不要太担心他。"邰妈妈安慰着丈夫，虽然她心里也充满了担忧，但她知道，现在最重要的是让陆安阳专心应对眼前的困难。

第三十五章　杳无音信

此刻，身在异国他乡的陆安阳情绪激动到了极点，他疯狂地砸着门，声嘶力竭地喊道："放我出去，你们这是囚禁，知不知道？我现在已经是成年人了，有权利选择自己的生活、自己的学校和专业，你们凭什么？凭什么替我申请学校？"他的声音充满了愤怒，回荡在空荡荡的房间里。

原来，陆安阳的父母并没有出车祸，他们只是为了将他骗到国外，然后让他去读他们选择的那所学校。那是一所医学院，在国际上十分出名，但是陆安阳并不想要这样的生活。他已经被保送到国内顶尖大学的物理系，他想追求自己的梦想，而不是被迫接受父母为他规划的医学道路。

然而，此刻的陆安阳却被困在这个陌生的地方，被迫接受一个他毫无兴趣的未来。他的手机被没收，根本无法联系郭家父母。这栋别墅位于郊区，也不会有人发现他的困境。就这样，陆安阳被自己的亲生父母关了四个月，直到这边学校的录取通知书下来。

国内的学校他没有去报到，也就意味着他不能去上学了。这个消息让陆安阳有些崩溃，他无法理解为什么父母要这样对待自己，为什么要毁掉他的人生。他感到无尽的绝望和痛苦，他想要追求自己的生活，追求自己的梦想，却被父母束缚在这个陌生的国度，无法挣脱。他痛苦地呐喊着，希望能够得到解脱，希望能够回到自己原本的生活。

"你们为什么非要毁了我的人生？"

陆安阳的声音在空旷的别墅里回荡，但回应他的只有冰冷的墙壁和无尽的沉默。他颓然地坐在地上，泪水无声地滑落。这四个月的囚禁，让他从最初的愤怒、挣扎，到后来的绝望、无助，再到现在的麻木，他的心灵经历了前所未有的煎熬。

然而，就在陆安阳几乎要放弃的时候，一道微弱的光线穿透了他的绝望。他想起了邰含笑和邰含宇，想起了他们坚定的眼神和鼓励的话语。他知道自己不能就这样放弃，他还有梦想，还有未来，他要为自己而活。

陆安阳挣扎着站起来，走到窗前，凝视着这个陌生的地方。虽然这里的一切都让他感到陌生和恐惧，但他必须找到机会，逃离这个囚禁他的地方，回到属于自己的世界。

就在这时，一阵敲门声响起，陆安阳心中一喜：难道父母终于肯放他出去了吗？他急忙走过去打开门，却发现门外站着一名陌生男子。

男子看着陆安阳，微笑着说道："你好，我是A大学的招生官。恭喜你成功被录取，我们将为你提供最优质的教育资源。不过，我注意到你这段时间情绪似乎有些低落，如果有什么需要帮助的，请随时告诉我。"

陆安阳看着自己的录取通知书，这是断了自己的一条路。

"你们真是可笑至极。"

陆爸爸站在他的面前，劝说道："陆安阳，学习物理没有什么好的，只有学习医学，你才能有出路。"

陆爸爸的话像一记重锤，狠狠地砸在陆安阳的心头。他从未想过，自己的父亲会用这样的理由来束缚他的人生。他愤怒、不解，更感到无尽的悲哀：为什么连自己的父亲都不能理解，不能支持他追求自己的梦想？

陆安阳紧握着拳头，努力抑制住内心的怒火。他知道，现在与父亲争执无济于事，只会让情况更加糟糕。他必须冷静下来，找到逃离这个囚笼的办法。

"我会去上学的。"陆安阳低沉的声音响起。

陆爸爸愣了一下，似乎没料到儿子会说出这样的话。他皱起眉头，深深地看了陆安阳一眼，然后转身离开。

陆安阳站在窗前，望着外面陌生的风景，心中充满了坚定。他意识到，他不能就这样被父母束缚，他必须找到属于自己的路。

接下来的日子里，陆安阳开始观察别墅的构造和位置，寻找可能逃脱的机会。他利用每一段短暂的自由时间，收集关于这个地方的信息，为自己的逃脱做准备。

同时，他也没有放弃与郜家联系。他利用自己偷偷保留下来的备用机，不断尝试联系郜含笑和郜含宇，希望能够得到他们的帮助。然而，由于手机没信号，他的尝试总是以失败告终。

尽管如此，陆安阳也没有放弃。他坚信，自己总有一天会找到机会逃离这个囚笼。

机会终于来了。一天晚上，陆安阳的父母有事外出，他趁着夜色，偷偷溜出了别墅。他利用自己收集到的信息，一路向北走去。刚走出别墅区，他就顺利打上了一辆出租车，司机按他的要求，把他放在了最近的机场。他拿着自己偷出来的证件，买了机票，然后匆匆赶回国。

在机场最近的手机店办理了手机卡，然后给郜爸爸他们打电话。

"对不起，您所拨打的号码是空号……"

陆安阳手心的汗水浸湿了手机，站在机场的角落，耳边回荡着的冰冷的女声，告诉他郜家几人的号码已无法接通。一种莫名的恐慌涌上他的心头：难道郜家发生了什么变故？他急忙上网搜索，却没有找到任何有关郜家的消息。

此时，陆安阳的心情复杂到了极点。他既担心郜家人的安危，又为自己的未来感到迷茫。他知道自己不能就这样放弃，他必须回到郜家，告诉他们自己没有被父母的安排束缚，他选择了自己的道路。

回到郜家，陆安阳打开房门。家里好像一切都没有变，但是屋子里全是灰尘，好像很久都没有人来过。他找了楼下几个熟悉的邻居问，但是他们也不知道郜家出了什么事情，只见郜含笑回来过一次，又急匆匆地离开了。

陆安阳又问了很多人，都没得到什么有用的信息。他连林云霄的电话都打了，但是林云霄沉默片刻，最终告诉他："抱歉，我什么都不知道。"

陆安阳的心沉到了谷底，他感到前所未有的孤独和无助。他不知道自己该何去何从，也不知道自己该如何面对未来的生活。他坐在郜家的客厅里，望着窗外熟悉而又陌生的风景，心中充满了迷茫和不安。

他好像再一次被抛弃了……

第三十六章 同学会

抵达酒店时，郜含笑向车里的薛清辞投去一个温暖的笑容："来吧，今天我们一定要把这个合作谈妥。明天还有一场高中同学聚会，实在是不想去呢。"郜含笑的语气中透露出一丝无奈。毕竟这次聚会是班主任亲自组织的，不去的话，显得有些不近人情。然而，她内心深处对那段过去充满了恐惧，害怕自己再次被痛苦的记忆所淹没。

薛清辞看着郜含笑，他对她的事情有一些了解："如果你觉得不行，那就别去了吧。你……好不容易才走出那段过去。"薛清辞的话语中充满了担忧。

"没关系，都过去了。我已经走出来了。走吧，我们先去吃饭。如果这个酒店的菜味道不错，我们就给嫂子也订一份。"她的眼神中闪烁着决心和坚韧。

此次饭局是为了一次商业合作，郜含笑作为商业摄影师，她的作品总是能够精准地抓住客户的眼球。

"赵总，您觉得这个合作怎么样？我们工作室诚意十足，就看您的意思了。"薛清辞微笑着，充满了自信。

赵总和他们已经合作了很长时间，但一直没见过郜含笑。"这还是第一次见到你们的首席摄影师呢。"赵总笑着，看向郜含笑的眼神里满是好奇。

自从来了饭局，郜含笑就没说过几句话。薛清辞笑道："您知道的，搞艺术的人多少都有点个性，我们家这位摄影师就是不爱说话，跟我说话都很少。您见谅。"

赵总听了薛清辞的解释，脸上露出了理解的笑容。他点点头，对郜含笑说道："我明白，艺术家的性格总是有些独特的。不过，我相信你的实力，也相信我们这次合作会非常成功。"

邰含笑抬起头，向赵总投去一个感激的眼神。她知道，薛清辞在帮她缓解尴尬的气氛，也在帮她赢得这次合作机会。她轻轻笑了笑，开口说道："赵总，您放心，我会用我最好的作品来回馈您的信任。"

赵总听了，眼中闪过一丝赞赏的光芒。他举杯示意，说道："那我们就祝这次合作圆满成功，也祝我们未来能够有更多的合作机会。"

酒过三巡，赵总询问起邰含笑的工作和生活情况。邰含笑虽然有些不自在，但还是尽量保持着微笑，回答着赵总的问题。这是商业合作的一部分，也是她作为首席摄影师必须面对的事情。

然而，就在这个时候，邰含笑的手机突然响了起来。她看了一眼来电显示，是林云霄。她犹豫了片刻，最终还是走到外面接通了电话。

"喂，云霄。"邰含笑的声音有些紧绷，林云霄的出现让她不得不面对过去的记忆和伤痛。

"含笑，你还好吗？我听说你回来了。"林云霄的声音有些紧张，他显然也很在意邰含笑的情况。

"我……我还好。"邰含笑强装坚强，她不想在林云霄面前表现出自己的脆弱。

"明天的高中同学聚会，你会去吗？"林云霄问道。

邰含笑沉默了片刻，然后说道："我会去的。"这次聚会是她无法逃避的，也是她必须面对的一次挑战。

挂断电话后，邰含笑的心情久久无法平静。她知道自己即将面对的是一场充满记忆和情感的聚会，也是她重新开始的机会。她深深地吸了一口气，决定要用最好的状态去面对这次挑战。

薛清辞打包好小龙虾，然后送邰含笑回家。

"用不用我和你一起去？"

邰含笑摇摇头："我自己可以的，嫂子快生了，你看着嫂子就行。"

邰含笑的话让薛清辞感到一丝宽慰，但他还是忍不住叮嘱道："那你自己小心，如果有什么事情，随时给我打电话。"

邰含笑点点头,微笑着接过小龙虾,然后转身走进了电梯。电梯门缓缓关上,她的心情也开始复杂起来。她想起了和林云霄的对话,心中有些期待,也有些不安。明天的同学会,她能否真正地从过去的阴影中走出来,能否坦然面对那些曾经的记忆和伤痛呢?

回到家,邰含笑将小龙虾放在桌子上,然后坐在沙发上,开始思考明天的聚会。她必须做好充分的准备,以最好的状态去面对那些老同学。她拿出手机,开始联系一些平时关系不错的同学,询问他们明天的聚会情况。同时,她也开始整理自己的心情,让自己保持平静和自信。

第二天,邰含笑早早地起床,化了一个淡妆,穿上了一件得体的衣服。她看着镜子中的自己,感到有些陌生,又有些熟悉。她深吸了一口气,然后走出了家门。

来到酒店,邰含笑见到了许多熟悉的面孔。她微笑着和每个人打招呼,然后坐在了一个角落里。她环顾四周,发现很多人都变了样,但也有一些人依然保持着过去的模样。她心中有些感慨,时间真的可以改变很多东西。

场上热闹非凡,大家互相交流,分享着彼此的生活和经历。邰含笑也加入了其中,她发现自己可以很好地融入这个氛围。她不再像以前那样沉默寡言,而是开始主动和人交流。她发现,当自己敞开心扉时,别人也会愿意和自己分享他们的故事。

在聚会上,邰含笑还遇到了林云霄。他看起来比以前更加成熟和稳重了。两人相视一笑,然后坐在了一起。他们聊起了过去的事情,也谈到了未来的打算。邰含笑发现,自己已经不再害怕和林云霄谈论过去了。她似乎能够坦然面对那段记忆和伤痛了。

"你……身体还好吗?"林云霄的声音轻柔而又充满关切,仿佛害怕声音大了就会惊扰到她。

邰含笑轻轻一笑:"我能不好吗?现在的我名利双收,算得上是小富婆一个,生活轻松自在,没有任何烦恼。"邰含笑的回答轻松而愉快,仿佛她真的如同她所说的一般,生活得无忧无虑。

邰含笑的轻松回答让林云霄心中的紧张和担忧消散了不少,他也看到了邰含笑的变化，她变得更加坚强，更加自信，这让他感到既欣慰又有些失落，仿佛郜含笑的改变，让他觉得自己的存在变得不再那么重要。

他们继续聊着，但话题都围绕着现在，没有人提及过去。

"我们这个学霸真是难请。"高中语文老师走过来，半开玩笑道。

"我们的首席摄影师实在是太忙了，我约她二十次，能见我一次就不错了。"林云霄笑着解释。语文老师拍了拍郜含笑的肩膀，眼神中满是骄傲和欣慰，仿佛郜含笑的成就就是他的成就。

"看见你们都事业有成就好。对了，郜含宇和陆安阳呢？"语文老师突如其来的问题让郜含笑脸色惨白，头上渗出了汗水。林云霄瞬间察觉到了不对劲，他连忙扶住郜含笑。

"抱歉，老师，含笑不舒服，我先带她走。"林云霄的声音中充满了急切，他小心翼翼地护着郜含笑，生怕她发生意外。

第三十七章　我们不是家人吗？

"我来吧。"陆安阳不知道从哪个角落里冒出来，随即走到郜含笑的身边扶着她，目光直视着林云霄。

"你开车送我们去医院。"陆安阳语气坚决，不容置疑，他紧紧搂着郜含笑走向停车场，每一步都显得异常坚定和有力。他怀里的郜含笑脸色苍白如纸，眼眸中闪过一丝复杂的情绪。

林云霄愣在原地，他看着陆安阳和郜含笑离去的背影，心中五味杂陈。他清楚，他和郜含笑之间已经无法回到过去的那段美好时光了。而陆安阳，那个一直默默守护在郜含笑身边又无故消失的人，如今回来了。

他回想起和郜含笑一起度过的点滴时光，那些曾经的欢笑和泪水，如今都化作了心中的痛。他知道自己无法再像过去那样轻易地走进郜含笑的生活，但他也不想就这样放弃。

他缓缓走向停车场发动汽车，送陆安阳和郜含笑去了医院。医院的走廊上，陆安阳焦急地等待着，而郜含笑则躺在病床上，任由医生给她做检查。林云霄走上前去，想要说些什么，想要表达自己的关心，但话到嘴边，却又不知道该怎么说。

陆安阳抬起头，目光锐利地看向林云霄，眼中闪过一丝警惕，但随即又恢复了平静。

"这些年你们之间还有联系。"林云霄撇过头，声音有些沙哑。

"是。"陆安阳回答得简洁明了，同时紧紧拽着林云霄的领子，眼神中透露出一种复杂的情绪。

"为什么当年我问你，你说不知道？当年到底发生了什么？"陆安阳的声音中带着一丝颤抖，似乎在期待着什么答案。

陆安阳的话如重锤般击打在林云霄的心头，林云霄脸色一僵，眼神中闪过一丝愧疚和无奈。他缓缓地松开陆安阳的手，声音低沉而沙哑："当年……我很抱歉，但真的不能说，你要是想知道，只能让她告诉你。"

林云霄心中充满了复杂的情绪。他知道，自己与郜含笑之间的过去有一道难以逾越的鸿沟，横亘在两人之间。那些深埋在心底的秘密，他既想要说出来，又害怕将她伤得更深。

病房里，郜含笑刚挂上点滴，脸色苍白如纸。她双目无神，似乎沉浸在记忆里。陆安阳坐在床边，握着她的手，眼中满是关切和担忧。

"含笑，你感觉怎么样？"陆安阳轻声问道。

郜含笑皱眉转过身。

"陆医生，咱们现在没有关系了，不用这样关心我。"

陆安阳的眼中闪过一丝痛苦，他知道自己无法轻易抹去郜含笑心中的伤痕，但他还是忍不住想要关心她。他深吸了一口气，尽量让自己的声音听起来平静："含笑，无论如何，我们都曾是同学、朋友。在我心中，你一直是我最在乎的人。"

郜含笑轻轻闭上眼睛，似乎不愿意再面对这份感情。她对陆安阳的感情很复杂，既有感激，又有恐惧。她害怕自己再次被伤害，害怕自己再次陷入那个无尽的深渊。

时间仿佛在这一刻静止了。病房里，他们两个人一坐一躺，没有言语，只有心跳和呼吸声。等郜含笑睡过去了，陆安阳又坐了许久，才离开了这里。

郜含笑再一次醒过来的时候，就看见了林云霄。

"你还没走。"

郜含笑声音微弱，但充满了平静。她看着林云霄，那双曾经充满热情与期待的眼睛，如今只剩下淡淡的疏离与坦然。

林云霄点了点头，坐在床边，轻轻握住她的手。他的手温暖而有力，仿佛想要传递给她一些力量。但郜含笑只是淡淡地笑了笑，没有说什么。

"你……还好吗？"林云霄的声音有些颤抖，他不知道自己应该说些什么，只能一遍又一遍地问她是否安好。

郜含笑点了点头,她看着窗外的阳光,轻轻地叹了口气:"我很好,真的。"

林云霄有些无奈,拿起饭盒放在她的面前。

"吃点东西吧。就当所有事情都没有发生过。他们也希望你可以好好活着。"

郜含笑看着眼前的林云霄,心中涌起一股暖流。她知道,无论过去发生了什么,林云霄始终是那个愿意为她付出一切的人。然而,现在的她已经不再是那个单纯、天真的小女孩了,她学会了坚强,学会了面对,也学会了放手。

她轻轻地点了点头,接过林云霄递来的饭盒,开始慢慢地吃起来。每一口都仿佛是在告诉自己,她要重新开始,要为了自己的未来而努力。

林云霄看着她吃得那么认真,心中也感到一丝欣慰。他希望郜含笑能早日走出过去的阴影,开始新的生活。他也在心里默默地为她祈祷,希望她能够真正快乐起来。

吃完饭后,郜含笑靠在床头,看着窗外的阳光,脸上露出了久违的笑容。林云霄看着她,心中也感到了一丝温暖。他知道,这一刻的郜含笑是真正的郜含笑,是那个坚强、自信、勇敢的女孩。

"谢谢你,云霄。"郜含笑突然说道,声音里充满了感激和真诚。

林云霄愣了一下,但很快他就反应了过来,轻轻地笑了笑:"没什么,我们都是朋友嘛。"

林云霄刚一离开,郜含笑就冲进厕所里吐了起来。吐完,她坐在地上,抱着膝盖,号啕大哭。其实她也不知道自己在哭什么,只是觉得心口好像憋了一口气,上不去也下不来。

林云霄坐在医院的长椅上,耳边回荡着郜含笑那突如其来的哭声,心中五味杂陈。他明白,那是郜含笑积压了太久的情感的瞬间爆发,是她对过去、对现在、对未来的恐惧与不安。

他知道,自己不能就这样轻易地离开,他需要为郜含笑做些什么。于是,他回到了家中,开始查阅各种资料,试图找到能够帮助郜含笑的方法。

经过几天的努力,林云霄终于找到了一位知名的心理医生。他联系了对方,将郜含笑的情况详细地告诉了对方。心理医生表示,他愿意为郜含笑提供帮助,但需要征得她本人的同意。

林云霄再次来到了医院，将这个消息告诉了邰含笑。

"治疗了这么多年，我已经好不了了。就让我这样活着吧，浑浑噩噩总比过于清醒要好。"

第三十八章　接你回家

"郜含笑，你真的把我当作你的朋友了吗？你生病了却不告诉我，要不是我特意向别人询问，我压根就不会知道。你这种行为实在是让我感到很生气。"

薛清辞在电话那头愤怒地指责着郜含笑。郜含笑有些无奈，她明白薛清辞是在关心她，只是表达方式比较直接。

"嫂子不是快要生产了吗？我怎么好意思打扰你？林云霄现在在我这里，有他照顾我，你放心好了。而且我明天就可以出院了，这次胃病发作得有点突然，没关系的。"郜含笑试图用轻松的语气来安抚薛清辞的情绪，尽管她的声音中还是透露出一丝虚弱。她知道薛清辞是真心关心她，这种被人在乎的感觉让她心中充满了暖意。

薛清辞在电话那头沉默了一会儿，然后声音稍微柔和了一些道："含笑，我知道你不想让我们担心，但身体是革命的本钱，可不能马虎对待。我明天去看看林云霄这小子有没有好好照顾你，顺便接你出院。"郜含笑微微一笑，道："好啊，那就麻烦你了。你放心，我会好好照顾自己的。"

挂断电话后，郜含笑靠在床头，看着窗外的阳光洒进来，心情渐渐好起来。她对身边的林云霄说："今天的天气可真好。"林云霄听到后点点头，他看着郜含笑的笑脸，心里也觉得阳光明媚。

"我们是不是应该出去走走？" 郜含笑笑着对林云霄说。林云霄从护士那里借来一辆轮椅，然后推着郜含笑出去散步。

"我自己可以走。" 郜含笑坚持道。

"但是医生说你需要休息，坐轮椅会舒服些。"林云霄耐心地解释道，他的眼神里满是关切。郜含笑看着他，心中涌起一股暖流，任由他将自己推出了病房。

走廊上的阳光透过窗户洒在地上，形成一片片斑驳的光影。郜含笑闭上眼睛，感受着阳光洒在脸上的温暖，仿佛所有的烦恼都在这一刻被驱散了。

他们来到了医院的花园里，花园里花香四溢，二人仿佛置身于世外桃源。郜含笑坐在轮椅上，林云霄在花坛边细心地挑选着花朵，然后轻轻地插在她的头发上。

"你看，这样是不是好看多了？"林云霄打开手机里的相机让郜含笑照镜子。郜含笑看着他，眼中闪烁着感动的光芒。她知道，林云霄是在用自己的方式，让她感受到生活的美好和希望。

两人又走了一段路，来到了一个小湖边。湖水清澈见底，微风拂过，湖面泛起层层涟漪。郜含笑看着湖水，心中涌起一股莫名的情感。她想起了过去的日子，那些快乐、悲伤、痛苦和挣扎，仿佛都在这湖水中得到了释放。

"我去给你买瓶水。"

林云霄离开之后，郜含笑就坐在那里，看着水面发呆。

在走廊的玻璃窗前，郜含笑的主治医生在和陆安阳说话。

"她的身体没有什么大问题，之前出现的一系列症状可能是心理疾病导致的。"

"心理疾病？"陆安阳低声重复着医生的话，眉头紧锁。分别的这些年，郜含笑到底经历了什么？上了大学之后，郜含笑就和以前的人都断了联系。唯一知道真相的林云霄还讳莫如深。

陆安阳手里握着刚刚接过的郜含笑的病历，心情异常沉重。他也有过心理疾病，因此深知心理疾病不比生理疾病容易解决，往往需要长时间的治疗和陪伴。他不禁想起当年郜含笑阳光般的笑容，那个总是充满活力、无忧无虑的女孩，如今却深陷这样的困境。

他想向医生了解更多关于郜含笑的情况，但医生只是摇了摇头，表示所知有限，郜含笑的情况比较复杂，需要去寻求专业的心理治疗。

陆安阳深吸了一口气，他知道自己不能就这样袖手旁观。他决定再找机会问问林云霄，看看他愿不愿意透露更多关于郜含笑的事情。

林云霄将郜含笑送回病房。

"好好睡觉，我就先走了。"

林云霄离开后，郜含笑静静地躺在病床上，思绪万千。她知道自己一直在逃避，逃避那些不愿意面对的记忆和痛苦。但今天，她感受到了来自朋友的关心和温暖，这让她有了一丝勇气去面对自己的问题。

第二天，薛清辞准时出现在医院，他脸上带着温暖的笑容，仿佛阳光一般照亮了郜含笑的心房。办理好出院手续，薛清辞开车送她回家。

路上，郜含笑对薛清辞说："嫂子都快生了，你还乱跑。"

薛清辞笑了笑，认真地说："含笑，你的事就是我的事。我不能让你一个人面对困难。再说，你也不是一个人，还有林云霄和我们这群朋友在呢。我们一起面对，总会找到解决办法的。"

郜含笑心中涌起一股暖流，她感激地看着薛清辞，眼中闪烁着泪光。她知道，自己不是孤军奋战，还有这些朋友在默默地支持着她。

回到家中，郜含笑坐在窗前，看着窗外的风景。风吹过树梢，摇摇晃晃。这时，电话突然响起。是医院打来的。

"您好，郜女士，您的检查报告出来了。"

这几天住院晕头转向的，郜含笑都忘记自己前段时间检查的事情了。

"好的。"

郜含笑的声音有些紧张，她深吸了一口气，尽量让自己的声音听起来平静一些。电话那头的声音继续传来："您有时间的话，还是到医院一趟比较好。"

郜含笑的心沉了下去，她感觉自己的手在微微颤抖。她努力镇定地回应："好的，我会尽快过去的。"挂断电话后，她坐在窗前，目光空洞地望着窗外的风景，心中充满了不安和担忧。

不一会儿，林云霄过来看望她，看到了郜含笑脸上的担忧，他立刻轻声问道："怎么了？出什么事了吗？"郜含笑看着他，眼中闪过一丝无助。她轻轻叹了口气，将医院打来电话的事告诉了他。

林云霄听后眉头紧锁，他沉默了一会儿，然后坚定地说："别怕，我陪你去医院。"郜含笑看着他，点了点头。二人正要出门，林云霄突然接到公司电话，说有一个很紧急的会议要开。

"那你先忙，我自己去吧。"郜含笑尽量让自己看起来坚强，她知道林云霄是个负责任的人，不能因为自己而耽误他的事情。

林云霄看着她，眼中闪过一丝犹豫，但最终还是点了点头说："好，那你自己小心。如果有什么事情，随时给我打电话。"

郜含笑微笑着点点头，目送林云霄离开。虽然故作坚强，但她心中仍然有些忐忑。

拿到检查报告，护士让她去找主治医生，她没办法，又去了陆安阳的办公室。

陆安阳拿着报告，皱着眉头说："需要做一个小手术，但并不严重，你放心……"

陆安阳的话还没说完，郜含笑的脸色已经变得苍白如纸。她感到一阵眩晕，仿佛整个世界都在旋转。手术？她的心里充满了恐惧和不安，她不知道该如何面对这一切。

"别担心,我会把一切都安排好的。"陆安阳看到她这个样子,心中也是一紧，他尽量让自己的声音听起来平静而坚定。

郜含笑点点头，她知道自己没有选择，只能接受这个现实。郜含笑深吸一口气，让自己冷静下来。

"那就谢谢你了。"

她刚站起身准备走，一下子就晕了过去。

第三十九章　处处是意外

　　这间病房独立而幽静，郜含笑在迷迷糊糊中醒来，恰好捕捉到了窗外的夕阳美景。那金色的余晖如同温柔的双手，轻轻地拂过病房的每一个角落，将这里的一切都笼罩在温暖而舒适的光线之中。郜含笑静静地躺在病床上，她的目光仿佛被夕阳施了魔法，随着夕阳的缓缓移动而移动，内心充满了宁静和平和。

　　她回想起自己昏迷的那个瞬间，记忆中的手术室、无边的恐惧、内心的不安……所有的一切都如同幻境一般，遥远而模糊。而现在，当再次睁开眼睛，面对这宁静美好的夕阳时，她突然感受到了一种前所未有的轻松和释然，仿佛她心中的忧思都在这一刻烟消云散。

　　就在这个时候，病房的门被轻轻地推开了，陆安阳走了进来。他手里端着一杯热气腾腾的牛奶，脸上挂着温和的笑容，仿佛春日的阳光，让人感到温暖和舒适。看到郜含笑已经醒来，他轻轻地将手中的牛奶放在旁边的柜子上，然后坐到了郜含笑的床边。

　　"这些年，你没有把自己照顾好。刚才检查出你有些低血糖。"

　　陆安阳的声音低沉而温柔，他的话语如同春风拂面，让郜含笑感到一种莫名的安心。看着郜含笑那苍白而柔和的脸庞，陆安阳心中不禁涌起一股莫名的情感。他知道自己对郜含笑的感觉早已超越了朋友之间的界限，但他也知道，现在的郜含笑需要的不是爱情，而是关心和陪伴。

　　他轻轻地拿起那杯牛奶，递到郜含笑的手中，说："喝点吧，暖暖身子。"郜含笑接过来，轻轻地抿了一口，那温热的牛奶带着陆安阳的关怀，让她感到一种许久未感受到的温暖。

两人静静地坐着，享受着这难得的宁静时光。窗外的太阳已经渐渐西下，但那份宁静和美好却仿佛定格在这一刻，就好像以前那样。两个人都没有再说话，好像也没有什么必须说的。

"我正好也下班了，送你回家。"

陆安阳的话打破了病房的宁静。郜含笑看着他，良久，才点了点头，表示同意。

两人一同走出了病房，夕阳将他们的影子拉得长长的。他们并肩走在医院的走廊上，没有过多的言语，但那份默契和关怀却如同春风般温暖着彼此的心房。

一路上，陆安阳一直细心地照顾着郜含笑，帮她打开车门，调整座椅，甚至为她系上了安全带。这让郜含笑感觉有点奇怪。

"我自己来就行。"

郜含笑试图自己操作，却被陆安阳轻轻按住了手。他的眼神温柔而坚定，仿佛在说："这是我应该做的。"

车子缓缓驶出了医院的大门，太阳渐渐西下，天边的云彩被染上了一抹炽热的红色，那片火烧云仿佛是天空的一抹点缀，将整个天空都映照得如同一幅美丽的画卷。火烧云的颜色不断变幻，从深红到浅红，再到橙色，黄色，每一刻都呈现出不同的美景。它像是一团熊熊燃烧的火焰在天空中舞动，给人一种热情奔放的感觉。火烧云的形状也不断变化，有时像是一只展翅飞翔的凤凰，有时又像是一群欢快跳跃的丹顶鹤。它们在天空中自由翱翔，给人带来无尽的遐想。郜含笑忍不住出声："真美。"

陆安阳闻言轻轻侧过头，望向她所指的天空。他的眼中也闪过一丝惊艳，随即微笑着回应："是啊，大自然总是能给我们带来惊喜。"

车子在夕阳的余晖中缓缓行驶，车厢内一片安静，只有偶尔传来的车流声和两人的呼吸声。陆安阳专注地开着车，而郜含笑则沉浸在这份宁静与美好中，心中的不安和恐惧都被这火烧云的美景驱散了。

不久，车子停在了郜含笑家楼下。陆安阳下车，绕到另一边为郜含笑打开车门，扶着她下车。两人站在楼前，陆安阳再次确认郜含笑身体无恙后，才准备离开。

"今天谢谢你了。"郜含笑感激地看着陆安阳，真诚地说道。

"不用谢，几年不见，你倒是客气很多。介意我上楼坐坐吗？"

陆安阳的话让郜含笑微微一愣，她没想到他会提出这样的请求。但是，看着陆安阳那真挚的眼神，她最终点了点头。

两人一同来到郜含笑家门口，郜含笑掏出钥匙打开门，邀请陆安阳进去。

陆安阳在沙发上坐下，环顾四周。

"你一个人住？"

郜含笑点点头："我一个人，没什么不好的，生活很开心，很轻松。"

郜含笑微笑着回应，她的话语中透露出一种独立自主的坚强。她走进厨房，为陆安阳准备茶水。

陆安阳坐在沙发上，目光不经意间扫过墙上的一张照片。那是郜含笑自己的照片。这房间里，没有任何关于郜含宇及郜家父母的东西。陆安阳皱眉，总觉得有点不对劲。郜含宇很黏郜含笑，就算不在一个城市生活，这个房子里也应该有郜含宇的生活痕迹。

他站起身，走到照片前端详着。照片中的郜含笑笑容灿烂，眼神中充满了对生活的热爱和期待。然而，她的身边却是一片空白，没有任何家人的身影，这让他更加疑惑。

他转过身，看到郜含笑正端着两杯茶从厨房走出来。他走上前去，接过一杯茶，然后轻声问道："含笑，你的家人呢？我怎么没看到他们的照片？"

郜含笑愣住了。

"郜含笑？郜含笑？"

陆安阳见郜含笑突然面色发白，浑身发抖，心中顿时涌起一股不安。他急忙放下手中的茶杯，走上前去轻轻扶住她，关切地问道："你怎么了？是不是哪里不舒服？"

郜含笑摇了摇头，努力平复自己的情绪，但她的声音仍然带着一丝颤抖："没事，扶我坐下就行。"

陆安阳立刻扶着她到沙发上坐下，郜含笑紧紧闭上眼睛，仿佛想要将所有的痛苦都隔绝在外。陆安阳用手轻轻拍着她的背，希望她能尽快平复下来。

过了好一会儿，郜含笑才慢慢睁开眼睛，她的脸色虽然依旧苍白，但呼吸已经平稳了许多。她看着陆安阳，轻声说："谢谢。"

第四十章　能躲过的都不是命运

"好点了吗？"

看着脸色逐渐缓过来的郜含笑，陆安阳终于松了一口气。他坐在她身边，轻轻握住了她的手，试图传递给她一些温暖。郜含笑感受到了他的关心，她轻轻点了点头，声音有些微弱："好多了，谢谢你。"

陆安阳看着她，心中涌起一股莫名的情绪。他发现自己对这个久未谋面的朋友有着太多的疑问和关心。他不禁开始回想起两人过去的点点滴滴，那些共同的记忆和经历仿佛就在昨天。

"含笑，我们这么久没见了，你过得怎么样？"陆安阳轻声问道。

郜含笑一怔，然后缓缓开口："我……我过得还好。虽然有时候会遇到一些困难，但我都挺过来了。你呢？你这些年过得怎么样？"

陆安阳笑了笑，说："我也还好，一直在为工作和生活忙碌着，但总觉得少了些什么。"

他话锋一转，又道："你怎么会把自己弄得这么狼狈？你的身体营养不良，甚至有心理疾病。郜含笑，这不是你。"

陆安阳的话像是一记重锤，直击郜含笑的心头。她低下头，避开了他的目光，声音带着一丝颤抖："我……我也不知道怎么会变成这样。或许，是生活给了我太多的压力，让我无法承受。"

陆安阳看着她，心中充满了心疼。他伸出手，轻轻握住她的手，试图给她一些安慰："含笑，无论发生了什么，请你告诉我。郜含宇绝对不会允许你把自己搞成这样，他们都在哪里？"

一提到郜含宇，郜含笑立马甩开陆安阳的手。

"你走吧，别再提他们了行吗？算我求你了，别再提以前的事情。"

郜含笑的话让陆安阳震惊不已，他从未想过她会对过去的事情如此抗拒。他看着她那双充满痛苦和绝望的眼睛，心中涌起一股难以名状的情绪。他意识到，自己或许真的不了解她，也从未真正走进过她的世界。

他站起身，深吸一口气，试图平复自己的情绪。他知道，这个时候，他不能逼她，也不能让她一个人面对所有的痛苦。他蹲下身，再次握住她的手，声音柔和而坚定："含笑，你说过我们是朋友，是家人。我们一起生活那么久。为什么……为什么你现在要把自己封闭起来，不让任何人靠近呢？我相信，无论发生什么，我们都可以一起面对，一起找到解决的办法。"陆安阳的话如同春风拂面，温暖而坚定。

郜含笑眼中闪过一丝动容，但很快又消失不见。她说："你走吧，给我一点时间，让我一个人静一静。"陆安阳没有办法，只好先离开了。

第二天早晨，郜含笑醒过来的时候，阳光穿过白色的窗帘洒在地上，整个屋子都是白色的，没有其他色彩。这是郜含笑的房间，和她小时候的完全不一样。从前的那个房间五彩缤纷。郜含笑还记得陆安阳一直说她的那个房间颜色"吵到"了他的眼睛。

而现在，她的房间里只剩下单一的白色，像是她的生活一样，被孤独和寂静所占据。

她坐起身，感到一阵头晕目眩。昨晚的记忆如潮水般涌来，陆安阳的关心，还有她突如其来的崩溃，让她感到不适。她不知道自己是怎么了，不知道自己为什么会变成这样。

她站起身，走到窗前，推开窗户，让新鲜的空气涌入房间。阳光洒在她的脸上，暖暖的，仿佛能驱散她心中的阴霾。她深吸一口气，试图平复自己纷乱的心情。

就在这时，门铃响了。郜含笑一愣：谁会在这个时候来找她？她走到门口，打开门，却看到了陆安阳熟悉的身影。

"含笑，你醒了。"陆安阳的声音温柔而关切。

郜含笑看着他，心中涌起一股莫名的感动。她点了点头，让陆安阳进了屋。

"你怎么来了？"郜含笑问道。

"我担心你，所以来看看。"陆安阳回答道，"顺便给你送早餐。"

陆安阳又递给她几张单子。

"这是入院的单子，你明天直接去医院，有人帮你安排好一切。我明天有点事情不能陪你，你见谅。"

一晚上过去，陆安阳就像是变了一个人。他没有再追问什么，也没有再说以前的事情。

郜含笑接过单子，心中充满了感激。她知道，陆安阳的关心和担忧都是真心的，他并没有因为她的冷漠和拒绝而离开，反而更加坚定地想要帮助她。她看着手中的单子，默默地在心里为自己打气，不能再这样下去了，她需要改变，需要重新开始。

她抬起头，看着陆安阳，感激道："安阳，谢谢你。我……我会去的。"

陆安阳看着她，眼中闪过一丝欣慰。他知道，郜含笑终于愿意面对自己的问题了，这是一个好的开始。他伸出手，轻轻拍了拍她的肩膀，温柔地说："自己住院，可以吗？"

郜含笑喝着粥，脸色平静："这些年我都是自己在医院里住着。有一段时间，我几乎是生活在医院里。"

这话说得不假，有段时间，郜含笑独自在医院的神经系统疾病科接受治疗。

陆安阳听后，心中的震惊难以言表。他从未想过郜含笑会经历如此艰难的时刻，更未想过她独自承受了这一切。他看着她，眼中充满了心疼和愧疚，为自己过去的无知和冷漠感到懊悔。

"含笑，我……"陆安阳顿了顿，似乎有千言万语想要说出口，却又不知从何说起。

郜含笑抬起头，眼神平静："安阳，我知道你想说什么。但是，过去的事情已经过去了，我们无法改变，就当什么都没有发生过吧。"

陆安阳点了点头。他知道，郜含笑已经迈出了重要的一步，她愿意面对自己的问题，愿意寻求改变。他伸出手，轻轻握住她的手，声音坚定而温柔："你自己照顾好自己，我过几天回来看你。"

邰含笑本想说她自己就可以，让陆安阳不必费心安排，但是想了想陆安阳的脾气，最终还是没有说出拒绝的话。她不想辜负这份心意。于是，她深吸了一口气，努力让自己的声音听起来更加坚定："我会照顾好自己，谢谢你。"

陆安阳伸出手，轻轻揉了揉她的头发，像是对待一个需要呵护的妹妹："那就好。"

离开邰含笑家，陆安阳给林云霄打了电话。

"我要回一趟邰家，那边有变化吗？"

"没有，一切照旧。"

林云霄在电话那头沉默了一会儿，随后补充道："回到那里你也不一定能够找到答案。"

陆安阳知道林云霄的话并非无凭无据，但他仍然决定回去看看，也许那里会有什么线索，或者至少能给他带来一些慰藉。他挂断电话，启动了车，向着邰家的方向驶去。

车窗外，风景在飞速后退，陆安阳的思绪却飘得很远。他想起了和邰含笑一起度过的那些日子，那些欢声笑语，那些争吵和冷战，都恍如昨日。他心中涌起一股强烈的情感，既是对过去的怀念，也是对未来的期待。

车子停在了邰家楼下。陆安阳下车，抬头看着这个熟悉而又陌生的地方。他迈步向前，每一步都仿佛承载着过去的记忆。他循着记忆找出备用钥匙，打开了邰家的门。

迎面而来的是满屋的灰尘。

陆安阳皱了皱眉，轻咳了几声，随后走进屋内。家里的一切似乎都保持着他离开时的模样，只是多了一层厚厚的灰尘，仿佛时间在这里停滞了。这里曾经充满了欢声笑语，每一个角落都留下了他们共同的记忆。但此刻，这里却显得如此冷清和孤寂，让他不禁感到一阵心酸。

他走进客厅，轻抚着那些已经落满灰尘的家具。这里居然和他最后一次回来时看到的景象一模一样，也就说明，这么多年没有人回来过。他走进以前居住的房间。

邰含宇和他的书桌上，还放着一家五口的合照。

第四十一章　回忆有的时候是伤害

"你是……你怎么这么眼熟？"

刘阿姨路过郜家门口，看见陆安阳，想了半天才想起来："你是不是郜家那个小陆啊？"

刘阿姨的声音里带着惊喜和一丝不确定，她端详着眼前的陆安阳。陆安阳微笑着点了点头，说："是的，刘阿姨，我是陆安阳。"

刘阿姨立刻热络起来，拉着陆安阳往楼上走，边走边说："哎呀，这么多年不见，你都长这么大了。我记得你，一转眼就这么多年过去了。郜家那两个孩子也好久没回来了，你们是不是都忙啊？你们这些孩子都保送了。但是这房子是不要了还是咋的？这么多年都没有人回来，老郜夫妻俩咋样了？"

刘阿姨一连串的问题让陆安阳有些措手不及，他一边跟着刘阿姨上楼，一边努力整理思绪，回答她的问题："是啊，刘阿姨，我们都挺忙的。他们……也都还好。这房子我确实有些日子没回来了，没想到会积了这么多灰尘。"

刘阿姨对他的回答似乎并不满意，她叹了口气说："你们这些年轻人啊，总是忙这忙那的，家都不回了。那些年多热闹啊。现在，这楼里都没啥人了。"

陆安阳听着刘阿姨的话，心中涌起一股莫名的伤感。他想起自己和郜含笑、郜含宇在这里度过的那些日子，那些无忧无虑、充满欢声笑语的时光仿佛就在昨天。但如今，物是人非，一切都变了。

"刘阿姨，我有事情，就先走了。您……"

陆安阳话未说完，刘阿姨已经热情地拉住他的手道："哎呀，别着急走啊，你这好不容易回来一趟，怎么也得去我那儿坐坐，让我给你弄点吃的。这些年，你这孩子肯定在外面吃了不少苦。"

陆安阳看了看手表，时间还早，便点了点头："那好吧，刘阿姨，我去您那儿坐坐。"

到了刘阿姨家,她立刻忙开了，又是泡茶，又是准备点心。陆安阳坐在沙发上，看着刘阿姨忙碌的身影，心中有些感动。

不一会儿，刘阿姨就端着一盘点心走了过来，放在了陆安阳面前："来，尝尝看，你们以前可爱吃了。"

陆安阳看着眼前的点心，心中一阵感慨。他拿起一块，轻轻咬了一口，那熟悉的味道立刻在口中弥漫开来，让他不禁想起了小时候和郜含笑、郜含宇一起分享点心的情景。

"刘阿姨，郜家这些年都没有人回来过吗？"

"没见过,你不是一直和他们一起生活吗？"刘阿姨有点震惊地看着陆安阳，她脸上露出些许困惑，"你这孩子，我们也不知道，甚至都有人说是不是郜家人出了事情，要不然就是中了大奖离开了。"

陆安阳苦笑："当年我出国了，四个月之后又回来，郜阿姨和郜叔叔都不见了。我找了他们很久，却一直不见人影。"

"啊？怎么会这样？"刘阿姨的脸上露出了惊讶的表情，她放下手中的茶壶，坐在陆安阳身边，轻声问道，"那含笑和含宇呢？他们也不见了？"

陆安阳叹了口气，点了点头："是啊，他们也消失了，就好像突然之间，他们所有人都从这个世界上蒸发了一样。我找了很多年，却一直没有找到他们的下落。"

刘阿姨眉头紧锁，她沉思了片刻，然后缓缓开口："我记得当年郜家好像发生过一些不寻常的事情，但具体是什么事，我也不太清楚。那时候你们还小，可能没注意到。但我可以肯定的是，郜家的事情一定不简单。"

陆安阳的心中涌起一股莫名的紧张感，他问道："刘阿姨，您能把您知道的都告诉我吗？任何线索都可能对我找到他们有帮助。"

刘阿姨摇了摇头，叹息道："我真的不太清楚，只是听别人说起过一些。但那些都是传言，不能当真。不过，你可以去找找其他的邻居，或者问问郜家的亲戚，他们可能知道些什么。"

陆安阳感激地点了点头，他知道刘阿姨已经尽力了。他站起身，向刘阿姨道别："谢谢您，刘阿姨。我会去找找看的。您保重身体，我下次再来看您。"

刘阿姨微笑着送他到门口，叮嘱道："孩子，你要小心啊。这个世界很大，但也很小。有些事情可能就在你眼前，只是你没有发现而已。"

陆安阳点了点头，离开了刘阿姨家，心中久久不能平静。

他决定，无论如何都要找到郜家其他人的下落，揭开这个困扰他多年的谜团。

陆安阳去找了王婶。

王婶现在住在一个老居民区里，居民区的环境虽然有些破旧，但处处都透露出一种岁月静好的气息。陆安阳穿过狭窄的巷子，来到一栋三层的小楼前，敲响了王婶家的门。

门缓缓打开，露出王婶那熟悉而慈祥的面容。看到陆安阳，王婶的眼睛立刻亮了起来，她热情地拉着陆安阳的手，将他迎进了屋里："哎呀，小安啊，你这孩子怎么突然回来了？快，快进来坐。"

陆安阳在王婶的热情接待下坐在了沙发上，他环顾四周，发现这个家虽然不大，但布置得十分温馨。王婶一边忙着给他倒茶，一边问："你这孩子，这么多年了，也不回来看看。这些年过得还好吗？"

陆安阳微笑着回答："王婶，我挺好的，就是工作忙了点。这次回来，是想找您打听点事。"

王婶放下手中的茶壶，坐在陆安阳对面，关切地问："什么事啊？你尽管说，王婶知道的都会告诉你。"

陆安阳深吸了一口气，缓缓开口："王婶，您还记得郜家吗？就是我在外面租的那个房子楼下的郜家。"

"那怎么能不记得？说来奇怪，你走之后，我好几次路过那边，想去打个招呼，但是一次都没有见过郜家的人。"

王婶的话让陆安阳心中一紧，他没想到连王婶也一无所知。他沉思了片刻，然后问："王婶，您知道郜家人有什么亲戚或者朋友吗？他们可能知道郜家人的下落。"

王婶摇了摇头,脸上露出无奈的表情:"我和他们接触得少,除了你和含笑、含宇这两个孩子,我很少见他们跟其他人有往来。所以,我也不知道他们有什么亲朋好友。"

陆安阳心中有些失望,但他知道王婶已经尽力了。他站起身,向王婶道别:"谢谢您,王婶。我再去其他地方打听打听。"

第四十二章　梧桐枝丫

在寻找郜家人的过程中，陆安阳接触了几乎所有和郜家有过往来的人。然而，他始终没有找到任何有用的线索，这让他感到十分沮丧。最后，陆安阳决定去找他以前学校的老师，希望能够从他们那里得到一些有用的信息。

在前往学校的路上，陆安阳看到了这条街道上郁郁葱葱的梧桐树，它们一如既往，充满了生机。然而，陆安阳的心情却与这宁静的街道形成了鲜明的对比，他的内心充满了焦虑和不安。

当他走进那个曾经熟悉的校园时，他仿佛回到了自己的年少时代，他看到了自己当年与郜含笑、郜含宇在梧桐树下嬉戏打闹的画面，那些美好的记忆历历在目。

陆安阳本想找老高问问，但老高近期都在外地出差，他只好找到了他们当年的班主任李老师。李老师虽然已经退休，但精神依然很好。看到陆安阳时，李老师露出了惊喜的笑容，他热情地邀请陆安阳坐下。陆安阳向李老师解释了自己的来意，希望从他那里得到一些关于郜家的线索。

李老师听后，沉思了片刻，然后缓缓地说："说起郜含宇，真是奇怪，那个孩子当年竟然没有去报到。我曾经去他家找过，但并没有找到他。我不知道到底发生了什么。那么好的大学，不去多可惜。"

陆安阳听后，心中一紧，他没想到连李老师也没有郜家的消息。他深吸了一口气，继续问道："李老师，您知道郜家人有什么亲戚或者朋友吗？"

李老师摇了摇头，叹息道："我也不太清楚。当年他们突然没有了音信，说实话，我也很担心他们。"

陆安阳心中更加沮丧了，他觉得自己似乎陷入了一个无解的谜团中。然而，就在这时，李老师突然想起了什么，他拍了拍脑袋，说道："对了，我记得邰家曾经有一个远房亲戚来过学校，但是只来过一次，来干什么的也不清楚。我只是听人提起过。"

陆安阳仿佛抓住了一线希望，连忙问道："那您知道那个亲戚的名字吗？他住在哪里？"

李老师摇了摇头，无奈地说："我只知道他好像是姓林。但是具体叫什么，住在哪里，我就不知道了。"

虽然只得知了对方的姓氏，但陆安阳觉得这是一个重要的线索。他决定去打听一下这个姓林的人，看看是否能够从他那里得到一些有用的信息。

告别了李老师后，陆安阳离开了学校。他知道，他还需要付出更多的努力才能够找到邰家人的下落。然而，无论前方有多少困难和挑战，他都不会放弃，因为他相信，只要坚持下去，就一定能够解开这个困扰他多年的谜团。

次日，陆安阳开始在邰家那栋楼挨家挨户地询问，但大多数人都表示对邰家的事情一无所知，有些人甚至已经忘记了邰家的存在。只有少数人记得，但都没有提供什么有用的信息。

就在陆安阳想要放弃的时候，一个邻居提供了一条重要的线索。他告诉陆安阳，在邰家人失踪之后，曾经有一个姓林的人来过这里，自称是邰家的亲戚。这个人看起来四十多岁，穿着讲究，举止得体，给人一种很有教养的感觉。这个人在离开时还留下了一个地址，说是邰家人有什么消息可以联系他。

听到这个消息，陆安阳心中一喜，他立刻向这位邻居询问了那个地址。邻居翻箱倒柜，终于找出了那张写有地址的字条，然后交给了陆安阳。

得到了这个重要的线索后，陆安阳立刻前往地址上的那片高档住宅区。不出意料，小区保安将他挡在了外面，但同意他在门口等待林先生回来。

等待的过程中，陆安阳仔细观察着周围的环境。他发现这个小区非常安静，每栋房子都显得豪华而典雅。他猜测这位林先生可能是一个有钱人，或者至少是一个有社会地位的人。他也不知道对方能不能为他提供一些关于邰家的线索。

终于，在等了将近一个小时后，那位林先生回来了。他看起来和邻居描述的一模一样，穿着讲究，举止得体。当他看到陆安阳时，显得有些惊讶，但很快就恢复了平静。

"你是谁？"林先生微笑着问道，他的眼神中透露出一丝好奇。陆安阳没有直接回答，只是简单说明了自己此行的目的。他希望能够从林先生这里了解到一些关于郜家的线索，尤其是郜含宇和郜家夫妇的去向。

林先生听后沉默了片刻，仿佛在回忆过去的事情。他缓缓开口，声音中带着一丝沧桑："郜家的事情，我确实知道一些。但具体的情况，我也不是很清楚。我和郜家只是远房亲戚，虽然过去有些往来，但后来因为各种原因，已经很少联系了。"

陆安阳听到这里，心中不禁有些失望。但他并没有放弃，而是继续追问道："那您知道郜家的人为什么会突然失踪吗？他们有没有留下什么线索或者口信？"

林先生摇了摇头，叹息道："他们失踪的原因，我也无从得知。不过，我记得在郜叔叔失踪之前，他们似乎遇到了什么麻烦。"

陆安阳听后，心中更加疑惑了。他问道："那您知道郜家的人有没有可能去了其他地方，或者他们是否有什么其他的居住地吗？"

林先生沉思了片刻，然后说道："据我所知，郜家并没有其他的亲戚或朋友在附近。所以，他们是否去了其他地方，我也无法确定。但我可以告诉你的是，郜家曾经有一个祖传的宝物，是他们家族的象征。也许，这个宝物能够为你提供一些线索。"

陆安阳听后，心中一动，他连忙问道："那您能告诉我这个宝物是什么吗？它现在在哪里？"

林先生摇了摇头，遗憾地说："具体的细节，我并不清楚。我只是听郜叔叔提起过这个传家宝，但从未见过。而且，郜叔叔对这个传家宝非常重视，他从未向其他人透露过它的具体情况。所以，这个宝物现在在哪里，我也无从得知。"

尽管没有得到具体的线索，但陆安阳觉得这次谈话还是有收获的。他至少知道了一个关于郜家的重要信息——那个祖传的宝物。他决定继续深入调查，希望能够从这个宝物入手，找到郜家其他人的下落。

告别了林先生后，陆安阳离开了这片高档住宅区，他一边开车一边思索：这到底是怎么回事？为什么郜家人都不见了？当年到底发生了什么？

第四十三章　每一帧记忆都是痛苦

回到从前一起来到过的乡下，当年住的那家农舍的老板认出了陆安阳。

"这不是老邰家那个孩子吗？我记得你姓陆，对不对？"

陆安阳点了点头，尽量让自己看起来平静，但心中的波澜难以平息。他没想到，在这样偏远的乡村，竟然还有人能提起邰家，还能认出他。

老板见陆安阳点头，便热情地拉他进了屋。屋里摆设简单，但干净整洁。老板泡了一壶茶，两人坐在桌旁，开始聊起了往事。

老板告诉陆安阳，很多年前，邰家人在这里住过一段时间。邰家人都很和善，邰含宇和邰含笑两个孩子经常和他家的孩子一起玩耍。但好景不长，没几年，邰家就突然搬走了，而且走得很匆忙，连招呼都没打一声。老板还记得，邰家人搬走的那天，邰含宇和邰含笑哭得很伤心，他们舍不得离开这个地方，舍不得离开他们的朋友。

听到这里，陆安阳的眼眶不禁湿润了。他想起自己小时候和邰含宇、邰含笑一起玩耍的情景，那些快乐的时光仿佛就在昨天。但如今，一切都变了，只留下了他一个人在这个世界上苦苦追寻。

老板见陆安阳情绪低落，便安慰他说："安阳啊，别太难过了。他们人虽然搬走了，但记忆还在这里。你可以时常回来看看，感受一下他们曾经生活过的地方。"

从乡下回来后，陆安阳的心情久久不能平静。

他凝视着窗外熟悉的景色，心中充满了复杂的情绪。他和邰家人曾经共同生活的地方，如今只剩下他独自一人。每当夜幕降临，他都会想起那些与邰含宇、邰含笑一同度过的快乐时光。那些欢声笑语还在耳边回荡,但他却再也无法回到过去。

"我真的又一次失去了家人。"

陆安阳喃喃自语,他的心中充满了无尽的哀愁。尽管他知道,这个世界上没有永恒的存在,但亲人的离去依然让他难以接受。他开始思考:这一切究竟是为什么?邰家人的失踪,为什么连他们的亲戚都不清楚?

邰含宇为了去清北的体育学院付出了多少,他是看在眼里的。好不容易提前录取了,而且还那么耀眼,结果他没有出现在学校里。怎么会呢?

他只离开四个月,为什么一切都不一样了?

第四十四章　迷雾中的线索

第二天，陆安阳向医院请了几天假，又开始了他的调查之旅。只是一连几天，他都没有得到任何有用的信息。

就在陆安阳感到绝望的时候，林先生又为他提供了一条线索。在当地最大的一个古玩市场，有人曾见过郜爸爸出手过一块古老的玉佩。这个玉佩很有可能就是郜家的祖传宝物，是他们家族的象征。

陆安阳心中一动，他意识到这个玉佩可能是找到郜家人的关键。于是，他开始四处寻找这块玉佩的线索。他拜访了古玩市场的商贩，询问了所有可能见过这块玉佩的人。经过不懈的努力，他终于得知这块玉佩被一个神秘的收藏家买走了。

陆安阳没有放弃，他继续打听这个收藏家的下落。经过一系列的调查，他终于找到了这个收藏家的住所。他怀着忐忑的心情敲响了收藏家的门，希望能从他那里得到一些线索。

开门的是一个年近五十的男子，他看起来温文尔雅，给人一种亲切的感觉。陆安阳向他说明了来意，并询问了关于玉佩的事情。收藏家听后沉思了片刻，然后缓缓开口："我确实收藏了一块古老的玉佩，但我不知道它是否与你说的郜家有关。不过，我好像听古玩店老板提起过，这块玉佩的卖家姓郜。我可以把它拿出来让你看看。"

说完，收藏家转身从内屋取出了那块玉佩。陆安阳接过玉佩，仔细地观察着它。玉佩上雕刻着精美的图案，品相不凡，陆安阳几乎可以确定，这就是郜家的传家宝。

收藏家说道:"几年前,我在一家古玩店看到了它,觉得它很有价值,就买下了它。店家还夸我运气好呢,这宝贝刚出手就被我买下了。"

陆安阳听后心中一动,他问道:"那您知道这块玉佩的来历吗?它是否有什么特殊的意义?"

收藏家摇了摇头:"我只知道这块玉佩年代久远,具体的来历和意义我并不清楚。但是因为这个东西,我当时遭遇到不少意外,还报警了,好在过了一段时间,我又安全了。"

"意外?"陆安阳震惊地重复道,他没想到这块玉佩竟然会引来如此大的麻烦。他紧握着玉佩,心中涌起一股不安的感觉。这个玉佩不仅是郜家的祖传宝物,更是寻找郜家人的关键线索,但现在看来,它似乎还隐藏着更大的秘密。

他深吸了一口气,平复了一下心情,然后向那位收藏家表示感谢。他知道,自己需要更加小心谨慎地调查这块玉佩,以免给自己带来麻烦。

离开收藏家的住所后,陆安阳开始思考下一步的行动计划。郜家人一直是与人为善的,从来没有做过什么坏事。郜含笑和郜含宇甚至还曾经把他从崩溃边缘拉回来。

郜含笑一直不愿意说到底发生了什么,这让陆安阳十分痛苦。一旦提到家里的人,郜含笑就会被刺激到情绪崩溃。

陆安阳知道郜含笑就算是和父母吵架,都不会和郜含宇吵架决裂,他们是双生子,与对方闹翻是一点都不可能的。

陆安阳回到住所,坐在床边,脑海中还在思索着那块玉佩的事。他知道,这块玉佩不仅仅是一个简单的物品,它背后隐藏着郜家三人失踪的真相,更可能是解开一切谜团的关键。

然而,这个线索也让他感到更加迷茫。他不清楚这块玉佩为何会给收藏家带来意外,也不知道它究竟隐藏着怎样的秘密。但他知道,他必须追查下去,为了郜家人,也为了自己心中的那份执念。

夜深了,陆安阳躺在床上,久久不能入睡。他脑海中不断回放着与郜家人的点点滴滴,那些快乐的时光仿佛就在昨天,却又遥不可及。他闭上眼睛,深吸一口气,努力让自己平静下来。

次日一早，陆安阳来到了那家古玩店，希望能够找到一些关于玉佩的线索。然而，时间过去了太久，很多资料都已经丢失或损坏，他并没有得到什么有用的信息。

不过，陆安阳并没有灰心丧气。在接下来的日子里，他继续四处奔走，寻找线索。他知道，这个过程可能会很漫长，也可能会充满危险，但他已经做好了准备，为了郜家人，他愿意付出一切代价。

"你这段时间去了哪里？"郜含笑看向陆安阳。

陆安阳抬起头，目光中透露出几分疲惫，但又不失坚定："有些事情你不愿意说，我就只能自己去找答案。你知道我的习惯，答案很重要。"

其实郜含笑早就猜到了，但是她不想陷入回忆。

"别管了，求你了。陆安阳，那些事情就当过去了，别再查了行不行？答案有那么重要吗？你当你的医生，做你的富二代，别管我们家这些事情。"

郜含笑的话像是一把尖刀，深深刺入陆安阳的心中。他明白她的担忧和痛苦，但他也知道，有些事情一旦开始，就无法停止。他沉默了一会儿，然后缓缓开口："含笑，你有没有想过，那也是我的家人？我和你们生活了那么久，你父母把我当成亲儿子一样。郜含笑，我不是木头。我也想知道，我的爸妈和弟弟究竟经历了什么。我知道你没法回忆以前的事情，一提那些事情你就会发病。但是郜含笑，别阻止我，让我查。"

郜含笑眼中闪过一丝复杂的情绪，她看着陆安阳那坚定的眼神，知道再劝也无用。她轻叹一声，闭上了眼睛，不再说话。她知道，陆安阳是个有始有终的人，他既然决定了要查，那就一定会查到底。

郜含笑的手术很成功。陆安阳安顿好郜含笑，走出医院，深吸了一口新鲜的空气，心中感到一阵轻松。他知道，自己离揭开郜家人失踪的真相又近了一步。但他也明白，前方的路还很长，他必须更加小心谨慎，以免陷入危险之中。

在接下来的日子里，陆安阳又跟医院请了长假，继续他的调查工作。终于有一天，他从古玩市场得到了一条重要的线索——在郜爸爸卖掉玉佩的第二天，有两个神神秘秘的人曾来古玩市场打听过那块玉佩的消息，在得知玉佩已经被一位收藏家买走了之后，他们便走了。

陆安阳心里一惊。他不知道这两个人为什么要找郜家的玉佩，但很显然，这两个一定跟收藏家遭遇的意外有很大的关系，郜家人的失踪甚至也极有可能与他们有关。

陆安阳又在古玩市场打听了一圈那两个人的消息，但对方藏得很严实，没有留下什么蛛丝马迹。线索到这里便中断了。

陆安阳有些泄气，但他转念一想，他最近大张旗鼓地调查此事，假如对方的目标真的是玉佩，而玉佩又在他手里，那对方一定会找上门来。

事不宜迟，他要先找收藏家借一下玉佩。

第四十五章　坚强起来，才能重获新生

陆安阳赶回医院时，郜含笑正坐在医院花园里的一张长椅上，背靠着舒适的椅背，双眸凝视着远方。她的眼神中流露出一种难以言喻的宁静，仿佛在享受着这份来之不易的宁静时光。她的脸上挂着淡淡的微笑，那是一种经历过波折后仍然坚强的微笑。她微闭双眼，深吸一口气，感受着阳光的温暖，享受着这份来自生活的美好。林云霄坐在她旁边，不时陪她说两句话。

"在想什么呢？"陆安阳出现在她的身后。

郜含笑嘴角带着笑容："没什么，只是觉得活着真好。"

"是啊，活着真好。"陆安阳轻轻点头，他望着郜含笑，眼中满是感慨，"你的病情好转，是我们所有人的幸运。你一直是我们心中的支柱，你的坚强给了我们无尽的力量。"

郜含笑看了看他，又看了看林云霄，脸上绽放出一抹感激的笑容，她的声音中带着几分难以言表的感动："我真心感激你们一直以来对我的支持与鼓励。我深知，若没有你们的陪伴与帮助，我无法达到今天的高度。"

林云霄轻轻地挥了挥手，语气平静而淡然："我们之间无须言谢，毕竟，我们是朋友，相互扶持是朋友间应做的事。现在最重要的是调养好你的身体。"

郜含笑轻轻地点了点头，她的眼眸中闪过一抹坚定的光芒："我会的，放心吧。"

陆安阳看着郜含笑那坚定的眼神，心中涌起一股欣慰之感。他缓缓地开口，声音中带着几分关切："含笑，我想知道当年到底发生了什么，可以告诉我吗？"

陆安阳的话让郜含笑微微一愣，她似乎陷入了遥远的记忆之中，那双明亮的眼

眸中闪烁着复杂的情绪。沉默了许久，她才缓缓地开口，声音中带着几分颤抖："我真的不愿意回想。"

陆安阳深深地吸了一口气，努力让自己的声音听起来平静而坚定："含笑，我知道你心中一定有困扰，但我相信，只有勇敢地面对过去，我们才能真正地走向未来。无论当年的事情有多么令人害怕，我们都必须勇敢地去面对。"

郜含笑的脸色变得苍白，她的呼吸也变得急促而不自然。但这些反应，都是因为内心深处的恐惧。当年那件事情，给她带来了严重的心理阴影。

陆安阳还想说些什么，林云霄打断了他："陆安阳，不要为了所谓真相，一遍遍地刺激含笑。"

林云霄的话让陆安阳愣在了原地，他没想到自己追求真相的行为竟然会给郜含笑带来如此大的压力。他心中充满了愧疚，看着郜含笑苍白的脸色和疲惫的眼神，他知道自己需要更加谨慎和耐心地对待这个问题。

陆安阳深吸一口气，走到郜含笑面前，认真道："含笑，对不起。但是我必须从你这里知道那些事情。郜含笑，你家的事情绝对没有那么简单。"

随即，陆安阳从口袋里拿出一块玉佩，这是他之前专程找收藏家借来的，收藏家本不愿意借，他用了别的东西抵押，对方才松口。

"有人在找这个东西。"

玉佩在陆安阳手中散发着柔和的光泽，仿佛承载着无尽的岁月与秘密。他凝视着郜含笑，语气中充满了不容置疑的坚定："这块玉佩与你家的过去有着千丝万缕的联系。它不仅仅是一件饰品。"

郜含笑看着那块玉佩，眼中写满了不可置信。她缓缓地伸出手，轻轻地抚摸着玉佩的表面，那冰冷的触感仿佛能穿透皮肤，直达她的心灵深处。她仿佛能够感受到玉佩中蕴含的古老气息和深邃的秘密。

"这块玉佩……"郜含笑的声音带着几分颤抖，"我们小时候，爸爸常常将它拿出来把玩，好像是爷爷当年从外面带回来的，但是不久之后爷爷因意外去世，爸爸就将它收了起来，后来它就不见了。"

"你的意思是，这块玉佩是你父亲的，而且可能与你祖父的去世有关？"陆安阳的声音低沉而严肃，他紧盯着郜含笑，仿佛想从她的脸上找到答案。

郜含笑点了点头,她的眼神中充满了迷茫和不安:"是的,但是爸爸从未向我透露过关于这块玉佩的任何事情。每当我问起,他总是避而不谈,甚至有时候还会生气。所以,我一直都以为这只是一块普通的玉佩,并没有太过在意。"

陆安阳紧锁着眉头,他看着郜含笑,心中涌起一股强烈的担忧:"含笑,告诉我郜叔叔他们到底怎么了。"

其实到这里,陆安阳已经多少能够猜测出来一点。但他还是想听郜含笑亲口说出来。

"告诉我真相。你说过的,我们是一家人。"

第四十六章　当年的事情

郜含笑的公寓之中。

"你不是想要知道当年的事情吗？跟我过来。"

郜含笑的声音在空旷的公寓里回荡，带着一种决绝的平静。她转身走向自己的卧室，陆安阳和林云霄紧随其后，他们将揭开一段尘封已久的往事。

进入卧室，郜含笑将一侧的储物柜使劲一推，储物柜缓缓移动，露出背后隐藏的一个隔间。正对着隔间门的，是三张黑白照片。

进入隔间之后，郜含笑手脚都在发抖，险些摔倒。林云霄见到情况不对，连忙将郜含笑扶住。

"含笑，没事吧？"林云霄的声音里充满了关切，试图给她一些安慰。

郜含笑颤抖着，艰难地说道："把药给我。"

林云霄扶着郜含笑坐在沙发上，陆安阳凭借着记忆找到药，递给郜含笑。

"他们都去世了？"

吃了药的郜含笑冷静下来。听到陆安阳的问题，点点头。

"都去世了，就在你去国外的几天后。"

陆安阳脸色一僵，心中涌起一股难以名状的震惊和悲痛。他从未想过，自己离开的那几天，竟然会发生如此重大的事情。他深深地吸了一口气，努力让自己保持冷静，然后轻声问道："含笑，你能告诉我，到底发生了什么吗？"

郜含笑闭上眼睛，仿佛又回到了那个黑暗而恐怖的日子。她颤抖着声音，开始讲述那段尘封已久的往事。

邰含宇比赛结束，得了金牌。邰含笑高兴地提议："咱们去庆祝一下吧？"

邰爸爸点点头："走，老爸请你们两个馋猫吃好的。"

"好啊，我要吃烤肉！"邰含宇兴奋地跳了起来。

一家四口说说笑笑地走在去往烤肉店的路上。然而，他们并不知道，这将是他们最后一次以完整的家庭形式外出。

当他们抵达烤肉店时，邰爸爸的手机铃声响起，他便留在店外接电话，邰妈妈则带着两个孩子先进了店。然而，就在这时，一辆失控的货车突然冲向了邰爸爸。邰含笑和邰含宇在店内听到了一声巨响，他们惊恐地看向门外，只见货车撞上了店门，邰爸爸倒在路边，一动不动。

邰妈妈尖叫着冲了出去，邰含笑和邰含宇也紧随其后。当他们赶到现场时，只见邰爸爸满身是血，躺在地上，已经没有了生命迹象。邰妈妈悲痛欲绝，她抱着邰爸爸，哭得撕心裂肺，邰含宇也扑了过去，邰含笑愣在原地，仿佛丢了魂。大家都在打急救电话，没有看见那辆车忽然间后退，又一声巨响，邰含宇和妈妈也被撞飞出去。

"妈妈！含宇！"

邰含笑崩溃地看着这一幕。那辆车逃得太快，没人记住车牌号，那里也没有监控。邰含笑只顾着拉起邰含宇的手。

"没事的，你和妈妈都会没事的。"

邰含笑的声音在颤抖，她试图用微弱的力量去安抚弟弟和母亲，但内心的恐惧和绝望让她几乎无法呼吸。那辆肇事车辆消失得无影无踪，只留下一片混乱和惊恐的人群。

陆安阳听到这里，忍不住流下了眼泪，他紧紧握住邰含笑的手。邰含笑深吸了一口气，继续说了下去。

一家三口都被推进抢救室。邰含笑靠在墙边，摔倒了又站起来，最后还是一个护士过来将她扶到椅子上。

她望着紧闭的抢救室大门，心中充满了无助和绝望。时间在这一刻仿佛变得无比漫长，每一秒都像是在煎熬她的心灵。她的脑海中不断回放着那场突如其来的车祸，那个瞬间，她的世界彻底崩塌了。

不知过了多久，抢救室的门终于打开了。医生走出来，摘下口罩，看着郜含笑，神色凝重。他缓缓地摇了摇头，说："对不起，我们已经尽力了。"

郜含笑的心在那一刻被撕裂了，她无法接受这个残酷的现实。她疯狂地冲向抢救室，却被护士拦住了。

"爸爸当场去世，妈妈抢救无效，之后就剩下含宇，他进了重症监护室。陆安阳，你那个时候为什么不接电话呢？你说他们也是你的家人，可是你连他们的最后一面都没有见到。"

郜含笑的声音里充满了痛苦和埋怨，她望着陆安阳，那双曾经充满光彩的眼睛此刻却满含绝望。陆安阳的心被深深刺痛，他无法想象郜含笑在那一刻所承受的痛苦和绝望。他紧紧地握住郜含笑的手，仿佛想要把自己所有的力量和勇气都传递给她。

"之后就是郜含宇，我以为那个臭小子可以活下来……"

郜含笑守在重症监护室外很多天。她只剩下郜含宇这个弟弟，她怕下一秒郜含宇就没了，就寸步不离地站在重症监护室外看着、等着。

"郜含宇，我求你活下来，家里就只有咱们两个人了，别让我一个人活着。"

郜含笑的声音在空旷的走廊上回荡，带着无尽的哀求和绝望。她紧贴着窗户，透过玻璃，目光紧紧锁定在躺在病床上的弟弟身上。他那双曾经充满活力的眼睛此刻紧闭着，仿佛在与死神进行一场殊死搏斗。

时间仿佛在这一刻停滞了，每一秒都像是在用刀割着郜含笑的心。她不敢离开，不敢眨眼，生怕错过任何一丝关于弟弟的消息。她的心中充满了恐惧和不安，但更多的是对弟弟的牵挂和不舍。

那时候的郜含笑才知道等待有多可怕。她根本不敢睡觉。实在挨不住了，才小睡半个小时，然后又站在玻璃前。

"他那么皮的一个人是不是可以活下来？"

郜含笑不由得在心中祈祷，祈祷郜含宇一定要挺过这个难关。然而，随着时间的流逝，她的心情越来越沉重。重症监护室的大门紧闭着，每一次开门都让她心跳加速，却又在得知没有好消息时感到无尽的失望。

终于有一天，医生找到了郜含笑，他的脸上带着一丝复杂的神情："郜小姐，我们需要和你谈谈你弟弟的情况。"医生的话音刚落，郜含笑的心就沉到了谷底。

"很抱歉，郜小姐，你弟弟的情况一直在恶化。"

医生的话如同重锤一般击打在郜含笑的心头，她感觉自己的世界在逐渐崩塌。她紧紧地抓住医生的衣袖，声音颤抖着问："那……那他还有救吗？我求你们，一定要救救他，他还那么小……"

医生的眼神里充满了无奈，他轻轻地拍了拍郜含笑的背，说："我们会尽力的，但你也要做好心理准备。你弟弟的伤势太重了，而且他的意志力也在逐渐减弱。你也要支持和鼓励他，让他能够坚持下去。"

郜含笑听到这里，眼泪再也止不住，瞬间流了下来。她不知道自己该如何面对这个残酷的现实，她无法接受自己在这个世界上最亲的人就这样一个一个离她而去。她抬头看向重症监护室的方向，那里是她最后的希望，也是她唯一的依靠。

她深深地吸了一口气，抹去脸上的泪水，对医生说："我会的，我会一直陪在他身边，鼓励他坚持下去。请你们一定要救救他，我不能没有他。"

医生点了点头，转身离开了。郜含笑重新站在了重症监护室的窗前，她透过玻璃看着躺在病床上的弟弟，心中充满了无尽的祈祷和期待。她不断告诉自己，只要自己不放弃，弟弟就一定能够挺过这个难关。

时间仿佛在这一刻变得异常缓慢，每一秒都是煎熬。她就那样站在那里。多少护士劝过，都没有用。

这是她最后一个亲人。只要一闭上眼睛，郜含笑就看见爸爸妈妈和弟弟躺在地上的情景。那血红的画面如鬼魅般挥之不去，每一个细节都清晰得如同昨日重现。每当夜深人静，她总会听到那刺耳的刹车声，那声音如同魔咒，让她无法入睡，只能在黑暗中默默流泪。

然而，生活还得继续。郜含笑知道，她不能就这样垮下去。

有句话说得很对，"麻绳专挑细处断"。就那样熬了半个月，郜含宇最后还是没有挺过来。

郜含笑站在重症监护室的窗前，泪水模糊了她的视线。她看着弟弟那苍白的面庞，心中只剩下悲痛和绝望。她无法接受这个残酷的现实，她的弟弟，她唯一的亲人，就这样离她而去。

时间仿佛凝固了，她站在那里，周围的喧嚣都离她远去。她的心中只有弟弟的身影，那个活泼可爱的、总是调皮捣蛋的郜含宇。她想起了他们一起度过的每一段快乐时光，那些欢声笑语，那些亲密无间的时刻，如今都化作了深深的痛楚和无尽的思念。

医生走过来，轻轻拍了拍她的肩膀，告诉她弟弟已经走了。她听着医生的话，心中像是被刀割一般疼痛。

她站在那里，任由泪水流淌。

其他人都在说"节哀"，郜含笑终于撑不住，一头栽倒在地上。

她醒来的时候，已经过了好几天。

第四十七章　谁也没有告诉

"联系不到你，我也就放弃了，到家收拾了东西后，换了手机号，然后去大学。我没有给他们下葬，带着他们的骨灰去了新的城市。那个肇事者也一直没有被抓到。"

郜含笑醒来后，面对的是一片空白的四壁和窗外无尽的黑夜。她的世界仿佛在这一刻彻底失去了色彩，只剩下无尽的悲痛和绝望。她躺在病床上，心中充满了对家人的思念和对未来的迷茫。

她想起了那个肇事者，那个夺走了她家人生命的罪魁祸首。她恨他，恨到了骨子里。但她也知道，恨并不能让她的家人回来，也不能让凶手受到应有的惩罚。她需要振作起来，为了家人，也为了自己。

郜含笑红着眼睛看着陆安阳。

"他们都死了，我什么都做不了，我无时无刻不希望和他们团聚。陆安阳，这就是当年发生的一切。因为他们是在外地出事的，又没有葬礼，所以很少有人知道我的父母弟弟去世了，大家都以为我们只是搬家了。他们刚走的时候我回家里取过东西，从那以后我再也没有踏进过那个小区。我怕……我怕记忆会杀了我。"

郜含笑的声音逐渐低沉，仿佛每一个字都承载着无法言喻的痛苦。陆安阳静静地坐在床边，他从未想过，这个平日里看似坚强的女子竟然隐藏着如此深重的伤痛。他伸出手，轻轻握住郜含笑的手，试图给予她一丝温暖和安慰。

时间仿佛在这一刻静止，屋子里只剩下他们呼吸的声音。郜含笑闭上眼睛，泪水再次滑落。她想起了那个曾经充满欢声笑语的家，想起了父母的慈爱和弟弟的调皮捣蛋。那些美好的记忆如今却成了她心中最深的痛。

陆安阳紧紧抱住郜含笑。

"当年我被父母关起来,等我回去的时候,家里已经落满灰尘,空无一人,我只能先回国外。每年我都在找你们的踪迹,可是我始终找不到。我没有想到他们都去世了。"

陆安阳的声音带着几分颤抖,他能感受到郜含笑的悲痛和无助,他能做的,只有紧紧抱住她,让她知道,在这个世界上,还有一个人愿意陪伴她,愿意为她分担痛苦。

"含笑,我知道你现在很难过,但是你要相信,生活还有希望。我会在你身边,陪你一起渡过这个难关。"陆安阳的声音低沉而坚定,他的话语中充满了对她的承诺和关心。

郜含笑靠在陆安阳的怀里,感受着他的温暖和安慰。她心里清楚自己不能一直沉浸在悲痛中,她还有未来,还有生活。她抬起头,看着陆安阳的眼睛:"我没有家了。我早就没有家了。"

郜含笑哭得不能自已。林云霄见状,默默地离开了房间。

"你有我,含笑。以后,我就是你的家人。"陆安阳紧紧抱着她,声音温柔而坚定,像是一股暖流,慢慢渗入郜含笑冰冷的心房。

陆安阳那双深邃的眼眸里充满了真挚,让她感到前所未有的安心。她知道,自己再也不是一个人了,她有了依靠。

等到郜含笑情绪稳定下来了,陆安阳一个人来到三张遗像前。

"郜叔叔、阿姨、含宇,我以为我回来可以找到你们,我们还是一家人,我们还会一起生活,就像以前一样。但没有想到发生了这样的事情,我连你们的最后一面都没有见到。"

陆安阳的声音在空旷的房间里回荡,每一个字、每一句话都像是尖锐的针,深深地刺入他的心头。他凝视着那三张遗像,心中充满了无尽的愧疚和悔恨。他无法原谅自己:如果那时候他在,郜家是不是就不会遭受如此巨大的灾难?

他静静地站在那里,思绪飘回到过去。他们曾是一家人,叔叔阿姨的慈祥笑容,含宇的调皮捣蛋,还有他和郜含笑之间的甜蜜时光,都如同电影般在脑海中回放。然而，这一切都因为那个凶手而化为泡影。他的家人，他的一切，都在那一场车祸中离他而去。

陆安阳闭上眼睛，泪水顺着脸颊滑落。他知道，自己不能再这样沉沦下去，他要为了郜含笑，为了他的家人，振作起来。他不能让他们的离去成为他永远的痛，他要让他们的爱在他的心中永远闪耀。

他深吸一口气，抹去眼角的泪水。他要做的事情还有很多：他要找到那个凶手，让凶手受到应有的惩罚；他要照顾好郜含笑，让她感受到家的温暖；他还要让郜家的爱，在他的手中得以延续。

陆安阳转身离开房间。

第二天早晨，一睁开眼睛，郜含笑就闻到早餐的香味。

陆安阳站在厨房门口，见她醒来，微笑着招了招手，示意她过来吃早餐。阳光从窗外洒进来，照在他的脸上，显得他的笑容格外温暖。这一刻，郜含笑突然感觉，也许这就是她所期望的家的感觉。

她缓缓走向餐桌，看着满桌丰盛的早餐，心中涌起一股暖流。陆安阳仿佛看出了她的心思，轻声说："含笑，以后我们每天都可以一起吃早餐，一起过每一个平凡的日子。"

郜含笑点点头，眼中闪过一丝泪光。她知道，陆安阳是在用这种方式告诉她，他已经准备好成为她的依靠，成为她的家人。这一刻，她心中的悲痛似乎得到了些许缓解，因为她知道，自己再也不是一个人了。

吃完早餐后，陆安阳提出要带郜含笑去一个地方。她好奇地跟在他的身后，不知道他究竟要带自己去哪里。当他们走到一片花海时，郜含笑被眼前的景象惊呆了。那片花海五彩斑斓，是大自然最美丽的馈赠。

陆安阳拉着她的手，在花海中漫步。这是这么多年来，郜含笑最为感动的一刻。

"叔叔、阿姨和含宇的死没有那么简单，我怀疑和郜爷爷当年获得的那块玉佩有一定关系。"

陆安阳的声音低沉而坚定，他的话语中流露出一种决心，仿佛他已经找到了解决问题的线索。

邰含笑被这个消息震惊得几乎无法呼吸,她从未想过父母和弟弟的死竟然还隐藏着如此复杂的原因。她紧紧握住陆安阳的手,仿佛要从他那里汲取力量。

"那块玉佩……怎么会和他们的死有关呢?"邰含笑的声音颤抖着,她的心中充满了疑惑和不安。

陆安阳看着邰含笑的眼睛,深深地吸了一口气:"我猜测,那块玉佩可能隐藏着某个秘密,而这个秘密可能为邰叔叔引来了杀身之祸。含笑,我知道这对你来说很难接受,但我们必须面对这个事实。我会尽我所能,查清楚真相,告慰他们的在天之灵。"

邰含笑看着陆安阳坚定的眼神,心中涌起一股暖流。她知道,自己不再是一个人战斗,她有了陆安阳这个坚强的后盾。她点点头,紧紧握住陆安阳的手,仿佛要将所有的信任和依赖都寄托在他的身上。

"谢谢你,安阳。"

第四十八章　有家人了

"从咱们见面开始,你就跟我说了无数个谢谢,怎么,你的谢谢是不要钱的?"

陆安阳半开玩笑地说着,试图用这种方式缓解郜含笑心中的沉重。他深知,她此刻需要的不仅仅是安慰,还有对未来的信心。

郜含笑被陆安阳的玩笑逗乐,她的脸上终于露出了久违的笑容:"那我以后不说'谢谢'了,改说'我爱你',怎么样?"她打趣道,试图让气氛变得更加轻松。

陆安阳被郜含笑的话弄得有些不好意思,他挠了挠头,脸上泛起一丝红晕:"你突然这么直接,我有点招架不住啊。"他尴尬地笑了笑,但眼中却闪烁着幸福的光芒。

两人相视而笑,彼此心中的距离又近了一些。他们知道,无论未来的路有多么艰难,只要他们携手同行,就一定能够克服一切困难。

"想要回家吗?"

陆安阳说的家,就是他们以前生活的地方。

郜含笑摇摇头:"没有查明真相,我没脸回去。"

郜含笑的声音坚定而有力,她的眼神中透露出一种不屈的执着。陆安阳看着她,心中不禁泛起一阵心疼。郜含笑虽然外表柔弱,但内心比任何人都要坚强。

他轻轻地握住郜含笑的手,温柔地说:"含笑,无论你做出什么决定,我都会支持你。但是,你也要知道,家是一个港湾,无论外面的世界多么风雨飘摇,家总是能够给你提供温暖和力量。而且，我相信，你的父母也一定希望你能够过上幸福的生活，而不是被过去的阴影所束缚。"

郜含笑听着陆安阳的话，点点头。陆安阳回来了，她好像又有家人了。

"好的，笑一个，就是这样。"

郜含笑正在医院的花园里给几个病人照相。其实她以前也经常会给人免费照相，帮别人留下美好的记忆。

如今，这个习惯仿佛成了她疗愈心灵的一种方式。每当她按下快门，那一刻的宁静和专注就能让她暂时忘记心中的烦恼。

就在她忙着给一位小朋友拍照时，一道熟悉的声音在耳边响起："含笑，你的技术越来越好了，连小朋友都笑得这么开心。"

郜含笑抬头一看，是林云霄。他手里拿着一束鲜花，微笑着朝她走来。郜含笑有些意外，但还是礼貌地接过花，表示感谢。

"你怎么会在这里？"郜含笑问道，心中有些好奇。

林云霄笑了笑，说："来看望一个朋友，没想到会遇到你。你总是那么善良，愿意为别人付出。"

林云霄的话无疑是对她最大的肯定。郜含笑微笑着说："其实，每个人都需要关爱和帮助。我只是做了我应该做的事。"

两人聊了一会儿，林云霄突然提到了玉佩的事情："含笑，关于那个玉佩，你有没有什么新的发现？"

郜含笑摇了摇头，说："还没有。不过，我相信安阳一定能查清楚真相。我们会一起努力，为父母和弟弟讨回公道。"

林云霄看着郜含笑坚定的眼神，不禁对她刮目相看。郜含笑虽然经历了许多磨难，但她的内心也因此愈发强大。他默默地为她加油打气，希望她能够早日走出困境。

就在这时，陆安阳从远处走来。他看到林云霄和郜含笑在一起聊天，心中不免有些醋意。不过，他很快调整了自己的情绪，走到两人面前，微笑着打招呼："你们聊什么呢，这么开心？"

林云霄笑着回应了陆安阳的问候。三人站在一起，形成了一幅不算和谐的画面。

陆安阳看着林云霄，心中的醋意并未完全消散，但他深知此刻不是计较这些的时候。他瞥了一眼郜含笑，见她稍显疲惫，便柔声说道："含笑，你已经忙了一上午了，该休息一下了。"

郜含笑闻言轻轻点了点头，她对陆安阳的关怀总是难以拒绝。她看了看手中的相机，微笑着对林云霄说："云霄，谢谢你的花，也谢谢你安慰我。我先去休息了，我们下次再聊！"

林云霄看着郜含笑那略带疲惫的笑容，心中一阵心疼。他点了点头，说："好的，你好好休息。如果有需要，随时都可以找我。"说完，他转身准备离开。

陆安阳看着林云霄的背影，心中闪过一丝不安。他知道，林云霄对郜含笑一直都有一种特殊的感情，这种感情让他感到了一丝威胁。但他也知道，此刻最重要的是要照顾好郜含笑，让她能够安心地面对生活。

他走到郜含笑身边，轻轻地握住她的手，说："含笑，无论发生什么，我都会在你身边。我们一起面对，一起渡过难关。"

郜含笑看着陆安阳坚定的眼神，心中涌起一股暖流。有陆安阳在，她就有勇气面对一切。她微笑着点点头，说："有你在，我就什么都不怕了。"

两人相视而笑，手牵着手走向了花园的深处。阳光洒在他们身上，温暖而宁静。他们知道，只要彼此相守，无论前方的路有多么艰难，他们都能够一起走下去。

第四十九章　有人跟踪

"我自己回去就行。我小侄女什么时候从月子中心回家？我好去看看。"

郜含笑一边收拾东西准备出院，一边对薛清辞说道。

薛清辞放下手中的咖啡杯，看着郜含笑忙碌的身影，脸上露出了一丝微笑："你小侄女预计下周就能回来了，等你去看她的时候，小家伙肯定长得白白胖胖的。"

郜含笑点点头，脸上露出了期待的表情。自从得知小侄女出生的消息后，她就一直期待着能够见到这个可爱的小生命。她知道，小侄女的到来会给家里带来无尽的欢乐和幸福。

两人正说着，薛清辞突然注意到病房外有个人影，他出去看时对方又不见了。他皱了皱眉，心中涌起一股不安。他轻轻拍了拍郜含笑的肩膀，示意她先停下手中的活。郜含笑疑惑地转过头，看着薛清辞严肃的表情，不由得也紧张了起来。

薛清辞指了指窗外，低声说道："含笑，你有没有注意到刚才一直有个人在窗外徘徊？"

郜含笑顺着薛清辞指的方向看去，却并没有发现什么异常。她摇了摇头，疑惑地说道："没有啊，怎么了？"

薛清辞深吸了一口气，沉声说道："我感觉不太对劲。最近你有没有得罪什么人，或者有没有什么不寻常的事情发生？"

郜含笑想了想，摇了摇头。"没有啊，我这两天都在忙着办出院手续，没有得罪什么人。"

薛清辞皱了皱眉，心中更加不安了。他知道郜含笑最近一直在查玉佩的事情，难免会惹上一些麻烦。他担心那些人会盯上郜含笑，对她不利。

他站起身来，走到郜含笑身边，低声说道："含笑，你最近要小心点。如果有什么不对劲的地方，一定要告诉我。"

郜含笑看着薛清辞严肃的表情，心中不禁紧张了起来。她点了点头，感激地说道："谢谢你，清辞。我会小心的。"

两人又聊了一会儿，薛清辞便离开了。郜含笑看着他的背影，心中涌起一股暖意。有薛清辞这样的朋友在身边，她感到无比安心。

然而，她刚离开病房，便感到身后有道黑影一闪而过。她心中一惊，不由得加快了脚步。她知道，自己必须小心了。

郜含笑自己开车回家，但是总感觉身后有车在跟踪她，那辆车跟了一阵之后便不见了，换成了另一辆。郜含笑又觉得是自己太紧张了。

"我紧张个什么劲？"

郜含笑试图平复自己内心的波动，非常时刻，她应当有敏锐的观察力，但同时也应该避免无端的猜测。然而，连续几次的换车，让她不得不提高警惕。她悄悄打开了车内的行车记录仪，确保所有的情况都能被记录下来。

路上，郜含笑加快了车速，试图摆脱潜在的跟踪者。她一边观察着后视镜，一边在脑海中梳理着原因。是玉佩的事情泄露了，还是其他什么原因？她心中充满了疑惑。但无论是什么人，无论有什么诡计，她都不会让他们得逞。

到家后，郜含笑没有立即下车，而是先观察了一下周围的环境，确定没有异常后才下车。回到家中，她坐在沙发上，陷入了沉思。她知道，这次的事情不会那么简单。她决定先找陆安阳和薛清辞商量一下，看看他们有什么建议。同时，她也要加强自己的防范意识，确保自己的安全。如果有必要，她要向警方寻求帮助。

第二天，郜含笑将这件事情跟陆安阳说了。

"当然，也说不定是我最近神经太紧张了。"

郜含笑试图用轻松的语气来掩饰自己的不安，但陆安阳的眉头却紧紧地皱了起来。他深知郜含笑不是一个会轻易感到焦虑的人，她此刻的担忧必定有着充分的理由。

他坐在郜含笑对面，认真地说："含笑，你不能掉以轻心。如果你真的觉得有人在跟踪你，那么这绝对不是巧合。可能是玉佩的事情已经引起了幕后之人的注意，我们必须做好万全的准备。"

郜含笑点了点头，她明白陆安阳的担忧并非多余。她深吸了一口气："我知道，我不会大意的。但是，我们现在该怎么办？报警吗？"

陆安阳摇了摇头，说："报警可能并不是最好的选择。首先，我们没有确凿的证据证明有人在跟踪你；其次，如果真的是因为玉佩的事情，那么这些人可能会更加小心谨慎，我们不一定能够轻易地将他们揪出来。我们需要一个更周密的计划。"

陆安阳的手指敲了敲桌面，又说："我搬过去和你一起住。"

他这句话几乎是脱口而出，让郜含笑有些吃惊。但随即，她心中涌起一股暖流，她知道陆安阳是真心实意地想要保护她。

她轻轻握住陆安阳的手，微笑着说："安阳，你不用担心，我有办法应对的。而且，我相信，以我们的能力一定能够找到解决问题的方法。"

陆安阳看着郜含笑坚定的眼神，心中的不安稍稍平复了一些。他点了点头，说："好，我相信你。但是，你还是要小心，尽量不要独自出门，确保自己的安全。"

两人商量了一会儿，决定先不报警，同时提高自身的防范意识，守株待兔。郜含笑决定购买一些防身器材，并且加强家里的安保措施。同时，她也会更加留意自己的行踪，避免给跟踪者留下可乘之机。

几天过去了，郜含笑的生活并没有出现什么异常。但是，她知道自己不能掉以轻心。她每天都会检查行车记录仪的数据，确保没有遗漏任何可疑的情况。

这天晚上，郜含笑刚下班回家，就接到了一个陌生的电话。电话那头是一个低沉的男声，他说："郜小姐，我知道你一直在调查你父母的死因。我可以告诉你，但是你得把真正的玉佩交出来。"

郜含笑心中一惊，她不动声色地按下录音键，深吸了一口气，问道："真正的玉佩？"

电话那头的男声笑了笑，说："郜小姐不必装傻，我给你时间考虑，希望你能给我一个满意的答复。"

第五十章　无孔不入

郜含笑将电话录音给陆安阳听了。

"我也不知道这个人是怎么回事,他说的'真正的玉佩'又是什么?难道还有假的?"

郜含笑的声音中带着一丝不安,她看着陆安阳,希望从他那里得到一些启示或安慰。陆安阳的脸色同样凝重,他沉思了片刻,缓缓开口:"这个电话来得太突然,我们必须小心应对。"

他抬起头,目光坚定地看着郜含笑:"我们不能直接答应他的要求,也不能轻易拒绝。我们需要更多的信息来判断他的身份。"

陆安阳的话让郜含笑稍微放松了一些,她点了点头,说:"我明白,我们得小心行事。"

两人商量了一会儿,决定先不直接回应那个陌生人的电话,而是先通过一些渠道,尽可能多地了解这个人的背景和意图。同时,他们也会加强自身的防范,确保自己的安全。

接下来的几天,郜含笑和陆安阳都在暗中调查这个陌生人的身份和目的。他们通过各种途径搜集了很多信息,但是都没有找到确凿的证据来确定他的真实身份。

不过,在这个过程中,他们发现,这个陌生人似乎对郜含笑的一举一动都了如指掌。无论是她上下班的时间,还是她外出去了哪里,这个陌生人都能够准确地掌握。

对方甚至打电话警告郜含笑:"我知道你的一举一动,要么把玉佩给我,要么承受你无法预料的后果。"电话那头的声音低沉而阴森,充满了威胁的意味。郜含笑的心跳瞬间加速,她感到一股寒意从心底升起。这个人究竟是谁?他为什么会对自己了如指掌?他想要的玉佩又隐藏着怎样的秘密?

郜含笑紧紧握住手机,努力让自己的声音听起来平静:"你是谁?你怎么知道我的事情?你要玉佩做什么?"

电话那头的人似乎并没有回答她问题的打算,只是冷冷地笑了笑:"我是谁,你不需要知道。你只需要做出选择,是交出玉佩,还是承受代价。"

挂断电话后,郜含笑的心情久久无法平静。她知道,这个陌生人绝对不是普通人,他背后可能隐藏着一个巨大的阴谋。而且,他似乎对自己的生活细节了如指掌,这让她感到十分不安。

陆安阳得知这个消息后,当天晚上就搬到了郜含笑家里。虽然以前他们生活在一起,但是那都是多少年前的事情了,现在大家都长大了。

"这……有点不太方便吧?"

看着陆安阳很自然地将自己的东西放进她的衣柜里,郜含笑嘴角抽搐。

"陆医生,你不是从小就有洁癖吗?"

陆安阳停下手中的动作,转头看向郜含笑,眼神中闪过一丝无奈。"郜小姐,现在可不是讲究洁癖的时候,你的安全才是第一位的。"他顿了顿,继续说道,"而且,我也不是真的搬来和你同居,只是为了保护你,确保你的安全。"

郜含笑看着陆安阳认真的样子,心中的不安稍微缓解了一些:"我明白了。但是,你也得小心。这个人既然能够掌握我的一举一动,那么他也可能对你有所防备。"

陆安阳点了点头:"我会的。我们得小心行事,不能让对方察觉到我们的行动。"

接下来的日子,陆安阳和郜含笑都过得异常小心。然而,就在他们以为一切都在掌控之中的时候,意外发生了。一天晚上,郜含笑独自在卧室时,突然听到客厅传来一阵细微的响动。她心中一惊,立刻锁上了卧室门,拿起手机拨通了陆安阳的电话。

陆安阳很快赶到了郜含笑家,两人仔细检查后发现,门锁被撬开了,屋内的东西有被翻过的痕迹。

陆安阳眉头紧锁，他环顾四周，试图从房间中找出一些线索。突然，他的目光定格在了一张被撕成两半的照片上，那是他们两人上学时的合影。

"看来，他并不是为了钱财而来。"陆安阳沉声道，"他似乎是在找东西，或者……是在警告我们。"

郜含笑的脸色也变得苍白起来，她想起那个陌生人的电话，心中涌起一股不祥的预感。她紧紧握住陆安阳的手，声音颤抖地说："我们该怎么办？他会不会再来？"

陆安阳安抚地拍了拍她的肩膀，说："别担心，有我在。我们得尽快确认这个陌生人的身份，弄清楚他的目的。当然，最主要的还是确保自己的安全。"

接下来的几天里，陆安阳和郜含笑都陷入了紧张而忙碌的状态。而郜含笑因为长时间的精神紧张，做噩梦的毛病又复发了。

在梦里，家人死亡的场景一遍遍重复。

他们的脸庞在黑暗中逐渐模糊，然后又在绝望中化为灰烬。每当她从梦中惊醒，她总是满头大汗，心跳如擂鼓。

"又做噩梦了？"

陆安阳的声音柔和而关切，他轻轻擦去郜含笑额头的汗水，试图让她感到安心。郜含笑点了点头，眼中闪过一丝恐惧："是的，我总是梦见他们……我不知道这意味着什么。"

陆安阳沉默片刻，然后缓缓开口："没什么，你只是太紧张了。"

将水杯放在床头，陆安阳的手轻轻拍着郜含笑的后背。

"月儿明，风儿静，树叶儿遮窗棂。蛐蛐儿叫铮铮，好比那琴弦声。琴声儿轻，调儿动听，摇篮轻摆动。娘的宝宝，闭上眼睛，睡了那个睡在梦中。夜空里，银星飞，飞到那东方红。小宝宝，睡梦中，飞上了太空。骑上那个月儿，跨上那个星，宇宙任飞行。娘的宝宝，立下大志，去攀那个科学高峰……报时钟，响叮咚，夜深人儿静。小宝宝，快长大，为人类立大功啊。月儿那个明，风儿那个静，摇篮轻轻摆。娘的宝宝，睡在梦中，微微地露了笑容。"

陆安阳的声音如春风拂面，带着一种让人安心的力量。他轻轻哼唱着这首摇篮曲，试图将郜含笑从噩梦的束缚中解救出来。而郜含笑在他的歌声中，也渐渐放松了紧绷的神经，心中的恐惧似乎也在慢慢消散。

这首歌还是当年陆安阳生病睡不着时，郜妈妈唱过的。

那是高二那年的暑假，陆安阳打完篮球之后，吃了根冰棍，然后急性肠胃炎犯了。

郜妈妈看见陆安阳苍白的脸色，心里不由得一紧，问清症状后，她连忙拿来一杯热水和药，轻声说："安阳，喝点热水，吃了药，早点休息。"

陆安阳点点头，接过药和水，一口气喝下。然后，他躺在床上，闭上眼睛，但辗转反侧，怎么都无法入睡。

郜妈妈见状，轻轻叹了口气，然后坐到床边，开始轻声哼唱起那首熟悉的摇篮曲。她的声音虽然不如专业歌手那么动听，但充满了温暖。

"月儿明，风儿静，树叶儿遮窗棂……"

听着郜妈妈的歌声，陆安阳仿佛被一股暖流包围。他很久很久没有被人这样温柔对待了。

当黎明的第一缕阳光透过窗帘的缝隙洒进房间时，郜含笑再次从梦中惊醒。她瞪大眼睛，望着窗外渐渐亮起的天空，一时有些发怔。

陆安阳也被她的动静惊醒，他坐起身来，然后将她抱进怀里。

"都过去了。我已经将最近拍到的一些录像交给朋友去分析了，很快就会出结果。"

陆安阳的话让郜含笑稍微安心了一些，她紧紧依偎在他的怀里，感受着那份久违的温暖和安宁。

第五十一章　新的同事

"陆医生，听说咱们科室要来新的同事了，是一位美女医生。"跟在陆安阳身后整理文件的护士说道。他们每天这个时候都会一边收拾一边聊天。虽然陆安阳话不多，但同事与他说话他都会礼貌回应。

"嗯？我没有听说过。"

陆安阳回头，眼中闪过一丝疑惑，但随即便恢复了平静。他并不是特别关心科室的人事变动，只要新来的同事能够胜任工作，他就没有什么意见。

很快，新同事来到了科室。她叫林婉如，是一位年轻漂亮的女医生，脸上挂着温和的笑容，给人一种亲切感。林婉如很快就融入了这个集体，与同事们相处得十分融洽。

然而，陆安阳却发现，林婉如似乎对他特别关注。她经常主动找他聊天，询问他的工作情况，还时不时地给他送一些小礼物。陆安阳虽然感到有些不自在，但也没有多想，只当她是出于对前辈的尊重。

直到有一天，林婉如找到陆安阳，说她有一些工作上的问题想要请教他。陆安阳没有拒绝，便带着她来到了自己的办公室。

"陆医生，你有没有女朋友？"

林婉如突然问出的问题让陆安阳有些措手不及，他愣了一下，回答道："有。"

林婉如的脸上闪过一丝失望，但很快便恢复了正常。她继续问道："那……你们感情好吗？"

陆安阳点了点头，语气坚定地说："很好，我们彼此都很珍惜对方。"

林婉如轻轻叹了口气，然后说："其实我……我一直都很喜欢你，从第一次见到你的时候就开始了。虽然你有女朋友了，但我还是想告诉你我的心意。"

陆安阳有些尴尬，他没想到林婉如会这么直接地表达她的感情。他沉默了一会儿，然后说："很感谢你的喜欢，但我已经有了女朋友，我们在一起很幸福。我希望你能理解。"

这个时候，恰好郜含笑来找陆安阳。见到郜含笑，陆安阳笑着走过去。

"林医生，给你介绍一下，这是我的女朋友，准确来说是未婚妻。"

林婉如转过身，只见一个温婉可人的女子站在不远处，她的笑容如春风拂面，给人一种宁静而温暖的感觉。她身穿一件淡蓝色的连衣裙，简单而不失优雅，与陆安阳站在一起，宛如一对璧人。

林婉如的眼中闪过一丝惊讶，但很快便恢复了平静。她微笑着，向郜含笑伸出手："你好，我是林婉如。"

三人简单聊了两句，陆安阳就带着郜含笑去了医院花园。

等到坐在医院花园的时候，郜含笑看着他。

"我什么时候成了你的女朋友？"郜含笑笑着问道。

陆安阳被郜含笑这么一问，顿时有些语塞，他挠挠头，有些不好意思地笑道："这不是迟早的事吗？再说了，我心里早就把你当成我的未婚妻了。"

郜含笑听后，脸上泛起一抹红晕，她轻轻瞪了陆安阳一眼，嗔怪道："你这人怎么长大了，反而不正经起来？小时候一板一眼的，和一个小老头一样。"

陆安阳见她如此，反而更加放肆地笑了起来。他伸出手臂，将郜含笑揽入怀中，轻声说道："我这不是不正经，是真心实意。含笑，你愿意做我的未婚妻吗？"

郜含笑被他突如其来的表白弄得有些手足无措，她抬头看着陆安阳那双深情的眼睛，心中涌起一股莫名的情愫。她轻轻点了点头，声音有些颤抖地说道："我愿意。"

陆安阳听后，心中一阵狂喜，他紧紧抱住郜含笑，仿佛要将她融入自己的骨血之中。两人就这样静静地坐在花园的长椅上，享受着这份难得的宁静和甜蜜。

林婉如站在不远处，看着两人紧紧相拥的身影，心中不禁泛起一丝酸楚。

"对了，那个数据分析结果出来了，我朋友查到，对方是一个出租车司机，我将他尾随以及入室盗窃的证据提交给了警方。昨天晚上他就被抓了。"

一说到这里，两个人都眉头紧皱。

"安阳，那个人说什么了吗？"

郜含笑紧张地握住陆安阳的手，她的眼中满是担忧和不安。陆安阳轻轻拍了拍她的手背，示意她放宽心。

"他一开始还试图狡辩，但当我拿出所有的证据后，他就无话可说了。他承认了自己尾随你，并且试图入室盗窃的事实。警方已经将他带走了，等待进一步的调查和处理。但他肯定没有交代关于那个玉佩的事情，看来他只是被人雇来监视我们的，幕后黑手另有其人。"

郜含笑久久无言，她思索了片刻，终于下定决心："把玉佩扔了吧，我不想你也陷入危险。陆安阳，我怕了，我只有你一个家人了。你要是出现任何事情，我……根本活不下去。"

郜含笑的声音带着一丝颤抖，她的眼中充满了担忧和对陆安阳的依赖。陆安阳心疼地看着她，心中涌起一股强烈的保护欲。

他轻轻握住郜含笑的手，温柔地说："含笑，别怕。我会一直在你身边，保护你，不让你受到任何伤害。玉佩的事情，我会处理好的，你不用担心。"

郜含笑听着陆安阳的安慰，心中的恐惧渐渐消散。仿佛只要有陆安阳在，她就能安心。她轻轻点了点头，脸上勉强露出了一丝微笑。

"对了，安阳，我们周末回爷爷以前的家看一下吧，我总觉得这个东西和爷爷以前的工作有关系。"

郜含笑的话让陆安阳心中一动，但转瞬他又想起了什么，疑惑地问："老房子不是拆了吗？"

"嗯，但拆了之后，我爸又另选地址照着原来的样子盖了栋新的。这件事除了我家人，谁都不知道。"

两人驱车前往郜含笑爷爷的旧居。那是一处位于城市边缘的老宅，被郁郁葱葱的树木环绕，显得宁静而神秘。郜含笑轻轻推开门，带着陆安阳走了进去。

旧居内摆放着爷爷奶奶生前的一切用品，一切都保持着原样，时间仿佛在这里停滞了一般。郜含笑带着陆安阳参观了爷爷的书房，那里摆满了各种书籍和笔记。

郜含笑的手指轻轻划过书架上那些泛黄的书本,仿佛在寻找着过去的痕迹。陆安阳则默默地陪在她身边。

突然,郜含笑的目光被书桌玻璃下压着的一张照片吸引。那是一张黑白照片,照片中有一位中年男子,眼神坚毅,面带微笑,正是郜含笑的爷爷。郜含笑抬起桌上的玻璃,取出照片端详着。陆安阳突然道:"那是什么?"

郜含笑顺着他手指的方向看去,只见原本放照片的地方竟凹陷下去了,郜含笑伸手一按,凹陷处瞬间弹出一个暗格,暗格中是一个小木盒。她与陆安阳对视一眼,小心翼翼地拿起那个小盒子,轻轻打开。只见里面躺着一块玉佩,与陆安阳借来的那块一模一样。她惊讶地看着这块玉佩,心中涌起一股莫名的激动。

"安阳,你看!这块和你借来的那块是不是一模一样?"郜含笑将玉佩递给陆安阳,她的眼中闪烁着兴奋的光芒。陆安阳接过玉佩,端详着,将两者进行了一番对比后,点了点头:"确实一模一样。但这块玉佩看起来比那块更加精致。难道这就是威胁我们的人所说的'真正的玉佩'?"

两个人对视一眼。郜含笑把玉佩揣进兜里,拿起书架上摆放的爷爷的日记本,然后拉着陆安阳就跑。

"咱们快点走。"

第五十二章　急速前行

邰含笑拉着陆安阳的手急匆匆地离开了旧居。她心中的激动和紧张交织在一起，仿佛有一股无形的力量在驱使着她前进。陆安阳感觉到她手指的颤抖，心中也不禁紧张起来。

两人回到车上，陆安阳开车，邰含笑则迫不及待地翻开从旧居中带出来的日记本，她相信爷爷留下的日记会给她带来更多的线索。

日记本上的字迹已经有些模糊，但邰含笑依然能够辨认出爷爷的字迹。她一页一页地翻看着，眉头紧皱。陆安阳看了她一眼，心中也不禁跟着紧张起来。

在翻到某一页时，邰含笑突然停下了手中的动作。她抬起头，看着陆安阳，深吸了一口气，然后缓缓开口："安阳，我找到了。"

陆安阳看着她，心中不免有些激动。

"这玉佩是爷爷在地质勘测的时候获得的东西。"

邰含笑紧紧握着日记本，仿佛那本日记承载着无尽的秘密和力量。

"那玉佩并非普通的玉饰。"她深吸了一口气，继续说道，"爷爷在日记中提到那玉佩不仅年代久远，而且极为罕见，价值连城。"

陆安阳看着后面跟上来的车辆。

"小心点，我们被人盯上了。"

邰含笑心中一惊，她迅速回头望去，只见一辆黑色轿车正紧紧跟在他们的车后。她紧握着日记本，眼中满是惊慌："安阳，我们该怎么办？"

陆安阳冷静地观察着后方的车辆，他深知这很可能是与玉佩有关的人盯上了他们。他深吸一口气，稳定自己的情绪，然后迅速做出决定："别慌，我们得想办法甩掉他们。"

他加快了车速,在城市街道上穿梭。他利用自己的驾驶技巧,时而加速,时而急转弯,试图摆脱追踪的车辆。但后方的车辆似乎并不打算轻易放弃,始终跟随着他,并保持着一定的距离。

郜含笑紧张地看着陆安阳专注的侧脸,她知道这个时候自己不能慌张,只能相信陆安阳。她默默地祈祷着,希望他们能够顺利摆脱追踪的车辆。

经过一番激烈的追逐,陆安阳终于找到了一个机会。他猛地将车开进了一条狭窄的巷子,然后迅速停车打开车门,拉着郜含笑下了车,两人在纵横交错的巷子里穿行。

不一会儿,那辆黑色的轿车也开进了巷子。由于巷子太窄,他们无法继续开车,只能下车寻找两人的踪迹。但此处的巷子太过杂乱,他们并未找到陆安阳和郜含笑的踪迹,只得无奈地离开了。

确认安全后,陆安阳和郜含笑都松了一口气。他们知道,这次能够顺利摆脱追踪,完全是侥幸。但他们也明白,这只是一个开始,真正的危险还在后面。

陆安阳紧握郜含笑的手,给予她力量,同时也给自己打气。他知道,接下来他们将面对的是一场未知的挑战,但他们不能退缩,只能勇往直前。

看着手中的玉佩,陆安阳下定了决心。他抬起头,对郜含笑说:"含笑,我们一定要找到他们杀人的证据,将这群坏蛋绳之以法。"

夜色如墨,陆安阳和郜含笑站在巷子中,两人的身影被昏暗的街灯拉得很长。陆安阳眼神坚定,仿佛能穿透这漆黑的夜,直达那未知的真相。

"我们真的能找到证据吗?"郜含笑的声音中充满了不确定。

陆安阳眼中闪烁着坚定的光芒:"一定可以。我们有这块玉佩,还有爷爷留下的日记。这些线索一定能指引我们找到真相。"

两人回到车上,陆安阳发动汽车,缓缓驶出巷子。

夜色深沉,街灯闪烁。陆安阳驾车穿梭在城市的夜色中,心中却如同这夜色一般,充满了迷雾。他觉得,自己与郜含笑踏入了一个被人精心设计的陷阱,而陷阱背后,究竟隐藏着怎样的真相?

"不就是一块玉佩,为了这东西,就要了我爸妈和弟弟的命?"郜含笑眼中闪过一丝悲痛与愤怒。

"现在已经无法回头了。我们……没有退路。"

夜色中，车灯的光芒划破黑暗，陆安阳驾车在城市的道路上疾驰，心中的思绪却如同乱麻般难以理清。他知道，他们已经被卷入了一个巨大的旋涡，而这个旋涡的中心，就是那块看似普通的玉佩。

"安阳，我们接下来去哪里？"郜含笑的声音打破了车内的沉默。

陆安阳深吸一口气："我们去找一个人，就是爷爷日记里提到的那个好友。"

这个人或许是他们解开玉佩之谜的关键。

车子在夜色中穿梭，最终停在了一栋破旧的楼房前。陆安阳和郜含笑下了车，抬头望向这栋仿佛被时间遗忘的楼房。窗户破碎，墙面斑驳，整栋楼都散发着一种荒凉的气息。

两人小心翼翼地走进楼房，穿过昏暗的走廊，来到了一扇紧闭的门前。陆安阳轻轻敲门，等待片刻后，门缓缓打开，一个苍老的身影出现在他们面前。

这是一位满头白发的老人，他的眼神深邃而锐利，仿佛能看穿一切。他盯着郜含笑看了一会儿，然后示意他们进来。

进入房间后，老人指引他们坐下，然后静静地听着他们讲述所经历的一切。老人的眼神始终没有离开过他们，仿佛在仔细揣摩他们的话。

听完他们的讲述，老人沉默了片刻，然后看向郜含笑。

"你长得和你爷爷很像。"

他微笑着说。那笑容里充满了怀念和温暖。郜含笑听到这句话，心中一暖。

老人转向陆安阳，眼神变得严肃起来："孩子，你们手中的玉佩确实非同一般。当年……可是惹出了不小的麻烦。"

第五十三章　一切早有缘由

事情要追溯到一九四七年春，当年，郜含笑的爷爷郜风和三个队友一起在齐云山一带进行勘探。

郜风无意之间掉落山洞，其他三人为了救人连忙也跟了进去。

山洞内昏暗幽深，四人只能依靠手中的蜡烛照明。他们小心翼翼地前行，生怕一个不慎就会命丧黄泉。郜风因为受伤，行动较为迟缓，但他依然坚持着，不愿拖累队友。

经过一段时间的艰难探索，他们偶然发现了一处平台，好似人为打造的。几人决定在此处休息片刻。郜风刚坐下，就发觉脚踩到了一个坚硬的东西，捡起来一看，竟是一块玉佩。擦干净后的玉佩散发着淡淡的光芒，仿佛蕴含着无尽的力量。

四人围着玉佩端详着，突然一阵地动山摇。

"快跑！山洞要塌了！"

几人四散跑开，郜风不慎与队友跑散了。

他尽力地向队友们呼喊，希望他们能尽快逃离这个危险的地方。然而，在他话音未落之际，整个洞穴又开始剧烈地震动起来，郜风只得往更深处跑去。

郜风被找到已是几天后了，三位队友纷纷登门祝贺他死里逃生，但早已有人心怀鬼胎了，毕竟人人都知道这块玉佩在郜风手里。看似安然无恙的几十年里，郜爷爷家里总遭贼，其实就是有人还在找那块玉佩。

老人眯着眼睛看着郜含笑。

"一看到你,我就知道,你是郜风的孙女。我就是当年郜风的三个队友之一。没想到那两个人对这个东西还那么执着,甚至不惜杀人。"

老人缓缓道出这段尘封的历史,陆安阳和郜含笑都听得心惊胆战。他们没想到,这块玉佩的背后竟有这么一段故事。

"我……我从未想过会是这样的。"郜含笑的声音颤抖着。她无法想象自己的家族因为一块玉佩而遭受了如此多的磨难。

老人看着郜含笑,眼中闪过一丝同情:"孩子,你爸爸也找过我。我告诉他把这个东西扔了,否则那些人会不择手段。没想到啊……"

说完之后,老人在纸上写下两个名字:林若、孙琦。

郜含笑看着这上面的名字,有点震惊。老人叹了一口气。

将老人的讲述和他们调查的线索串联起来,郜含笑终于弄清楚了事情的始末。

当年,郜含笑的爷爷得到这块玉佩后,林若和孙琦早就看出这块玉佩价值不菲,因此多次来家中偷盗。精通玉石雕刻的爷爷为了防止玉佩被盗,特意雕刻了一块假的来掩人耳目。后来爷爷去世,真假玉佩传到了郜爸爸手里,二人仍然不放弃,多次威胁、勒索,试图让郜爸爸交出玉佩。郜爸爸为了保护家人,便想了个办法,他将那块假玉佩卖给了古玩店,成功转移了二人的注意力。但没想到假玉佩当天就被收藏家买走了,二人于是制造了许多意外,想从收藏家手上抢走玉佩。后来不知道发生了什么,许是察觉到那块玉佩是假的吧,他们便选择了对郜爸爸及其家人下手。只可惜他们最终也没能找到玉佩,于是沉寂了几年。直到察觉到郜含笑和陆安阳开始调查此事,他们才再次活跃起来,而那些背地里的阴谋也随之浮出水面……

"爷爷,我们该怎么办?"郜含笑的声音中带着一丝无助和迷茫。

老人深深地看了她一眼,然后缓缓地说道:"孩子,你们已经知道了真相,接下来的路就要靠你们自己走了。但是,我要告诉你们,无论遇到什么困难,都不要放弃。因为,只有前行,才能看到黑暗中的光明。"

陆安阳紧握着郜含笑的手,给予她坚定的支持。他们现在是一体的,无论遇到什么挑战,都要一起面对。

"谢谢您,爷爷。我们会记住您的话的。"陆安阳感激地说道。

老人点了点头,然后挥了挥手,示意他们可以离开了。陆安阳和郜含笑站起身,深深地向老人鞠了一躬,然后离开了房间。

夜色如墨,两人走出楼房,心中比来时多了几分决心和勇气。他们知道,前方的路还很长,充满了未知和危险。但是,只要他们心中有光,就能照亮前行的道路。

第二天,陆安阳和郜含笑开始商量该怎么做,只可惜想了好几个办法,都没找到万全之策。

最终,郜含笑将玉佩藏在衣服里面的口袋里。她看向陆安阳。

"他们想要的就是这个东西,那我就带着它引蛇出洞。"

陆安阳瞪大眼睛:"你疯了?他们手上可是沾了血的。你这是在送命!"

陆安阳的话音未落,郜含笑便丢下一句"我意已决",然后转身离去,她的背影显得如此坚定。陆安阳愣在原地,他知道,自己不能就这样放任郜含笑去冒险。他深吸一口气,先拨打了警方的电话,然后紧紧追随郜含笑而去。

郜含笑心中其实比任何人都清楚,她这样做无疑是将自己置于危险之中。但是杀害父母和弟弟的凶手,她一定要找到,哪怕是付出生命的代价。

陆安阳远远地跟着她,纵使郜含笑身上有定位装置,他的心中还是充满了担忧。他绝不能让郜含笑独自面对危险。他要保护她,无论前路多么艰难。

郜含笑来到了郊区一个废弃的仓库附近,这里人烟稀少,很适合引他们出来。果然,就在她即将接近仓库时,两道黑影突然从暗处闪出,挡住了她的去路。

黑影是两个中年男子,正是林若的手下。其中一人冷冷地看着郜含笑,嘴角勾起一抹残忍的笑容。

"终于抓到你了。"他恶狠狠地说道。

第五十四章　坏人终将被绳之以法

邰含笑定定地注视着对面的林若和孙琦。她的双手被绑在椅背上，虽然身处困境，但她的眼神中却没有丝毫恐惧。

"就是你们一直派人跟踪我吧？"邰含笑语气平静，她的目光在林若和孙琦之间扫过，试图找出他们的破绽。

坐在对面的林若和孙琦脸上带着冷笑，眼神中透露出对邰含笑的不屑。

"你和你爷爷邰风真像。要不是当年你爷爷不愿意交出那东西，要不是你爸爸拿个假的骗我们，我们也不会杀人。"林若开口，语气中带着一丝怨恨。

邰含笑突然想起来，就在她参加高考的那天，这些人就找过她的父母。

她远远地听到爸爸说："那是我父亲的遗物，我是不可能给你们的。"邰爸爸语气坚决，没有丝毫的退缩，即使面对的是这些人的威胁。

但林若和孙琦早已习惯了用暴力和威胁来达到自己的目的，邰爸爸的坚决只是更加坚定了他们得到玉佩的决心。

邰含笑记得爸爸说完就和妈妈离开了，但谁也不会想到，光天化日之下，这些人就敢当街撞人，他们的行为已经完全超出了常理的范畴。

林若看着对面的邰含笑，对手下说道："看看东西在不在她身上，如果不在，就打电话给那个男的，让他拿着东西赎人。他敢报警，我们就敢撕票。"

邰含笑低着头冷笑。

"搜到了又能怎么样？你怎么确认东西是真的？你们是不是忘了，我爷爷邰风曾经可是一等一的玉器雕刻师。做几块一模一样的玉佩，简直易如反掌。"

林若的脸一僵，显然没有料到邰含笑会如此回答。他瞥了一眼手中的玉佩，心中不禁生出一丝疑虑。他们之前就被假玉佩骗过，要不是偶然被一个鉴定专家看了出来，他们现在都蒙在鼓里。

孙琦见状，立刻走上前来，对林若耳语道："别被她的话骗了，她这是在拖延时间。我们赶紧动手，拿了东西就走。"

林若点了点头，目光再次变得暴厉起来。他的手下刚要动手，郜含笑冷哼一声。

"不如做个交易，你们告诉我，我爸妈和弟弟是怎么死的，凶手是谁。我就将藏东西的地点告诉你们。"

林若和孙琦眼中闪过一丝犹豫。他们知道，郜含笑所言非虚，郜风的确是名满天下的玉器雕刻师，要想复制几块玉佩，对他来说确实不是难事。但是，他们更清楚，这块玉佩对他们来说意义非凡，它不仅仅是一件价值连城的玉器，更是他们多年来苦苦追寻的目标。

林若瞥了一眼孙琦，他们知道不能再犹豫了，否则只会给郜含笑更多求救的时间。

"好，我们答应你。只要你告诉我们藏东西的地点，我们就告诉你杀害你父母和弟弟的凶手。"林若冷冷地说道。

郜含笑抬起头，缓缓开口："你们先告诉我，我爸妈和弟弟是怎么死的。"

林若和孙琦对视一眼，然后点了点头。站在孙琦身边的一个手下说："当年你父亲太过执着，死活不肯把东西交出来，耽误了我们的事情。所以我们雇了一个司机，跟着你们一家，适时地给你们一点教训。但是没有想到啊，这家伙当天喝多了，头脑迷糊，直接撞死了你家人。"

这话说得倒是十分轻巧，甚至带着一种人死了就死了的感觉，好像人命不值钱一样。

郜含笑听完这话，脸色瞬间变得惨白。她紧咬着下唇，不让自己的泪水流下来。她的心中充满了愤怒和悲痛，她怎么也没有想到，自己的家人竟然会遭受这样的无妄之灾。

"你们……你们简直是禽兽！"郜含笑愤怒地喊道。

林若和孙琦看着郜含笑愤怒的样子，心中不禁生出一丝得意。他们知道，他们已经成功地激怒了郜含笑，接下来的事情就好办了。

"哼，这就是你们的命运。你以为你们郜家能躲得过吗？告诉你，只要玉佩不在我们手里，你们郜家就永远别想好过！告诉我们玉佩在哪儿，否则别想知道凶手的信息。"林若冷冷地说道，他的语气中充满了不屑和威胁。

郜含笑深吸了一口气："好，我答应你们。但是，你们必须保证，我告诉你们藏东西的地点后，你们不仅要告诉我那个凶手是谁，还要把他交给我处理。"郜含笑冷冷地说道。

林若和孙琦对视一眼，然后点了点头。

"好，我们答应你。但是，如果你敢耍我们，我们会让你和那个男的都死无葬身之地！"

郜含笑告诉了他们藏东西的地点。林若和孙琦立刻派人去取，而郜含笑则被他们带到了另一个地方。

等到他们发现自己被耍了的时候，已经晚了。四周警笛声响起。

在那一刻，郜含笑心中释然了。她知道，这是她为家人复仇的最后一步，也是她走向自由的第一步。那些曾经威胁、伤害她家人的人，终于要受到应有的惩罚了。

警笛声越来越近，林若和孙琦的脸色变得越来越难看。他们没有想到，郜含笑竟然会有这样的手段，他们更没有想到，警方会来得如此之快。

林若狠狠地瞪了郜含笑一眼，转头对孙琦说："我们走！"

孙琦问："要不要处理了这个女的？"林若咬牙切齿地说："处理了她，我们上哪儿找玉佩去！日后再找机会。我一定不让她好过！"

孙琦点了点头，两人迅速离开了现场。但他们没有想到的是，警方已经封锁了所有的出口，他们无处可逃。

郜含笑看着两人被警方带走，心中唯有畅快。她知道，这些人罪有应得，他们应该为自己的所作所为付出代价。

警方将郜含笑带回了警局，她详细地讲述了自己的经历，以及林若和孙琦的罪行。警方听后，立即展开了调查，不久之后，就找到了那个撞死郜含笑家人的凶手，并将他绳之以法。

邰含笑站在警局门口,深吸了一口气。她知道,这一切终于结束了。她可以安心地开始新的生活了,而她的家人也可以安息了。

陆安阳站在邰含笑的身边,邰含笑紧紧地抱住他。

"坏人被绳之以法,我终于可以给父母和弟弟办葬礼了。"

陆安阳紧紧抱住邰含笑,感受着她的情绪。他轻声安慰道:"是的,他们会在天堂里安息,而你,也将开始新的人生。"

两人相拥良久,直到邰含笑的情绪稍微平复了一些。陆安阳知道,这段时间对邰含笑来说是多么艰难,但他也清楚,她是个坚强的女子,能够挺过这一切。

"含笑,接下来你打算怎么办?"陆安阳轻声问道。

邰含笑抬起头,眼中闪烁着坚定的光芒:"办完葬礼,过好我们的日子。"

两人相视一笑,这一刻,所有的困难和挫折都烟消云散了。

第五十五章　生活终于要重新开始

回到家中，郜含笑开始着手准备葬礼的事情。她选定了墓地，挑选了花束，还亲自设计了葬礼的流程。虽然过程烦琐，但对她来说是一种解脱，一种能够让她真正面对过去、迎接未来的方式。

葬礼的那一天，天气格外晴朗。郜含笑穿着一袭黑衣，站在墓碑前，眼中含着泪水，脸上却带着坚定的微笑。她看着那些前来吊唁的人，心中充满了感激。如今，她有了陆安阳，有了朋友，有了那些愿意在她最困难的时候伸出援手的人。她可以重新开始新的人生了。

葬礼结束后，郜含笑和陆安阳一起回到了家中。她看着这个曾经充满了欢笑和温馨的家，心中涌起一股莫名的感慨。这个家虽然已经不再是以前的那个家了，但它依然是她最温暖的港湾。

"屋子里很多东西都要重新购置，还要打扫。安阳，你快回去工作吧！这边我一个人处理就行。"

郜含笑转头看向陆安阳，眼中带着询问和关心。这段时间，陆安阳一直在她身边，给予她支持和陪伴，她心中满是感激，同时也担心他的工作会受到影响。

陆安阳微笑着握住郜含笑的手，轻声说："不用担心我。医院那边我已经安排好了，而且这段时间，陪伴你对我来说，比工作更重要。我们一起面对这些，一起让生活重回正轨。"

两人相视一笑，仿佛所有的困难都在这笑容中消散。接下来的日子里，他们一起忙着整理家中的物品，打扫房间。过程虽然辛苦，但他们的心充满了希望和期待。

"收拾好了，只是我们也没办法住在这里。"

邰含笑轻抚着刚刚擦拭干净的家具，眼中闪过一丝哀伤。这个家承载了她太多的记忆，有欢笑，有泪水，有亲人的温暖，也有孤独的寒冷。但如今，这里只剩下了她和陆安阳的足迹，还有那些无法抹去的记忆。

陆安阳走上前，轻轻抱住邰含笑："含笑，我们可以开始新的生活，为自己创造一个更美好的未来。"

邰含笑点了点头，她明白陆安阳的意思。这个家虽然充满了美好的记忆，但那些记忆并不能成为她前行的羁绊。她需要向前看，为自己，也为那些曾经爱她、关心她的人。

"安阳，谢谢你。"邰含笑轻声说道，她的声音中充满了感激和幸福。

陆安阳微笑着吻了吻她的额头："我们是一体的，不需要说谢谢。"

邰含笑回到工作室，薛清辞见到她都快哭出来了。

"你出了那么大的事情怎么不和我们说？你这丫头！你嫂子都担心坏了。"

薛清辞的眼中充满了担忧和责备，但更多的是庆幸。

"还好你没有事，要不然你嫂子一定得骂我。"

"谢谢你，薛哥，要不是你，我肯定坚持不了这么多年。"

邰含笑的话让薛清辞心中一暖，他拍了拍她的肩膀，安慰道："都是一家人，说什么谢不谢的。只要你没事就好，我们都担心你。"

随后，邰含笑将自己在老家发生的事情简单地告诉了薛清辞。听到她勇敢面对困境，并且成功为家人讨回公道，薛清辞感到既震惊又佩服。

"含笑，你真的长大了。我相信你一定能够走出阴影，开始新的生活。"薛清辞鼓励道。

邰含笑点点头："一切都过去了。过段时间，我带一个人来见你和嫂子。"

听到邰含笑这样说，薛清辞就知道是谁。

"是那个陆医生吧？"

"是的，陆安阳。"邰含笑微笑着回答。

另一边，医院里。

"下一位。"

陆安阳说完，一个护士走进来。

"陆医生，今天的病人都看完了，您快点下班吧，辛苦一天了。"

护士的话音刚落，陆安阳便轻轻地点了点头，他摘下听诊器，准备结束这一天的工作。窗外，城市的灯火已经开始闪烁，他知道，此刻的郜含笑应该也在为他们的新生活忙碌着。

陆安阳走出诊室。他脱下白大褂，换上日常的衣服，正准备离开的时候，外面突然进来一个人。

"抱歉，这边不坐诊了。麻烦您去值班医生那边……"

陆安阳一抬头，就看到自己最不想看见的那个人——他的母亲。

"许女士，您一个心血管专家，来我这里，有什么事情吗？"

陆安阳的语气虽然平静，但明显带着几分冷淡。他并不想与这个多年未见的母亲有什么交集，尤其是现在，他只想把心思都放在郜含笑和他们即将开始的新生活上。

许女士，也就是陆妈妈，看着陆安阳，眼中闪过一丝复杂的情绪。她似乎想要说些什么，但话到嘴边又咽了回去。最终，她只是淡淡地笑了笑，说："听说你有女朋友了。"

一说到这里，陆安阳看了她一眼。

"和你有什么关系？"

陆安阳的冷漠并没有让陆妈妈退缩，她反而更加坚定地走上前，声音带着一丝恳切："安阳，我知道我们母子之间有很多误会和隔阂，但我希望你能给我一个机会，让我们重新开始。"

陆安阳沉默了片刻，然后缓缓开口："重新开始？你确定你能放下过去的一切，真心实意地和我，还有我的女朋友相处吗？行了，许女士，说说你的目的。你和陆先生，我可太了解了，没有用到我的地方，你们绝对不会来找我。"

陆妈妈脸色一僵，显然被陆安阳直白的话语戳中了心事。她深吸一口气，努力让自己看起来更加诚恳："安阳，你的女朋友为什么是一个摄影师？"

"选择什么职业是她的自由。"陆安阳的声音虽然平静，但透露出不容置疑的坚定，"她热爱摄影，她的作品能够触动人心，带给人力量和希望， 所

-217-

以她成了一名摄影师。此外，她不仅仅是我的女朋友，更是我想要共度一生的伴侣，请你尊重她。"

陆妈妈轻轻叹了口气，语气柔和了许多："安阳，你这么优秀，应该找一个和你目标一致的，而不是一个完全不相关的人，我看那个林医生就不错……"

她还想要说什么，却被陆安阳打断。

"明天，把陆先生和你们想要叫的人叫上，成平酒店见。"

说完之后，陆安阳也没有搭理她，直接走了。走到门口的时候，陆安阳又转过头看向她："许女士，你真是虚伪得让人恶心。"

向来温和有礼的陆安阳，第一次对人恶语相向，而且还是对自己的母亲，可见他有多愤怒。

陆妈妈站在原地，看着陆安阳的背影渐行渐远，眼睛微微眯起来。

"含笑，明天有个聚会。来的人是我爸妈，还有他们给我找的相亲对象。"

正在刷牙的郜含笑被吓了一跳。

"你这是要我去跟他们较量较量？"

陆安阳靠在门框上。

"随你怎么发挥，怎么气人怎么来。"

郜含笑瞪大了眼睛，差点把口中的牙膏泡沫喷出来。她急忙吐掉，转过头来看着陆安阳："安阳，你确定吗？"

"当然，他们故意找事，不用给他们面子。"

陆安阳微笑着，眼中闪过一丝狡黠。他走近郜含笑，轻轻地拍了拍她的背，安慰道："放心，有我在呢。你尽管发挥，让他们知道你不是那么好欺负的。"

郜含笑虽然还是有些紧张，但看到陆安阳如此坚定地站在自己这边，她心中的担忧也消散了大半。她点了点头，深吸了一口气，准备迎接这场即将到来的"战斗"。

第五十六章 尊重也要给该给的人

成平酒店。

郜含笑和陆安阳并肩走进包间，他们的出现立刻引起了在场所有人的注意。陆妈妈和陆爸爸坐在主位上，他们旁边坐着一个气质优雅的女孩，那个女孩正是他们为陆安阳安排的相亲对象——林婉如医生。

看到郜含笑，林婉如的眼中闪过一丝惊讶，但很快就被她掩饰过去。她微笑着站起身，向郜含笑伸出手："你好，我是林婉如。"

郜含笑也伸出手，与林婉如握了握："你好，我是郜含笑，陆安阳的女朋友。咱们应该是见过的。上次去安阳的办公室，他应该跟你介绍过我是他的女朋友，更是未婚妻。"

这句话让屋子里所有装作不知道陆安阳有女朋友的人瞬间尴尬。

尤其是陆爸爸和陆妈妈，他们的脸色微微一变，显然没有料到郜含笑会如此直接地提及这件事情。

"哦，是吗？那真是恭喜你们了。"林婉如勉强挤出一丝笑容，但声音显得有些僵硬。

陆安阳站在一旁，没有说话，但他的眼神却充满了对郜含笑的赞赏。郜含笑叹了一口气："林医生怕是被骗了吧？林医生这样好的条件，怎么会和有未婚妻的男人相亲呢？"

郜含笑的话音刚落，整个包间内的气氛瞬间凝固。所有人的目光都聚焦在了她的身上，林婉如和陆爸爸、陆妈妈的脸上露出了惊讶与尴尬交织的表情。

林婉如的手还悬在半空中，仿佛忘记了收回。她没想到这个看起来温婉的女孩竟然会如此直接地将事情挑明。而陆爸爸和陆妈妈更是感到一阵头痛。他们原本以为通过这次聚会，可以让林婉如和陆安阳多接触，进而改变陆安阳的想法，但现在看来，这个计划似乎从一开始就注定失败。

陆安阳站在郜含笑的身边，脸上的笑容止也止不住。他轻轻地握住郜含笑的手，仿佛是在给予她无声的鼓励和支持。

"含笑，你说得没错。"陆安阳的声音平静而坚定，"我瞧着咱们林医生这么年轻，没想到记性不太好。"

"我……"

林婉如想要解释，但是陆安阳没有再看她，而是看向自己的父母。

"陆先生，许女士，你们明知道我有女朋友还要帮我相亲，是不是很不负责？还有，我们都已经定好婚期了，后天就要领证。我建议你们不要搞那些没有用的东西，免得双方一起丢人。"

陆安阳的话如同重锤般砸在陆爸爸和陆妈妈的心头，他们的脸色瞬间变得苍白。他们从未想过陆安阳会如此直接地打他们的脸，更没有想到他会在如此重要的场合，不顾一切地捍卫自己的爱情。

陆妈妈的脸色变幻不定，她试图挽回一些颜面，但声音显得有些颤抖："安阳，我们……我们只是希望你能找到更好的伴侣，我们……"

陆安阳打断她的话，语气坚定而冷漠："我已经找到了，她就是郜含笑。我们彼此相爱，即将步入婚姻的殿堂。我希望你们能尊重我的选择，尊重我的感情。"

陆爸爸沉默片刻，终于开口："安阳，我们是你的父母，我们当然希望你幸福。但婚姻不是儿戏，你需要考虑更多的事情……"

这些冠冕堂皇的话让陆安阳差点笑出声来。

"我从小在爷爷奶奶身边长大，你们那个别墅我住了五年，其中所有花销都出自爷爷奶奶给我留下的基金。我的生活费，被你的妻子，也就是我生物学上的母亲许女士，给了她的外甥。所以这么算下来，你们和遗弃我没有太大的区别。想要用我的婚姻和林家达成合作，算盘打得有点响。"

陆安阳的话如同一记耳光，狠狠地扇在了陆爸爸和陆妈妈的脸上。

"生而不养,却把主意打到我的身上。陆先生觉得我会给你面子吗?"

陆爸爸怒极,一掌拍在桌子上。

"我不允许你和一个摄影师结婚。"

陆爸爸的声音在包间里回荡,引得陆安阳笑出了声。

"我的户口和你们不在一起。而且二位是不是忘记了?你们现在是外国人。咱们之间的赡养问题,到时候你咨询一下律师。实在想找人联姻,你们可以再生一个。别总算计我,没有用。"

包间内的气氛愈发紧张,陆爸爸脸色铁青,显然被陆安阳的话气得不轻。他狠狠地盯着陆安阳,试图从陆安阳的表情中找到一丝让步的可能,但陆安阳的脸上只有坚定和冷漠。

林婉如站在一旁,她的脸色早已苍白如纸。她原本以为这次相亲只是一个简单的家庭聚会,没想到会演变成这样的局面。她看了看陆安阳,又看了看郜含笑,心中五味杂陈。

郜含笑紧紧握着陆安阳的手,她能感受到陆安阳的愤怒和坚持。陆妈妈见状,急忙站起身来,试图缓和气氛:"安阳,我知道你对我们有怨气,但我们是你的父母,我们始终都是希望你好的。"

郜含笑冷笑:"许女士,我本来不想说的。但是现在我倒是想要问问,你知不知道陆安阳从高一下学期开始住在哪里?不用很详细,说个小区名称就行。"

陆妈妈被郜含笑突如其来的问题问得哑口无言,她愣在原地,显然对于陆安阳的住址一无所知。这一幕被在场所有人看在眼里,气氛愈发尴尬。陆爸爸的脸色更是阴沉得可怕,他瞪了陆妈妈一眼,仿佛在责怪她的疏忽。

郜含笑继续问道:"你知不知道陆安阳最喜欢吃什么?最不喜欢吃什么?几点睡觉?睡前喜欢看什么书?"

一连串的问题连珠炮般向陆妈妈袭来,她脸上的尴尬之色愈发明显。她试图回答,却又发现自己对儿子的生活细节一无所知。林婉如站在一旁,看着这一幕,心中也不禁泛起一阵寒意。她从未想过,一个母亲竟然会对自己的儿子如此陌生。

陆安阳看着母亲尴尬的样子,不禁感到一阵悲哀。郜含笑冷哼一声,她的家教不允许她这样对待长辈，但是这一次她真的忍不了。

"那你们还不如我爸妈。陆安阳高一下学期之后住在我家里，大部分时间和我还有我弟弟生活。我妈妈和爸爸会在假期的时候回来，给我们做饭。他们也不经常在家，但是他们知道陆安阳喜欢吃糖醋小排，知道陆安阳睡前喜欢看书，所以特意给陆安阳买了一个护眼台灯。我家里比不上你们的别墅，但是我爸妈特意为他添置了新床和新书桌，又领着我们去采购书籍。知道陆安阳最喜欢的一本国外名著，我爸托关系弄到了原版。这些好像对你们来说都是不值一提的事情。"

没有人再说话。

郜含笑继续说："但是那几年我们没有见过你们给陆安阳邮寄礼物，没见到你们给陆安阳送来生日祝福，甚至连他生病，都是我们照顾的。"

"不对，你们也不是什么都没做。你们做了，你们在陆安阳快死的时候打电话训斥他丢人。你们在陆安阳准备了很久的竞赛开始之前，利用你们的关系让陆安阳无法参加比赛。还有，你们用陆安阳对你们的关心，将他骗到国外，让他上不了心仪的大学，害得我们分离多年。"

"我也是第一次见到这么对待亲生儿子的。陆先生，许女士，陆安阳是不是和你们没有血缘关系？要不然你们也不至于这般对待他。"

郜含笑的每句话都是陆安阳想说的。他们可以道德绑架陆安阳，却没有办法道德绑架郜含笑。因为郜含笑一家对陆安阳都很好。

陆安阳握住郜含笑的手，看着对面的父母。

"我原本不打算闹出什么动静，但是你们越来越过分。所以这个面子，我也没有必要给你们。"

他的父母，那两个曾经让他心存敬畏和期待的人，此刻在他心中已经毫无地位。他看向他们的眼神充满了冷漠和疏离，仿佛在看两个陌生人。

陆爸爸的脸色已经变得铁青，他显然没有想到自己的儿子会如此决绝。他站起身来，试图用自己一贯的威严来压制陆安阳，但陆安阳却不为所动，只是冷冷地看着他。

"安阳，你真的要为了这个女人，放弃你的一切吗？"陆爸爸的声音带着一丝颤抖,他试图用这句话来唤醒陆安阳的理智。

但陆安阳只是轻轻一笑,摇了摇头,目光坚定地看着陆爸爸。

"我的一切从来都不是你们给的。你们没给过我帮助,却强迫我学医。好像我的成功会显得你们做父母很成功一样。言尽于此,我希望这是咱们最后一次见面。"

他说完就领着郜含笑离开了。

第五十七章 叮嘱

"陆医生,我走了。"

林婉如路过陆安阳的时候说道。

陆安阳点点头:"祝你未来工作顺利。"

十分官方的话,没有带一丝情绪。他们的事情不知道怎么传出去了,现在医院的同事都说,这个林婉如明知道人家有女朋友,还要上赶着当第三者。受不了那些议论,林婉如不得不离职。

陆安阳对她的离去并没有过多感慨,他的心思早已不在这些琐事上。他走出医院的大门,深吸了一口清新的空气,感觉心情格外舒畅。郜含笑站在他的身边,两人手牵手,仿佛整个世界都只剩下彼此。

"安阳,你那天说的最后一次见面,是真的吗?"郜含笑突然开口问道。

陆安阳停下脚步,看着郜含笑的眼睛,认真地点了点头:"是的,我决定了。他们从未真正关心过我,我也没有必要再为他们保留什么。从今天开始,我要为我自己,为我们两个人而活。"

郜含笑听了他的话,心中既感动又欣慰。她知道陆安阳做出这个决定并不容易,但他能够勇敢地迈出这一步,说明他已经真正地放下了过去,准备迎接新的生活。

两人到了一个公园,找了一个安静的角落坐下。陆安阳看着郜含笑幸福的笑容,心中也充满了温暖和满足。

"含笑,谢谢你一直陪在我身边。"陆安阳突然说道。

郜含笑转过头来,看着他,深情地笑了:"傻瓜,我们是伴侣啊,当然要一直在一起。"

两人相视而笑，这一刻所有的言语都已经无法表达他们之间的深情。他们紧紧地相拥，仿佛要将对方融入自己的身体里。他们知道，无论未来会面临什么样的困难和挑战，只要他们在一起，就能够克服一切。

时间仿佛在这一刻静止了，他们享受着这份难得的宁静和幸福。直到夜幕降临，他们才依依不舍地离开公园。

在回家的路上，郜含笑看向陆安阳。

"我们明天去看望一下薛清辞和他的妻子吧。他们的孩子出生那么久了，我都没有去看望过。"

陆安阳点点头，自从他下定决心与原生家庭决裂后，他便开始重新审视自己的生活和关系，想要更多地参与到他人的喜悦中去。

第二天一早，两人便精心准备了礼物，前往薛清辞家。路上，陆安阳忍不住向郜含笑打听薛清辞的情况。郜含笑笑着说："薛哥现在可幸福了，嫂子也是个温柔体贴的女人，他们的孩子也长得非常可爱。"

到了薛清辞家，两人受到了热情的欢迎。薛清辞的妻子抱着孩子出来迎接，孩子脸上的纯真笑容让陆安阳和郜含笑都感到一阵温暖。

"嫂子，好久不见。这位是我的未婚夫陆安阳。"

薛清辞的妻子看见陆安阳，眼睛顿时一亮。

"早就听我们家老薛说过，陆医生一表人才，今天一见果然如此。"

薛清辞的妻子热情地夸赞着，让陆安阳有些不好意思。他微笑着回应，目光却不由自主地被她怀里的小家伙吸引。小家伙长得白白胖胖的，一双大眼睛好奇地打量着他们，不时发出咯咯的笑声，让人心生喜爱。

郜含笑接过孩子："小姑来看你了，开不开心？"

陆安阳被薛清辞拉到花园里。

"看看这边怎么样，这是含笑当年帮忙设计的，我俩当时为了给我妻子一个惊喜，那真是费了不少力气。含笑是个很好的姑娘，遭遇了那么多的不幸，还能坚强地面对一切，真的不容易。我也是一个没爹没妈的人，我把含笑当作自己的亲妹妹，我希望她可以幸福。"

陆安阳点点头："你放心，我肯定会对她好的，我和郜含笑，我们只有彼此了。我和郜家的人一起生活了三年，他们也是我的家人，要是我对含笑不好，以后可没脸见她爸妈和弟弟。"

陆安阳的话让薛清辞十分满意，他拍了拍陆安阳的肩膀，眼中满是欣慰之色。

两人并肩走在花园的小径上，阳光透过树叶的缝隙洒在地上，形成斑驳的光影。薛清辞突然说道："安阳，其实我一直很佩服你。你为了含笑，甚至豁出了性命。只是人心易变，我不希望有这样一天。"

陆安阳闻言，停下脚步，深深地看了薛清辞一眼，缓缓开口："薛哥，我知道你的意思。人心易变，但对我而言，含笑不仅是我的爱人，更是我生命中的一部分。我为她所做的一切，都是发自内心的选择和决定。无论将来如何，我都会坚守这份承诺，守护我们的爱情。"

薛清辞听后点了点头，微笑着说："别忘记你今天说的每一句话。陆安阳，我希望你和含笑好好生活。"

两人聊了一会儿，便回到了客厅。郜含笑正在逗小家伙玩，小家伙被逗得咯咯直笑。阳光打在郜含笑的身上，为她镀上了一层柔光。

第五十八章 我们总要回到最开始的地方

四季轮回，炎炎夏日又一次如约而至。梧桐街道上的树木生长得愈发茂盛，枝叶繁密。每当微风轻拂，树梢便随之摇曳，发出沙沙的声响。这声音宛如天籁，在耳边回荡，令人感到无比舒适和惬意。

"好，就是这样，新郎再笑一下，对。"

郜含笑和陆安阳身着白色的礼服，在这条梧桐街道上拍婚纱照。

"可以，完美！二位休息一下。"

陆安阳握着郜含笑的手。两个人站在街边，抬头望着被枝丫遮盖的天空。

"好久……没有这样看过天空了。"

记忆好像飞回很多年以前。她和陆安阳还有郜含宇一起骑着自行车，在这条街道上穿行。

"你们是……"

已经是高校长的老高推着车路过，不经意看到两人，觉得非常眼熟。

看到老高，郜含笑惊喜地说："老高，好久不见。"

听到熟悉的声音，老高这才反应过来。

"郜含笑和陆安阳？呦，你们两个才结婚啊？我还以为你们早早就在一起了呢。含笑，你弟弟呢？这小子都不说回来看看我！"

老高的话让郜含笑和陆安阳都不由得陷入了回忆。是啊，时间如白驹过隙，转眼间，他们已经走过了这么多年的风风雨雨。

"老高，我爸妈还有弟弟出了意外，就在我们高考结束之后不久。他们……都去世了。"

老高听后，震惊地瞪大了眼睛。

"真是世事无常，世事无常。"

他叹息着，仿佛也感受到了那份沉重和无奈。他拍了拍郜含笑的肩膀。

"好孩子，你受苦了，受苦了。"

三人寒暄了几句，老高就离开了，但是推着自行车的背影佝偻了很多。

陆安阳紧紧地握着郜含笑的手，心中涌起一股无法言说的痛楚。郜含笑扑在陆安阳的怀里："早知道就不说了。"

陆安阳温柔地抚摸着她的头发，轻声安慰道："说出来也好，毕竟有些伤痛需要时间来慢慢治愈。"

就在这时，突然不知道从哪里飞来了三只蝴蝶，一只落在了陆安阳的头上，另外两只落在了郜含笑的头上。摄影师将这一幕定格下来。

转眼郜含笑和陆安阳已经结婚八年了。一个寻常的早晨，郜含笑拿着扫把站在家门口，不一会儿，门外探出两个鬼鬼祟祟的脑袋。

"陆羽，陆玉，你们兄妹两个人真是好样的，给我进来。今天居然把学校的玻璃拆下来了，明天要干什么？拆了学校？"

郜含笑一边训斥着，一边将两个小家伙拉进屋里。她的声音虽然严厉，但眼中却满是宠溺。陆羽和陆玉是陆安阳和郜含笑的一双儿女，两个孩子调皮捣蛋，却也聪明伶俐。

陆安阳听到声音，从书房里走出来。看着两个被母亲训斥的孩子，他无奈地摇了摇头，走到郜含笑身边，轻轻搂住她的肩膀："孩子们还小，别这么凶。"

郜含笑瞪了他一眼，没好气地说："都是你惯的，看看他们现在都成什么样子了。"

随后她看着两个孩子："你们两个去面壁思过十分钟。"

两个孩子见状，立即变得乖巧起来，小心翼翼地看了看父母，然后一溜烟地跑回卧室，走到墙边，规规矩矩地站好。郜含笑看着他们，眼中闪过一丝笑意，她知道，这两个孩子虽然调皮，但还算懂事。

陆安阳走到郜含笑身边，轻轻握住她的手，低声说："含笑，孩子们都长大了,他们有自己的想法和选择。我们只需要在他们需要的时候给予支持和引导,就足够了。"

郜含笑点了点头,但心中不免有一丝担忧。

"你说,我和含宇也算是听话的吧?你就更不用说了,根本就不是个上房揭瓦的人。这俩孩子也不知道随了谁,都快成混世魔王了。"

一说到这里,陆安阳不禁笑出了声,搂着郜含笑坐在沙发上。

"老高可和我说过,你和含宇是学校的混世魔王,我看啊,两个孩子和你挺像的。"

陆安阳的话让郜含笑哭笑不得,她轻轻地拍了一下他的手臂,嗔怪道:"你胡说,我小时候可没这么调皮捣蛋。"

然而,话虽如此,郜含笑心里却明白,孩子们的性格确实与自己有相似之处。她回想起自己小时候与郜含宇一起闯过的祸,嘴角不禁露出一丝笑意。那些日子虽然鸡飞狗跳,但也充满了快乐。就算过了这么多年,郜含笑还是会经常想起爸妈和弟弟,但是已经没有那么痛苦了。

"嘭",屋里发出一声巨响,郜含笑条件反射般拿起一旁的扫把。

"你们两个小崽子,给我过来!"

陆安阳端起面前的茶杯,喝了一口。

"老婆,别气到自己,不行就多打两下。"

房间里传出鬼哭狼嚎般的声音,周边的鸟都被惊到了。陆家每天的固定节目——教训孩子,又开始了。